生活真精彩

苏俊杰　著

北　京
冶　金　工　业　出　版　社
2019

内容提要

本书分为时代新歌、国际风云、时事纵横、文韵史趣、浮光掠影、往事非烟、诗词新汇7个部分。作者以其坚定的政治立场、丰富的工作经历、热情幽默的文笔，讴歌新时代，弘扬主旋律，颂扬改革开放，纵论国际风云，点评时事政治，探索旅途风光，科普文史知识，追忆亲朋挚友，是一本颇有特色的诗文结集。

图书在版编目（CIP）数据

生活真精彩 / 苏俊杰著．—北京：冶金工业出版社，2019.3
ISBN 978-7-5024-8022-6

Ⅰ．①生…　Ⅱ．①苏…　Ⅲ．①诗集—中国—当代　②散文集—中国—当代　Ⅳ．①I217.2

中国版本图书馆CIP数据核字（2019）第018244号

出 版 人　谭学余
地　　址　北京市东城区嵩祝院北巷39号　邮编　100009　电话　(010) 64027926
网　　址　www.cnmip.com.cn　电子信箱　yjcbs@cnmip.com.cn
责任编辑　李培禄　美术编辑　吕欣童　版式设计　吕欣童　孙跃红
责任校对　卿文春　责任印制　李玉山
ISBN 978-7-5024-8022-6
冶金工业出版社出版发行；各地新华书店经销；固安华明印业有限公司印刷
2019年3月第1版，2019年3月第1次印刷
169mm×239mm；18.25印张；297千字；281页
50.00元

冶金工业出版社　投稿电话　(010) 64027932　投稿信箱　tougao@cnmip.com.cn
冶金工业出版社营销中心　电话　(010) 64044283　传真　(010) 64027893
冶金工业出版社天猫旗舰店　yjgycbs.tmall.com
（本书如有印装质量问题，本社营销中心负责退换）

前　言

人生之路，艰难曲折；社会生活，五彩缤纷。

我们这一辈，与共和国同年岁。前三十年读书成长，“上山下乡”，返城工作，初显身手；后三十年扎实工作，积极贡献；退休十年，余热犹在。改革开放40年，我们有幸成为参与者、探索者、见证者和受益者。回首往事，品味人生，跌宕起伏，精彩纷呈。

本书为《探索在路上》一书的姊妹篇。所收入的作品，有作者发表在报刊与网络上的文章，有论坛和讲堂上的讲稿，也有平日即兴而作的小品，分列为时代新歌、国际风云、时事纵横、文韵史趣、浮光掠影、往事非烟、诗词新汇几个版块。

“人民有信仰，国家有力量，民族有希望。”中央领导多次强调要“讲好中国故事”，今年欣逢知识青年“上山下乡”50周年，我作为“老三届”知青，也要和同伴们一起，讲好中国知青的故事，弘扬知青精神，增强“四个自信”，助力新时代中国特色社会主义建设伟大事业。

苏俊杰

2019年2月28日

于郑州三闲书屋

目　录

时代新歌

国际风云

时事纵横

文韵史趣

浮光掠影

往事非烟

诗词新汇

时代新歌

SHIDAI XINGE

不信佛，不靠神仙，自强不息，抗击地震

（2008 年 5 月 12 日）

今天四川省汶川发生了7.8级大地震，余震连及湖北省黄石、河南省郑州、河北省文安都等地，人民生命财产损失惨重。

诸位佛陀菩萨、上帝基督，以及无处不在、无时不在慈悲为怀的众位天使，为什么没有显灵普救众生？在大灾大难来临之前，为什么没有一位发出示警、一点劝诫？！

还是《国际歌》中说的好，“从来就没有什么救世主，也不靠神仙皇帝，要创造人类的幸福，全靠我们自己！”

天行健，君子以自强不息。全国上下，各行各业，万众一心，齐心协力，抗击地震！（5 月 12 日 18 时发出）

注：此文在《中华网 · 论坛》上发表时，署名：齐力。

网友回帖：

1. 万众一心，齐心协力，抗击地震！（禾愚）

2. 有关部门报道称，汶川发生 7.8 级大地震以后，多个省市都有比较强烈的震感，均为汶川震波所及的余震。（齐力）

3. 中国国家地震台网重新核定，北京时间 5 月 12 日 14 时 28 分，在四川汶川县（北纬 31 度，东经 103.4 度）发生的地震震级为 7.8 级(原本发布为 7.6 级地震)，具体伤亡状况目前还不清楚。此次地震的威力远及北京、上海甚至中国香港、泰国曼谷、越南河内和中国台湾都感受得到。

据美国地质调查局测量数据称，地震发生在北京时间下午 2 时 28 分，震中位于四川省会成都西北 92 公里处 29 公里深的地下。

此次四川汶川县发生的 7.8 级规模地震，已经与 1976 年发生在河北的唐

山大地震。同样规模。1976年唐山大地震的规模为7.8级，震中就在唐山市，深度为10公里，造成24万人死亡。

4.湖北地震，是的，中午2:30左右，我坐在椅子上抖动了，不知道中心在哪。（兰之云）

5. 2002年秋天，笔者参加一个到九寨沟的旅游团，去时走东线，经绵阳、平武；返回时走西线，经黄龙、松潘、茂县、汶川，过都江堰到成都。汽车行驶在松潘茂县之间，导游告诉大家：1933年的叠溪大地震曾经使附近镇子震塌，许多地方发生山体滑坡，堵塞了岷江及其支流，江河水灌进塌陷区成为一个个大大小小的高山湖泊。由于江河水不停地流进来，却没有出水口，终于在地震一个多月后，形成多处湖泊垮坝，滚滚洪流再次冲向岷江下游，冲垮了两岸边的村舍，人员大量伤亡。

历史的经验值得注意，川西山区，山高路陡，坡大沟深，地质条件复杂。本次抗击汶川地震，有关部门一定要十分注意震后可能引发的次生灾害，及早采取防范措施。（齐力）

6.这是一场突如其来的巨大灾难，在此谨向在地震中的罹难者致以最沉痛的哀悼！（两报一刊）

7.相信在党中央的领导下，在全国人民的支持下，抗震救灾一定能顺利进行。（给自己一缕阳光）

8.抗震救灾，灾后重建很重要。（鱼游四海）

9.昨天，我们这里电闪雷鸣下了一天的雨，而四川地区则地动山摇，使我许多骨肉同胞罹难，为死难者致哀。全国人民齐心协力，帮助灾区人民重建家园。（zhuyeqing）

10. 天灾无情人有情，人人伸出援助的手，让灾区人民感受到来自全国人民的温暖……（emma1959）

11. 本次汶川大地震，震级高达7.8级。全国上下，万众一心，抗震救灾。实际再一次证明：中国共产党是中国人民战胜各种险滩恶浪的中流砥柱，是中华民族开拓进取的民族脊梁！（齐力）

多难兴邦　众志成城

（2008 年 5 月 19 日）

汶川 5·12 大地震，震惊了世界，考验了中国。

大地震考验了中华民族万众一心、抗震救灾的坚强意志，考验了中国共产党的中国特色社会主义理论的执政理念与宗旨，考验了中国政府以人为本的大政方针与迅速指挥全国抗震救灾行政能力，考验了人民子弟兵越是艰险越向前、不顾安危日夜赶赴灾区救民于水火的赤胆忠心。香港与澳门特别行政区政府与各界人士纷纷向灾区捐款捐物，派遣救护队伍；台湾的连战、马英九、宋楚瑜等著名人士积极向灾区捐款捐物，有关单位主动派遣救护队伍。这些都充分显示了血浓于水的同胞情谊。

扎实做好本职工作，有一份心献一份力，积极向灾区捐款捐物，是灾区以外的各地各单位人员的责任。

昨天，我们河南省国资委离退休干部三处党总支举行捐款活动，99 位在职与离退休老党员、老干部、老工人，一天之内共捐款 19590 元！

其中，有两位抗日战争时期参加革命的离休老同志，每人捐款 1000 元。一位是已经 91 岁的老厅长周建荣，自己拄着拐杖，让女儿搀扶着到机关老干部处捐款；一位是 90 岁的老厅级干部温小庭，住在医院已经不能够说话，用手比划着，让老伴拿出 1000 元现金，老伴耳聋，又代他写了一张纸条：我的工资是人民给的，人民有难我应该捐款，与现金一同送到机关老干部处。

还有一位老工人宋金友，瘫痪在家，属于平日救济对象，看到电视上报道的汶川地震消息，嘴里说不清楚话，用手比划着，让老伴送来 100 元现金，说是表一表心意。

据统计，仅河南省国资委系统近 700 多名在职与离退休同志们，一次就为汶川地震灾区捐款达到 10.77 万元。

老党员风采：特殊党费见真情

（2008 年 5 月 24 日）

四川汶川等地发生强烈地震以来，河南省国资委离退休老党员们响应中央的号召，为受灾地区捐款，帮助他们渡过难关。

5 月 22 日，我们老干部三处党总支 72 名在职与离退休共产党员，积极缴纳特殊党费 122600 元，加上 5 月 14 日全处 99 位同志为灾区捐款 19590 元，共计捐出 142190 元。以实际行动支援了抗震救灾，增辉了党性丰碑。

危难时刻见真情。这次活动中出现了许多动人事迹。这些离休老同志们平均年龄 81 岁，退休老同志平均年龄 72 岁。由于年事已高，大都身患多种疾病，行动不便，生活节俭。但是，当大家得知汶川发生特大地震后，一个个心急如焚，日夜焦虑。在 5 月 14 日积极向灾区捐款以后，听说了要动员缴纳特殊党费的消息，又都迅速行动起来。

抗战时期参加革命的 91 岁高龄的离休干部、老厅长周建荣，14 日让女儿搀扶着自己，步履艰难地到机关捐款 1000 元，22 日又委托儿子来缴纳特殊党费 5000 元。

抗战时期参加革命的 90 岁厅级离休干部温小庭，卧病在床，14 日委托老伴替自己捐款 1000 元，这次又让老伴送来特殊党费 4000 元；他老伴同时自己也向本单位的党组织缴纳了 3000 元特殊党费。

82 岁的离休干部、老局长赵金铎，一次就缴纳特殊党费 5000 元，支部的同志们劝他少缴点，他深情地说："我捐的不多，不多"。

离休厅级干部吴绍成、张恒顺和退休厅级干部李耀祖、曲东辉、王守仁、张森等老同志，或是亲自到机关，或是委托老伴子女送钱，每人都分别缴纳了

3000 元特殊党费。

86 岁的离休老厅长王子美体弱多病，退休老厅长宋国卿的老伴常年重病，医疗花费巨大，这次还分别积极缴纳了 1000 元特殊党费。

离休干部唐国民和徐芳夫妇，长期住在医院治疗，生活完全不能自理，却特意让儿子送来 4000 元现金，作为老两口的特殊党费上缴组织。

有的老同志在外地休息，一听到消息，专门委托别的同志代缴了特殊党费。

许多年轻同志面对这群白发苍苍的老党员，不禁由衷敬佩：多么可敬的老同志，多么可爱的老干部群体！

谈自愿缴纳特殊党费

（2008 年 5 月 26 日）

这次汶川特大地震发生以后，中央组织部号召全体党员自愿缴纳特殊党费，支援地震灾区抗震救灾。

很短时间，几千万中国共产党党员，从中央机关负责人，到各省市领导同志，从各企事业单位党委与基层党支部成员，到一线广大党员与离退休老同志，大家纷纷响应中组部号召，积极踊跃缴纳特殊党费，谱写出了神州大地抗震救灾大合唱中的一段动人的华丽乐章！

在我们单位，也有同志一开始询问：特殊党费是让自愿缴纳吗？

我对此解释道：中组部的通知说是提倡自愿缴纳。汶川地震，群众遭灾，国家有难，党员有责，缴纳特殊党费，义不容辞。

想当初，我们入党时都曾经举起右手，庄严宣誓：我自愿加入中国共产党。党员入党都是自愿的，缴纳党费，包括本次的特殊党费，都是要个人自愿缴纳的，难道是谁能够逼迫的吗？

经过解释，提问的同志高兴地说：那是！群众遭灾，国家有难，我们党员不带头作贡献，还让谁带头？

仅仅一天时间，我所在的基层党委 398 名党员（在职党员 77 名，离退休党员 321 名），共缴纳特殊党费 455432 元。其中我所在的总支 78 名党员（在职党员 14 名，离退休党员 64 名），缴纳特殊党费 126652 元。

网友回帖：

1.危难来临，共产党员的先锋模范作用到处可见。敬佩！（絮儿）

2.通过这次抗震救灾，人们看到了广大党员干部在关键时刻敢于冲锋陷阵

的大无畏精神。（给自己一缕阳光）

3.谢谢齐力同志的辛劳！缴纳特殊党费，是党员义不容辞！我所在单位里，没有一个同志询问特殊党费是否自愿缴纳的问题。（zyh）

4.五个指头不一般齐，可是少了哪个都不行，攥紧了五指才能够形成拳头。（齐力）

5.群众遭灾，国家有难，我们党员不带头作贡献，还让谁带头？（荣小而）

气候异常应该归罪于三峡大坝吗?

（2017 年 7 月 28 日）

看到了一篇名为《谁是千古罪人》的网文，骇人听闻地说中国自从修了长江三峡大坝，“已经在劫难逃”。理由是：某“水利专家、环境专家说：最近一个时期，长江中下游出现了极端反常的气候。先是 50 年不遇的大旱，旱得长江成了一条水沟，航运中断；中国最大的两个湖泊，鄱阳湖和洞庭湖，湖底裸露，可以走汽车，长出了一人多高的荒草，可以放牧牛羊。紧接着这两天暴雨、洪水成灾，许多地区直接从大旱变成大涝，就跟按了个电钮一样。人们的目光不约而同地指向三峡大坝，认为正是这个庞然大物造成了这些生态灾难。

愚以为：气候异常、地球变暖、南北极冰盖融化，与中国等发展中国家加快工业化进程、全球大气碳排放增加及修建三峡水库之间，缺乏直接联系的证据。根据天文学、地球物理学的研究，气候变化，全球气温大幅度增减，至少是以千年为时间节点的，而从英国工业革命开始的 18 世纪 60 年代到今天，不过 250 多年时间。对此，有专家提出，气候变暖与当前大规模工业化致使碳排放增加之间，没有必然联系。如果说出现了同步，可能是两种变化曲线峰值恰巧的叠加。

气候异常，原因复杂。近年来，随着经济发展、社会进步、人民生活水平改善，空调成了中国家庭、办公、交通、商业等公私场合不可或缺的夏季降温设备。麻烦在于，空调对室内、车内越是降温，排放出来的热气、废气也会越多，更加剧了各个大中城市高温天气中的污染与热岛效应。

新中国建立近 70 年来，充分发挥社会主义集中力量办大事的优越性，坚持开展江河湖海治理工程，兴修了数以万计的大中小水利设施，化水害为水利，造福于国家、社会和人民，获得了全世界的赞誉。诸如：

修建黄河小浪底水库，是集减淤、防洪、防凌、供水灌溉、发电等为一体的大型综合性水利工程。工程建成后，终结了历年夏季郑州以东黄河中下游缺水与断流，解决了工农生产与居民用水难题；按时泄洪与放水排沙，既保障了黄河安澜，也解决了水库淤沙问题；发电站总装机容量180万千瓦，年发电量51亿千瓦时。

修建葛洲坝与三峡水库综合水利枢纽工程，保障了长江夏秋发洪水时荆江大堤的安全，解除了对武汉等长江中游城市的威胁，不再出现如1998年抗洪那样，百万军民齐上阵、中央地方均惊心的局面。葛洲坝水电站总装机容量271.5万千瓦，年均发电量140亿千瓦时。三峡水电站是世界上规模最大的水电站，也是中国有史以来建设的最大型的工程项目，共安装32台70万千瓦水轮发电机组，其中左岸14台，右岸12台，地下6台，另外还有2台5万千瓦的电源机组，总装机容量2250万千瓦。

毋庸讳言，凡事有其利必有其弊，水利工程搞的不好也会成为水害。20世纪50年代中期苏联帮助修建的黄河三门峡水库，就是没有充分考虑到泥沙问题，周恩来总理为此殚精竭虑，亲自主持水库改造，增修了泄洪排沙洞，才使其免于报废，也使水库成为今天著名的三门峡天鹅湖风景游览区。建设长江三峡大坝，是国家经过几十年的规划、论证、多方面的筹备，组织多学科反复考察研究、模拟试验，综合考虑各类问题，制定了多种应对之策以后，经全国人大会议审议批准，才开工建设的特大型水利工程。主体工程基本建成之后，又开展了许多配套项目，使其逐步发挥效益。

大型水库建成以后，会在库区形成小气候，也会对水淹区的山峦造成一定的侵蚀坍塌，一定的地质灾害，对一些生物鱼类生存造成一定的危害，这些都需要逐步研究解决办法。但是近年来，全球极端天气频发，许多地方旱时赤地千里，涝时山塌城淹，中国、日本、德国、美国、东南亚等国家或地区无一幸免，难道都是中国修建长江三峡水坝惹出的祸么？

一些到欧美留洋归来的水利专家学者，20世纪50年代与苏联水利专家学术观点不合，遭受到打击迫害，是把学术问题政治化了，80年代得到了平反。但这并不能代表其学术观点一定正确、乃至一贯正确。美国历史上正是对五大湖区进行综合治理，兴建大坝、疏通河道，搞了水力发电、河湖航运，才促进了底特律等工业城镇建设，加快了工业化进程。一些留美学者总是说，美国人现在不修大坝了，殊不知现在美国已无处再修水坝了！200年来，美国在其广袤的国土上修建了2.5万多个大小水坝，变水害为水利。如1936年建成的世界闻名的水利工程——美国胡佛水坝，位于亚利桑那州的西北部，工程庞大，建成后对工农业发展起着巨大的作用，在世界水利工程行列中占有重要的地位；伊泰普水坝，位于巴西西南部与巴拉圭和阿根廷的交界处，全长7744米，高196米，比埃及的阿斯旺水坝还大6倍。由于美国的大小水坝都是私人资本修建，大部分至今运转多年，有些环境发生变化，有些年久失修过时无用，成为隐患需要拆除。恐怕这些情况，留美学者们还没有来得及告诉国人吧。

中国几十年来在长江、黄河、淮河、海河、松花江流域与沿海各地修筑的水利工程，大都是国家投资，所成立的特大型、大型水利建设投资公司大都是国有独资或国有控股，不可能是某权贵家族私产。不管谁在重大水利设施与投资公司出任负责人，都是为国家站岗工作、承担责任。历史已经证明还将继续证明，谁若利用手中公权贪污腐化，早晚会垮台，遭到人民群众的唾弃。

习近平总书记2016年1月5日在重庆召开推动长江经济带发展座谈会，听取有关省市和国务院有关部门对推动长江经济带发展的意见和建议。他强调，长江是中华民族的母亲河，也是中华民族发展的重要支撑。推动长江经济带发展必须从中华民族长远利益考虑，走生态优先、绿色发展之路，使绿水青山产生巨大生态效益、经济效益、社会效益，使母亲河永葆生机活力。

习近平指出：长江拥有独特的生态系统，是我国重要的生态宝库。当前和今后相当长一个时期，要把修复长江生态环境摆在压倒性位置，共抓大保护，不搞大开发。要把实施重大生态修复工程作为推动长江经济带发展项目的优先选项，实施好长江防护林体系建设、水土流失及岩溶地区石漠化治理、退耕还林还草、水土保持、河湖和湿地生态保护修复等工程，增强水源涵养、水土保持等生态功能。要用改革创新的办法抓长江生态保护。要在生态环境容量上过紧日子的前提下，依托长江水道，统筹岸上水上，正确处理防洪、通航、发电的矛盾，自觉推动绿色循环低碳发展，有条件的地区率先形成节约能源资源和保护生态环境的产业结构、增长方式、消费模式，真正使黄金水道产生黄金效益。

修建三峡大坝，公道自在人心；千秋功罪，自有历史评说。

老钢铁记者谈本钢高炉事故与期货股市风云变幻

（2017 年 9 月 3 日）

9 月 1 日上午，一则新闻引爆了钢贸圈和黑色期货圈，说是 10 点 15 分，辽宁本溪本钢板材炼铁厂新一号高炉发生火情。另一则消息称：经消防官兵及现场人员及时扑救，现场明火已扑灭，截至目前没有人员伤亡报告，消防人员正在进一步清理现场，起火原因正在调查中。

本钢高炉爆炸的消息传出，当天黑色期货几乎清一色暴力拉涨，截至中午 11:30 收盘，热卷暴涨 193 元踏上 4200，螺纹钢暴涨 172 元，收复 4000 关口；其他各黑色品种均出现联动，暴涨！下午开盘继续暴涨！

《中国冶金报》几位退休老记者，在微信群里谈起此事，抄录如下，供各家参考。

杨延龄（原华北记者站站长）：从图片看，程度猛烈，炉缸烧穿直接到冷却壁遇冷却水爆炸，高炉事故等级为高级别，好在这种现代高炉用人很少，无伤人报道。奇怪的是这种自动化高炉对耐火层循环水温炉缸都有较详细的温控监测，怎么事先未发现？中远期市场闻风炒作，惯用伎俩，不过这样猛烈，炉基上料都有影响，几个月修复就不错了，市场还有炒作空间。

柳祖琳（辽宁凌钢记者）：是的。很奇怪，也值得深思。高炉炉缸烧穿，说明炉内耐火砖和冷却壁已经完蛋，需要开炉皮进入检查等，挺麻烦，时间不会短……

苏俊杰（原河南记者站站长）：炉缸烧穿，在 20 世纪 70 年代，即使是 100~300 立方米的小高炉也算大事故。那时候，小高炉上热电偶等类监测仪器不多，值班炉长大都凭经验操作。这次发生爆炸的是本钢厂内容积 4350 立方米新 1 号高炉，实属罕见。退一步说，即便是单日影响成品材产量 4500~5000 吨，单月 15 万吨上下，在全国年钢产量 8 亿吨、月产钢六七千万吨的大盘子里，占比很低，影响不大，也左右不了钢铁市场呀！

杨延龄：小高炉一般从几个风口观察耐火层，在炉壁外围用热电偶或肉眼查看。大高炉设计更先进，这样惨烈无特殊情况不会轻易发生。加之炉缸圆周大耐火层厚，运行几年炉渣积累，不会轻易烧穿。本钢核心产品为冷热板材，对市场有一定影响，但所谓市场已沦为无理性炒作成分居多。

苏俊杰：前天有人问我某钢铁股票突然高涨有何原因？我一头雾水，因为按照华北地区 2 十 26 城市秋冬治理雾霾方案，该公司将被要求压减 50% 产量。果真如此，企业效益就无从谈起，怎么股票市值会不降反升？！

杨延龄：这就是信息不对称，散户充当失血角色，百姓与机构无法抗衡因由。利用兴奋点，制造兴奋点，关联交易出兴奋点，都是小鱼小虾不可比的劣势所在。

卢致逵（原华东记者站记者）：本钢高炉烧穿，市场热卷暴涨，炒作大于事实，商家惯用伎俩；期货扭曲现货，钢材附魂金融，实业资本运作，金属做成泡沫；误言误导误事，害人害己害国，吁请行业自律，政府监管到位，公安介入追谣，媒体拒绝传谣，净化市场环境，有序发展行业。

陈黎明（原江苏记者站站长）：有道理！

谈市场资源配置的决定性作用与更好地发挥政府作用
——从电力市场供应上谈起

（2017 年 9 月 4 日）

中国是发展中的社会主义大国，在经济社会发展中，既要强调发挥市场资源配置的决定性作用，同时要更好地发挥政府作用，妥善解决发展进程中出现的这样那样的问题。

以电力市场供应为例：目前，中国电价分为大工业用电、一般工业用电、农业用电、城乡居民用电等多种价格。一般说来，最低为农网电价，居民用电略高于供电成本，一般工商用户电价高于大工业用户电价。

2016 年中原某省会城市公布的供电价格表显示：农业深井及高程排灌用电价为 0.4462~0.4842 元 / 度，居民一户一表直供电价为 0.5210~0.5600 元 / 度，一般大工业用电价为 0.5992 为 0.6292 元 / 度，一般工商业用电价为 0.7025 为 0.7695 元 / 度。以上说明，同为市场电价，最高价比最低价高出 57.44%~58.92%。

某省 1~7 月份用电情况：

全省用电量与去年同期相比（以下简称同比），增长 6.77%；其中：城乡居民用电量占 14.37%，增长 6.23%（城镇居民用电增长 8.56%，乡村居民用电增长 4.23%）。

按一二三产业划分之全行业用电：第一产业用电量占全省用电的 11.06%，同比增长 6.86%；第二产业用电量占全省用电的 84.62%，同比增长 2.05%；第三产业占全省用电的 12.94%，同比增长 12.94%。

按照全行业用电分类：农林牧渔业用电占全行业 2.44%，其中，农业用电占全行业的 0.85%；工业用电占全行业的 83.34%，其中，轻工业用电量占全行业的 11.97%；重工业用电占全行业的 71.37%。

随着城乡居民生活水平不断提高，用电量逐年大幅度上升。1~7 月份该省城乡居民用电总量已比轻工业用电量高出 41.42%。

中国电网基本属于国有及国有控股企业。电网覆盖区域情况千差万别，既有沃野千里的平原、茫茫无际草原与气候恶劣的沙漠戈壁，也有千山万壑的山区、海拔数千米的高原与巨浪台风常年光顾的沿海，因而电网建设，投资巨大，运行成本也高。一个平原大省的农网改造，动辄需要投资三四百亿元，否则无法支撑日益发展的现代农业，但省市财力提供不了多少支持，主要依靠电网自己贷款施工，建成了又要低价供电。

前几年，由于宏观调控不力，一些大型发电企业自发电自用电，跨行业在煤炭资源与电力丰富的省区大上电解铝，有的一吨铝盈利高达三四千元；内地一些企业也抢上大机组、扩张局域网，猛增电解铝产能。这些不顾国家产业政策大干快上，破坏了一部分戈壁草原生态平衡，加剧了全国煤炭、钢铁等产业产能严重过剩，电网内发电机组利用率低的局面。有的企业运用不正当的竞争手段，挤垮了遵纪守法的企业。当前，在深入推进供给侧结构性改革与国家有关政策严令下，上述问题正得以逐步解决。

一个国家的经济现代化建设，是一项宏大精密的系统工程。经济发展有一个马克思说过的自然发育过程。

深入推进供给侧结构性改革进程，既要发挥好市场资源配置的决定性作用，更要发挥好政府作用。电力关乎国计民生。在社会供电问题上，主要依靠国有及国有控股的发电企业与电网，在做好对工商业、大工业等供电的基础上，坚持做好对城乡居民用电的保障，对农林牧渔业的反哺，促进经济社会持续稳定协调发展。

谈“一带一路”建设与有色金属发展

（2017 年 11 月 2 日）

以“共识、共建、共享”为宗旨的“一带一路”建设，是新时期国家的重大发展战略，有色金属工业应抓住机遇，积极参与“一带一路”建设，主动作出新贡献。

一、中国有色金属工业的现状

中国是有色金属工业大国，有色金属工业是国民经济重要的基础产业之一。中国有色金属工业装备技术水平、人才、管理与科技创新水平等在世界上处于先进行列。

（1）2015 年中国铜、铝、铅、锌、镍、镁、钛、锡、锑、汞 10 种有色金属总产量达 5090 万吨，同比增长 5.8%，保持平稳增长。其中，2015 年中国原铝产量占全球总产量的 54.26%。

（2）与原铝产量类似，近年来，全球氧化铝产量稳步增长，其中又以中国的贡献最大。全球（除中国）氧化铝产量基本维持在 5600 万吨左右，而中国氧化铝产量从 2008 年的 2278.8 万吨增长到 2015 年的 5898 万吨，占全球总产量比例从 28.11% 增至 51.94%。

二、河南省有色金属工业现状

河南是有色金属工业大省，有色金属工业产量、装备技术水平、人才、管理与科技创新水平均处在国内第一方阵。

在贯彻实施供给侧结构性改革和“一带一路”建设的过程中，河南省有色金属企业生产基本稳定，企业经济效益回暖，投资保持了一定的规模。

（1）冶炼产品压减，加工产品增加，生产基本稳定。2017 年 1~9 月份，全省 10 种有色金属产量 416.78 万吨，占全国总产量的 10.23%。其中：电解铝 229.34 万吨，占全国的 9.3%；铝材 924.08 万吨，占全国的 19.68%。此外，氧化铝 885.24 万吨，占全国的 18.06%。

（2）河南省电解铝产能在全国猛增的大环境下，大幅度下降。全国电解铝产能从 2010 年的 2300 万吨，猛增到 2016 年的 4000 万吨。同期，河南省电解铝产能从 485 万吨，下降到 402 万吨。

河南省 2017 年 1~9 月 330 户铝工业企业实现主营业务收入 2482.06 亿元，同比增长 15.7%；利润 124.06 亿元，增长 48.61%；主营活动利润 115.8 亿元，增长 47.14%。如中孚实业、万基铝业、明泰铝业、万达铝业等河南省几家重点骨干企业的投资效益正逐步发挥。

中孚实业：被誉为中国铝工业转型升级标志性项目的 60 万吨高精铝项目建成投产。高精铝涂层线是德国西马克公司在中国建造的第一条涂层线，集清洗、切边、拉矫、钝化、涂漆、涂蜡、涂油等各项功能于一体，设备系统复杂，自动化程度高。截至 10 月 29 日，高精铝冷轧精整区域涂层生产线 10 月份产量完成 1159 吨，圆满完成了集团公司下达的项目调试节点目标任务。

万基铝业：2017 年 3 月份，洛阳万基铝加工有限公司在铝箔反倾销反规避调查案件中胜诉，“万基”牌铝箔产品最终获得出口欧盟国家免关税“绿色通道”，为扩大欧盟市场、扩大铝箔销售奠定了坚实的基础。1~9 月份，板带出口 10133 吨，同比增幅 301.51%；铝箔出口 8275 吨，同比增幅 34.83%。

明泰铝业：年产 20 万吨高精度交通用铝板带项目，一期工程完成投资 4.5 亿元，于 2015 年 7 月份建成投产；二期进口设备已订购，年底将建成投产。年产 300 辆动车组车体项目，主要应用于高铁动车、城际轨道列车、航空航天、交通运输、汽车制造等领域，有着广阔的市场前景。

万达铝业：8 月 16 日，万达铝业被正式确定为军工生产单位，所生产的舰艇铝合金板成为市场热销货。万达铝业作为民营企业，能够进入军工订货，在国内同行业中产生了鲶鱼效应。

（3）铅锌工业同样也是河南有色金属的劲旅。2017 年 1~9 月，河南省铅产量 117.6 万吨，占全国的 31.28%；26 户铅锌冶炼企业实现主营业务收入 594.44 亿元，同比增长 19.7%；利润 12.44 亿元，增长 25.8%；主营活动利润 11.1 亿元，增长 15.6%；利润率 1.87%，下降 0.06 个百分点；税收 13.03 亿元，增长 64.4%。

（4）钨钼工业生产效益双增长。42 户钨钼矿采选企业主营业务收入 98.43 亿元，增长 1.7%；利润 1.54 亿元 32 户钨钼冶炼企业主营业务收入 282.2 亿元，增长 118.4%；利润 41.88 亿元，增长 200.6%。

洛钼集团积极践行国家“一带一路”倡议，高效推动企业多元化、国际化战略，成功完成澳洲北帕克斯铜金矿、巴西铌磷矿和刚果（金）铜钴矿三项海外优质资产的收购工作，显著增强我国稀缺资源的战略保障能力，使企业一举成为资产遍布四大洲的国际化资源公司。180 亿元新股定向发布顺利完成。

河南省有色金属工业固定资产投资保持了一定力度。2017 年 1~8 月，完成固定资产投资 461.69 亿元，占全国同行业的 12.31%，完成投资额排名为全国各省第一，保持了有色金属工业投资大省地位。

三、当前有色金属工业面临的风险与挑战

有色金属作为战略性新兴产业支撑材料的地位没有变，国内对有色金属的需求正旺，拓展应用空间广阔。但不宜盲目乐观：

（1）全球经济复苏乏力，国内经济增长压力仍在，去产能任务艰巨。前一个时期，国内大型有色金属矿山项目和电解铝项目的集中建设所新建产能，还在不断释放，加剧了市场供大于求的局面。

（2）去杠杆风云多变，金融杠杆的负作用牵制了实体经济发展创新。有色金属产品具有衍生金融属性，在市场活跃期间，其金融地位上升，成为融资的重要工具，但金融杠杆的负作用牵制实体经济发展创新的问题不容忽视。

（3）国内外市场融通问题仍待解决。2018 年，国际有色金属市场竞争的加剧，贸易摩擦不可避免。美国反倾销制裁将增加铝加工产品出口难度，新的一年里将给有色金属工业稳中求进增添新的变数。

总的看来，2018 年有色金属工业稳中求进，国内市场与国际市场仍然

会有波动，2017 年年底及 2018 年一季度铝价走势会偏强但是不会出现大的上涨。

四、积极融入“一带一路”建设，助推有色金属企业加快转型发展

习近平总书记在十九大政治报告中强调：“中国坚持对外开放的基本国策，坚持打开国门搞建设，积极促进‘一带一路’国际合作，努力实现政策沟通、设施联通、贸易畅通、资金融通、民心相通，打造国际合作新平台，增添共同发展新动力。”

有色金属产品既有商品属性，也有金融属性的特点，决定了其在全球经济活动中的特殊地位。中国的金价、铝价早已经与伦敦金属市场接轨，有色金属工业是国内较早与世界接轨的产业。

今天，我们要用新的视角审视有色金属工业，在新的格局中探索有色金属工业创新发展。为此，要提高认识、通盘谋划、循序渐进、抓好落实。

站在国内看有色金属工业，目前是需求不足造成产能过剩的产业；站在“一带一路”的大格局上看，有色金属工业属于产能富裕产业。

以铝工业为例，国内铝工业用户是房地产、交通用铝、装备制造、食品包装、小五金及生活用铝合金制品等。

目前，国内原铝产能超过 4000 万吨，因为是最近一二十年上马的生产线，绝大多数装备技术属于国际上一流水平，也就是我们常说的高水平同质性重复建设。国内市场需求不足，高耗能产品出口受阻，企业成本主要是电价居高不下，迫使相当一部分生产能力处于停产半停产状态。

“一带一路”建设，是国家的战略举措。中国已经拥有了全球最完整的工业体系，已经与世界经济发展接轨，也到了“资本输出”的历史阶段。各行各业想问题、做规划、办事情，要有参与发展世界经济的战略思维。当前国内一些产业过剩产能的装备技术，是属于世界同行业的中上等水平的富裕产能。有色金属工业积极参与“一带一路”建设，有利于解决国内产能过剩，加快转型升级的历史必然。为此：

要树立全国一盘棋思想，小道理要顺应大道理。企业发展、区域和产业发展，要服从于、服务于国家宏观经济发展大棋局。

要练就过硬本领。为走好“一带一路”，加强经营管理，降低生产成本，提高市场竞争力，要学会用巧劲，为客户提供优质产品及服务等，都是开展好国际合作的需要。

要探讨新的合作方式。积极开展编队出海、组列上路等方面合作，巩固中国有色金属工业在国际市场的地位，扩大国际市场份额。

编组出海：要梳理外经外贸路径，转变发展思路。以大型有色金属集团为航空母舰，组建“产业航空母舰舰队”，出海远航。可以用不同联合方式，将国有、民营、合资等大中小有色金属企业编组成混合舰队，改变以往的原料进口→国内加工→产品出口经验模式，以靠近矿产资源产地及国际市场为目标，与相关国家地区或跨国集团合作，建立海外有色金属产业合作发展基地。

组列上路：有色金属工业要搭乘“一带一路”合作列车，参与政府间的合作项目，与设计、建设、装备制造等密切合作，按照合作要求提供优质产品及服务。

要用大智慧，不要小聪明。树立长期参与“一带一路”建设意识，克服急功近利情绪。要充分了解与之合作国家与地区的经济发展、宗教文化、民俗习惯、社会生活等情况，抱定“与人为善、合作共赢、双向发展”的宗旨。

要总结经验，积极谋划，慎重初战。

要搞好高层设计，在国内建立立体后方基地。这其中离不开社会各界对想要在“一带一路”建设中施展抱负的企业，提供的全时空、多方位服务。

（此文为作者在某期货公司中原有色金属高层论坛上的演讲提纲）

浅谈国企的作用与贡献

（2018 年 1 月 24 日）

网上一篇文章，据说截至 2017 年国企负债总额已经超过百万亿元，申斥国企作为“共和国娇子，已经成为特权阶层的提款机，榨干百姓的吸血鬼，那是个填不满的黑洞！”

即便不是恶意诽谤，此文指责的也不是国企的真实情况。

多年以来国企利润率低、负债率高，是多种原因造成的。一是国企作为维护社会安全安定、保障国计民生的主要承担者，不能完全按照市场交换原则经营运行。比如，用于军工国防建设的特殊钢材、铜材、铝材等新产品的研究开发、中间试生产等环节的费用开支，从计划经济时期的政府财政拨款，转变为企业自主投入，特殊产品往往研发周期长、投资巨大，但批量不大、成本不低、市场有限，自然无法与大批量的普通民用产品比拼盈利了；二是特大型、大型国企规模大，规划期长、走出去前期投入巨大，也很影响当期盈利水平；三是历史上企业办社会负担重，现在要交出去地方大都不情愿接收，即便接收以后还需要一定的财力补贴接收一方。勿用讳忌，不少国企投资决策失误，领导者难辞其咎，也有上级监督不力责任。许多国企领导人贪腐浪费，数目触目惊心，但其总量所占企业总资产、总投入、总利润（总亏损）比例则不会太大。

我常到协会中的私企、民企、外企调研，与老板交流意见时明确说道：你们大都来自国企，学校毕业后到国企从基层干到中层以上，掌握了大中型现代企业的生产技术、基本建设、经营管理多方面经验后，把老婆孩子丢在国企，辞职下海创业或被外企民企招聘，不少还回原单位或同行业拉来一批师兄弟徒弟，然后借助优惠政策，甩开膀子与老单位争市场份额，争行业利润。如果再说国企不如民企，甚至想挤垮国企，道理何在？良心何忍？

如果国企不做强做优做大，党组织在工业经济领域将难以存在，大中专学生、复退转业军人、残疾人等特殊人群就业面更窄，党政干部培养储备基地缺失，预备役部队建设失去根基。长久下去，执政党地位与合法性将会发生动摇，后果不堪设想。

不可否认，现阶段私企、民企、外企对社会就业稳定发展的支撑作用。必须明白，中国经济基础与上层建筑的坚强支柱，城市是国有及国控股企业，农村是土地集体所有制，而不是其他经济成分。

继承革命传统 坚定理想信念 走好新长征路
——河南省三家工业协会与大别山干部学院合办企业党员干部培训研讨班

（2018 年 5 月 27 日）

习近平总书记在十九大政治报告中强调“中国特色社会主义进入新时代，我们党一定要有新气象、新作为”“要以提升组织力为重点，突出政治功能，把企业、农村、机关、学校、科研院所、街道社区、社会组织等基层党组织建设成为宣传党的主张、贯彻党的决定、领导基层治理、团结动员群众、推动改革发展的坚强战斗堡垒。”

长期以来，行业协会作为连接企业与政府的桥梁与纽带，在开展调查研究、提供政策建议、组织科技交流活动、参与新技术推广、新产品鉴定、新装备研发等方面，发挥了不可替代的重要作用。新时代，作为社团组织的行业协会，能否在开展党性教育、促进基层党建工作中发挥作用、有所作为？河南省有色金属行业协会、河南省钢铁工业协会和河南省建材协会，近期与大别山干部学院一起，以举办重点企事业单位学习十九大“不忘初心牢记使命”党员干部培训研讨班的方式，继承革命传统，坚定理想信念，走好新长征路，作了一次积极的探索。

5 月 13 日，位于鄂豫皖革命根据地首府新县的大别山干部学院迎来了一批特殊的学员。来自安钢集团、河南能化集团、豫联集团、万基控股集团、豫光金铅集团、伊电集团、登电集团、神火集团、河南明泰铝业集团、济源钢铁集团、河南省建投同力水泥公司、信阳钢铁公司、河南省冶金研究所有限责任公司等三家行业 20 多个国企与非公企事业单位 52 位党委、总支、支部负责同志参加了本次培训研讨班。

大别山干部学院以大别山 28 年红旗不倒的革命历史为主线，以弘扬新时代中国特色社会主义思想为主题，以理想信念教育为核心，通过多种教学形式，面向全国党员干部开展理想信念教育、革命传统教育和党史党风党纪教育，是在河南独具特色、在全国有影响力的特色党性教育基地。中共河南省纪委委员、省钢铁工业协会副会长、安阳钢铁集团公司党委常委、纪委书记李福永在开班仪式上希望大家通过培训研讨，进一步牢记宗旨，真学真悟，遵章守纪，促进工作。

通过6天的课堂教学，到许世友将军故里、鄂豫皖苏区首府革命烈士纪念馆、博物馆、将帅馆、箭厂河红田惨案遗址、列宁小学旧址、湖北红安市七里坪长胜街等红色纪念地现场教学，缅怀革命先烈，重温入党誓词，体验“志仁”小道，交流党建经验，教学各方都认为这种行业协会、重点企业与干部学院三结合式的党员干部培训研讨班，收效不少，应该总结经验，坚持办下去。

一、学习先烈敢于革命不怕牺牲的英勇事迹，加深了对加强党员干部选拔培养制度建设重要性的认识

新县箭厂河乡“红田”和列宁小学，是大别山学院的现场教学点。1927年12月黄麻起义遭受挫折后，反动地主清乡团勾结敌十二军教导师一个营进犯箭厂河地区，疯狂镇压革命群众，先后在这块稻田屠杀共产党员程怀天和革命群众300多人，造成骇人听闻的大屠杀。烈士的鲜血染红了整块稻田，群众崇拜地称之为“红田”。

在列宁小学，教员讲述了鄂豫陕苏区创建人之一、中国工农红军杰出指挥员吴焕先及其全家的壮烈事迹。出身富家的吴焕先1924年加入中国共产主义青年团，1925年入党，1926年秋农民革命运动蓬勃兴起，吴焕先“破家革命，揭竿而起”，1927年11月率紫云区农民武装参加黄麻起义。不久他家被反动派武装包围，遭到残酷报复：手无寸铁的父亲、大哥、二哥和小弟惨死在敌人刀枪之下；惊慌失措的大嫂，抱着不满半岁的吃奶孩子，一头扎进水塘里面，溺水而死。1927年3月18日的《汉口民国日报》上，竟赫然披露：“吴焕先家内大小六口被杀尽……”尤其令人感动的是在红四方面军主力1932年10月离开鄂豫皖苏区后，中共鄂豫皖省委11月30日在湖北黄安檀树岗重建红25军，吴焕先任军长。他老母

和妻子随着部队，在行军途中依靠乞讨筹措军粮，却将军粮上交后都活活饿死。1935 年 8 月 21 日，吴焕先在甘肃泾川四坡村战斗中英勇牺牲时，年仅 28 岁。

培训班学员、来自河南能源化工集团栾川龙宇钼业公司党委组织部长左翠霞含着热泪说："面对革命先烈事迹，感慨万千。今天有的干部，入党前好学上进，提干初期朝气勃勃，走上领导岗位后，也能取得不少成绩。但是，随着职位逐步提升，权利不断扩大，思想意识滑坡，本级党委难以管理，上级党委疏于监督，到头来蜕变贪腐，走向罪恶的深渊！面对革命先贤，我深刻认识到把红色资源利用好，开展好红色经典教育，深入推进党的建设制度改革，不断完善党内法规制度体系的重要性。一定要学习好习近平新时代中国特色社会主义思想，严格贯彻执行《党章》，加强制度建设；一定要按照新时期好干部标准，选拔培养爱护使用干部；一定要加强党内监督，防患于未然。"

二、以革命先辈顾全大局敢于担当的大无畏精神，当好供给侧结构性改革的突击队

改革开放以来，特别是近二十年来，中国的铝工业在"煤电铝一体化"快速发展新路子上快速发展。河南省是"煤电铝一体化"的发源地。2008 年世界经济危机爆发，对我国经济发展产生巨大冲击。2009 年国家出台了包括有色金属工业在内的十大产业调整振兴规划，河南省有色金属工业严格执行了"以控制总量、淘汰落后、加强技术改造、推动企业重组为重点，推动有色金属产业结构调整和优化升级"的产业政策。有的省区有些企业无视国家政策，违规大干快上，使本已纳入严格控制总量扩张的全国电解铝产量，从 2009 年的 1289 万吨，猛增到 2015 年的 3141 万吨，增长 243.68%；产能从 1900 万吨，猛增到 3600 万吨，增长 189.47%；到 2016 年，继续增长到 4000 万吨，增长 210.52%。一度出现产能严重过剩的局面。

培训班学员、神火集团商丘阳光铝材公司政工科长王金明说：听了学院老师讲述 1947 年刘邓大军千里挺进大别山的革命历史故事，看了行业专家分析本轮产能严重过剩原因的文章，深受启发。1947 年 3 月，国民党集中重兵聚集陕北和山东，进行重点进攻，形势十分严峻。刘邓大

军关键时刻听从党中央毛主席的号令，顾全大局、不畏强敌、不惜代价，千里挺进大别山，如一把锋利的尖刀直插国民党反动政权心脏地带，和陈谢大军、陈粟大军一起，一主两翼，痛击顽敌，完成了党中央毛主席的战略意图,实现了人民解放战争战略转折。邓小平在战时动员会上讲到:“我们晋冀鲁豫好似一根扁担，挑着陕北和山东两大战场。我们要坚决执行党中央、毛主席的战略方针，责无旁贷地打出去，把陕北和山东的敌人拖出来。我们出去挑的担子越重，对全局就越有利”。正如行业专家分析的：“适当的产能过剩，有利于市场竞争，优胜劣汰；严重的产能过剩，责任不在企业而在宏观调控不力。前一阶段，企业在市场经济下做强做大的本能驱动，地方政府招商引资发展经济的强烈欲望，设计单位、科研院所推向了市场后的一张图纸出售全国的经营方式，设备制造与工程建设单位自找饭吃自寻项目见钱就上的无奈，加上宏观失调中的市场无序竞争，使得一段时间内，大河上下、长城内外多资本跨行业齐头并进，大干快上，致使一些原来供给不足的传统工业产品，出现了严重的产能过剩”。2010年已经拥有一流装备技术水平的河南省电解铝企业，拥有年产480万吨能力，到2017年年底仅剩下320万吨在线生产，产能下降了三分之一以上。神火集团省内电解铝产能从90万吨。压缩停产了一半以上，同期邻省一家企业电解铝产能从几十万吨迅速扩张到900多万吨。企业职工群众对此议论纷纷，觉得守法企业损失大，老实人吃亏。河南省铝工业在全国铝工业本轮“三去一降一补”中，付出了重大代价，从一定意义上说也是一次必要的担当。为此，要增强“政治意识、大局意识、核心意识、看齐意识”，学习大别山红色传统，坚决听从党中央的指挥，引导党员干部和职工群众，搞清楚“使市场在资源配置中起决定性作用，更好发挥政府作用”的辩证关系，当好供给侧结构性改革中的突击队，沿着国家“一带一路”建设方向，加快结构调整、实施战略转移，在做强做优做大国有资本新征程中再立新功。

三、树立和践行绿水青山就是金山银山的理念，坚持节约资源和保护环境的基本国策，坚持打好污染防治攻坚战

5月16日下午，培训班的学员们身着红军服装，行走在“志仁”小道上，

体验老红军当年翻山越岭闹革命的艰辛。五月的大别山，山清水秀，鸟语花香，风景宜人。来自王屋山下的学员、豫光金铅集团办公室党支部书记张世平感慨说道：河南铅锌工业2009年就在全国同行业中提前一年淘汰落后产能，开展环保治理活动。目前，河南省电解铅产量已经占全国的三分之一左右，豫光集团作为有色行业大型骨干企业、中国最大的铅锌冶炼企业，紧紧围绕“做强有色主业、扩大循环经济、加快转型升级、提升资本运作”的发展思路，先后投入近100亿元，建设了一大批具有重要影响的重点项目，铅锌铜冶炼技术、工艺和装备达到国际国内先进水平。2017年公司生产总值突破300亿元，利润2.91亿元，同比增长65.05%。通过这次到大别山干部学院培训研讨，参观体验，更加体会到了习总书记在十九大报告中强调的：“必须树立和践行绿水青山就是金山银山的理念，坚持节约资源和保护环境的基本国策，像对待生命一样对待生态环境，统筹山水林田湖草系统治理，实行最严格的生态环境保护制度，形成绿色发展方式和生活方式，坚定走生产发展、生活富裕、生态良好的文明发展道路，建设美丽中国，为人民创造良好生产生活环境，为全球生态安全作出贡献。”我们豫光人要在贯彻执行节约资源和保护环境的基本国策、坚持打好污染防治攻坚战中再接再厉，更上一层楼。

四、党员干部要坚定马克思主义信仰，做弘扬社会主义核心价值观的排头兵

本次培训研讨班将《坚定马克思主义信仰，弘扬社会主义核心价值观——谈共产党员不准信仰宗教》作为一项重要的教学研讨内容。培训班学员、万基控股集团李春声谈了学习体会：“共产党员不准信仰宗教”是党中央明文规定并反复重申的一条政治纪律，宗教信仰自由是《宪法》的明文规定，作为在企业从事新闻信息宣传工作的人，以前对如何理解好、表述好坚持马克思主义无神论、践行社会主义核心价值观与实行“公民有宗教信仰自由”三者的关系，搞不明白。这次通过听课与讨论，明白了马克思主义信仰与宗教信仰的本质区别；明白了不准信仰宗教是一个合格共产党员的起码条件；明白了中国是一个没有宗教传统的国家，宗教要与社会主义相适应既有历史的渊源，更有现实的必要；明白了宗教信仰自由是每个公民的权利，公民信仰

或不信仰宗教属于意识形态领域、人民内部事情，遇到与民族宗教有关的问题要坚持说服，积极疏导，防止激化矛盾；明白了共产党员要坚持马克思主义宗教观，做弘扬社会主义核心价值观的排头兵；明白了要全面贯彻党的宗教工作基本方针，坚持中国宗教的中国化方向，引导宗教与社会主义社会相适应。

五、党的基层组织要建设成为弘扬社会主义核心价值的战斗堡垒，善于在制度建设、工作思路、工作方法上改革创新

2016年10月，全国国有企业党的建设工作会议召开，习近平总书记参加会议并发表重要讲话。安阳钢铁集团党委作为唯一一家地方国有企业党委，在会上作了《实行“四个三”党建工作法，为企业解危脱困转型发展提供动力保证》的交流发言。“四个三”党建工作法，是在钢铁行业形势发生重大变化和党要管党、从严治党的大背景下，立足于企业脱困大局，积极探索、大胆实践、逐步形成的党建工作新思路、新方法。安钢学员在培训研讨班上交流了集团党委提供的党建经验。安钢2016年实现扭亏为盈，2017年克服环保限产等诸多困难，实现利润20.6亿元，创历史最好水平，各项事业开创了崭新局面。培训班学员、河南豫联能源集团党委副书记白学成在培训班上交流了集团党建工作经验。豫联能源集团是以铝及铝精深加工为核心产业的大型现代化企业，总资产265亿元，员工13000余人，拥有422万吨原煤、90万千瓦发电、75万吨电解铝、18万吨炭素、100万吨铝精深加工的产业规模，是河南省铝工业转型升级示范性企业。控股子公司河南中孚实业股份有限公司于2002年在上交所挂牌上市。2003年，公司由国有企业改制为非公有制企业，时任党委书记、董事长张洪恩强调指出：“我们虽然是一个非公企业，但企业仍然是在中国共产党的领导下依法经营，必须加强党的建设。企业要建立健全党的各级组织，把党组织建立在班组上，配备年轻有为、有知识、有文化的党组织各级干部，发挥党员的先锋模范作用，用党的方针政策指导企业的发展方向。”十几年来，公司不断跨地域兼并重组，党组织随即横向协调健全完善，党委坚持贯彻落实党的方针政策，有力

地推动了生产经营和转型升级。公司党委现有8个党总支、33个党支部，党员总数1100人。公司先后获得“全国精神文明建设工作先进单位”“全省五好基层党组织”“河南省先进基层党组织”等荣誉称号。2016年，公司转型升级高精铝项目建成投产，成功转型为国内首家全产业链的国际化高端铝合金新材料企业。公司党建工作经验做法被省委组织部收录入《河南省非公企业党建创新80例》。伊川电力、登电集团、同力水泥等参加培训班的学员们纷纷表示，要积极学习安钢党委、豫联集团党委先进经验，发挥好基层党组织战斗堡垒作用，扎扎实实开展工作，达到党建工作全覆盖、社会主义核心价值观深入人心。

六、把红色资源利用好，继续办好行业协会、重点企业与干部学院三结合式的党员干部培训研讨班

参加培训的河南省建材协会会长王爱贞，提前向学院预约拟在适当时机来办一个培训班；培训研讨班班长、河南省冶金研究所有限责任公司总经理罗春祥建议：大别山干部学院应该充分利用好独特的红色资源，改进办学方式方法，扩大教学成果。负责参与本次培训研讨班教学工作的学院方面胡朗德表示，要向学院领导汇报这次办班工作情况，争取尽快走出去接地气，拜访各家行业协会和重点企事业单位，征求宝贵意见，为继续办好党员干部培训研讨班探索路径。

从“富国开穷会，穷国开富会”说起

（2018年6月11日）

近几天，西方七国集团加拿大魁北克峰会与上海合作组织青岛峰会同时举办。魁北克冷冷清清，与会者吵吵闹闹；青岛会场内外热热闹闹，被网友戏称之为“富国开穷会与穷国开富会”。

西方人讲实惠，东方人好门面，文化传统使然。中国人生性好客，客人来了，主人总是用最隆重的礼节欢迎贵客，用最好的酒食招待来宾。中国是拥有5000多年文明史大国，又在孔孟之乡召开国际峰会，青岛城市装扮一新，焰火歌舞献礼贵宾，在普通中国人看来，是再自然不过的事情。

细说起来，上合组织诸国，大多数属于东方文化圈。俄罗斯也是很讲究排场的民族，看看哈尔滨市里那座金碧辉煌的索菲亚东正大教堂就明白了。

东西方两会对比，要说“富国穷了，穷国富了”，有点吹牛。家庭、单位、国家，都存在着穷富差别。但是，世界上没有一成不变的事物，穷富也是相对的。“眼见他起高楼，眼见他宴宾客，眼见他楼塌了”“千里搭长棚，没有不散的宴席”，家庭是这样，国家也如此。西方七国，仍然是当今资本主义巨擘、财压全球的富国集团。但是，大有大的难处，特别是美国出了个不靠谱总统，整天装疯卖傻，句句不离“美国至上”，视现存国际秩序为儿戏，弄得大小国家怨气冲天；七国集团另外六国，见到特朗普就想吵架。网上流传的那张德国总理默克尔探身直视坐在椅子上的特朗普，法国总统、加拿大总理、英国首相、意大利总理和日本首相及其助手们表情各异的照片，就很说明问题。

中国正在进行供给侧改革，削减过剩产能、加快环保治理、扩大内需是其中重要的内容。中央借召开国际会议机会，给地方拨点款，提升一下办会城市形象，乃是一项善举。

2015年12月14日至15日，上海合作组织成员国总理第十四次会议在河南省郑州市举行，郑州市民在电视上看到当年的省委书记李克强，兴致勃勃地引领各国总理参观郑东新区，也都很为郑东新区经过十几年的高速建设，取得了令人瞩目的成效而欣慰。

今天的郑东新区，已经是全省金融、交通、行政中心，中国（河南）自由贸易试验区所在地。区内早晚空气清新，白天车水马龙，入夜灯火辉煌，谁若再提起2008年前后，网上流传的“河南省花了1000亿元建了一座鬼城”的谣言，都会嗤之一笑。

河南作为1亿人口大省，省会郑州到2017年年底居住人口，包括所属12个县区为704.26万，如果继续扩建，聚集1000万居民应该是正常的。国内中西部省区近年来的发展与河南情况相似。

看来，进一步拉动内需，健全二三线城市功能、加快新农村建设，应该是今后一段时期内经济持续稳定发展的应有之义。

济钢放歌

——为河南济源钢铁（集团）有限公司60周年大庆而作

苏俊杰　苏晓春

（2018年6月）

王屋山下，济水之源，
彩旗飞舞，锣鼓喧天，
欢乐的人们，盛大的节日，
济钢集团，迎来了60华诞！
60年啊，一个甲子，
她脚步铿锵，从新中国走来，
曾几上几下，五易归属，
她披荆斩棘，从岁月中走来，
曾几多艰难，几多喜悦，
见证了计划经济、改革开放，昂首跨入新时代！
忘不了啊——
1958年，大跃进的锣鼓，声声震天，
“一个粮食一个钢铁，有了这两样东西就什么都好办了”
听从毛主席的号召，
第一代济钢人，风餐露宿，挥洒汗水，
捷报频传，卫星上天，
在小土炉成群的工地上，唱响了“战天斗地”的诗篇。
“炉火照天地，红星乱紫烟；赧郎明月夜，歌曲动寒川”，
唐朝大诗人李白长江岸边描述的冶炼场面，

1200 年后在济水之源、王屋山下重现。
初建时的困难接踵而来，
停工、下马、合并、转产……
她经历了计划经济调整的磨炼，
直到 1971 年，
首座百米高炉建成投产，
才有了第一炉合格铁水，
这一天，济钢人盼了十三年！
八十年代，
改革开放的春风，吹拂着中原大地，
生产逐渐走向正轨，两座百米高炉新建，
她终于有了计划经济下的生存权，
但是，体制机制羁绊，道路坎坷，命途多舛，
年产生铁仅十多万吨而踟蹰不前，
工厂连年亏损，依靠财政补贴吃饭，
一位老领导回忆当年——
一个新乡豫北纱厂的利润，正好把济钢亏损的窟窿填满！
1992 年，那是一个春天，
小平同志南巡讲话，推动了神州大地的改革发展，
市场经济潮涌中原；
1993 年，又是一个春天，
济钢机构调整，新班子组建。
那张任命书，距今已经 26 年，
从此，济钢的命运和一个人的名字紧密相连……
环顾当时省内外众多钢铁厂，
在宏观调控、市场突变、产品积压、三角债纠缠大环境中，
有的熄火，有的转产，有的出让，有的气息奄奄……
新班子深入生产一线，发动群众，问计解难，
广大职工，奋发图强，摩掌擦拳，
愚公家乡的济钢人，
何惧千难万险？

厂领导审时度势，迎难而上，
筹措资金抓技改，拉长生铁产业链，
狠抓管理学邯钢，市场竞争求发展！
忘不了啊——
炼钢、连铸、制氧、连轧技改项目，
一个个上马，一个个投产，
自我加压的济钢人，
披星戴月“跑部前进”，报项目、找贷款，拼搏过关！
忘不了啊——
1994 年的冬天，首座炼钢转炉投产，
火红的钢水映红了厂房，映红了人们兴奋的脸，
为结束有铁无钢的历史，济钢人整整等待了 36 年！
忘不了啊——
1997 年的年关，首条轧钢线吐出火龙般螺纹钢的那一天，
激动的泪水映衬着干部职工快意飞扬的笑脸，
这是一个里程碑的时刻，
济钢由铁到钢，由钢到材，
标志着河南省第二家钢铁联合企业从此鼎立中原！
展开济钢发展的恢宏画卷，
2001，将是永载史册的一年，
11 月 18 日，河南济源钢铁（集团）有限公司宣告成立，
成为中国钢铁界第一个吃“螃蟹”的全员持股的民营钢铁集团，
浴火重生的新济钢，搭上了 21 世纪的列车飞奔向前，
产能从 30 万吨、60 万吨、100 万吨、
到 200 万吨、300 万吨、400 万吨，
济钢以一年等于四十年的速度蓬勃发展；
昨日敢为天下先，今天同行刮目看，
改制后的济钢，体制新了，机制活了，人心齐了，
国家多收、企业多留、员工多得的三项承诺得以兑现！
忘不了啊——
一车车济钢的“国泰”牌钢材

运进了黄河小浪底建设工地，
运进了长江三峡大坝工程现场，
挺进了青藏铁路、西气东输、南水北调和大型火力发电，
产品畅销全国，成为重点工程的“免检名片”！
2004 年，济钢制定了转型升级、淘汰落后、环保达标新路线，
普转优，优转特，由建筑钢向工业钢转型拉开序幕——
十四年来，先后斥资 60 亿元，
“十一五”“十二五”工艺改造不停步，
科学发展不动摇——
国内领先的大高炉、大转炉、大精炼炉、大制氧机拔地而起，
世界一流的大方坯连铸机、轧钢机、精整线在十里钢城接连开建，
2013 年 7 月，随着特殊钢大棒材竣工投产，
企业转型升级工程提前收官，
济钢脱胎换骨，旧貌换新颜！
风云突变，市场重开战，
经济告别高速度，产能过剩再现，
中国钢铁进入最寒冷的冬天，
2015 年的钢材卖成了白菜价，
“武钢养猪”并非笑谈，行业内外哀鸿一片，
昔日明星钢厂一批批倒下，破产重整，违约停产……
面对着新一轮洗牌重整，济钢再一次直面生死考验，
保生存促转型，启动“123”，对标挖潜，六个效益，技术营销——
全体总动员，
寒冬坚守五载，终于冬去春来，
2016、2017，济钢迎来了一个又一个丰收年！
啊！济钢——
波澜壮阔的六十年，砥砺奋进的六十年，
从无到有，从小到大，从弱到强，
从名不见经传到后来居上，
先后步入中国企业 500 强、中国民营 100 强和全球钢企 100 强，
谱写了国泰品牌“普转优，优转特”的神话般诗篇，

特钢领域进入了汽车、机械、军工、铁路、石油、船舶、五金、风电和航天，
且看，今日济源钢铁，
鼎足中原、闻名全国、走向世界！
胜利的今天，迎来了60年庆典，
诚信创新的济钢，团结奋进的济钢人啊，
为连续十年荣获国家免检产品而自豪，
为构筑国家重点工程钢筋铁骨而欢欣，
为成为国内外机械装备业基础零部件材料的主要供应商而兴奋，
为改制16年纳税60亿的社会贡献而骄傲，
为绿色生产、环保达标而鼓舞，
为艰苦奋斗换来的多彩生活而幸福，
为在党的改革开放政策指引下，不断发展壮大——
不负桑梓厚望而放声高歌！
八年爬坡抗战，
十年发展追赶，
十六年改制重生，
二十六载攻坚克难，
君不见，当年风华正茂的掌舵人，已步入古稀之年，
二十六年如一日，节假日、公休日，何曾有过一天安闲？
历史只眷顾坚定者、奋斗者、勤奋者，
回顾几千年华夏文明史，
哪个时代有如今天这样尊重劳动、崇尚贡献？！
企业家精神被中央、国务院写进文件里而广泛弘扬，
他也相继荣获了全国劳动模范、河南省优秀企业家、经济年度人物、中原企业家终身成就奖、济源当代愚公等诸多桂冠……
他说：这不仅是我个人的荣誉，
这是济钢的荣耀，
这是对全体济钢人的褒奖！
成绩和荣誉，
应属于伟大的祖国，伟大的党，

没有13亿中华儿女，神州万里河山，
哪里有经济建设的宏大画面，
没有党的四十年改革，四十年开放——
哪来的世界第二大经济体，
来包容8亿吨的钢铁市场！
成绩和荣誉已属于过去，
前进道路上仍旧充满坎坷艰险，
钢铁产能依然过剩，美国又挑起了贸易战……
站在2018年的金色航船上，
我们更需要居安思危，
时刻警惕市场的急流险滩，
我们要快马加鞭，不懈奋战，
把济钢的事业在新时代里持续延展！

王屋山下，济水之源，
彩旗飞舞，锣鼓喧天，
喜悦的人们，高歌欢庆济钢60华诞！
一个甲子的轮回，
新征程启航之际，
怀抱特钢梦想的新时代济钢人，
展开了向“中国制造2025”进军的壮美画卷，
谋划着“缴百亿税金、创百年企业”的新部署，
向着“国内一流，全球有影响力的优特钢精品基地”的目标奋进！
雄关漫道真如铁，而今迈步从头越，
2018年是十九大精神的开局之年，
是改革开放四十周年，
是济钢人开启新征程的一年！
习总书记说幸福是靠奋斗得来的，
让我们继往开来——继续奋斗十年，二十年……
撸起袖子，沿着品种质量效益型路子加油干，
再造一个壮丽辉煌的新济钢，
为实现民族伟大复兴的中国梦——
做出济源钢铁应有的更大的贡献！

谈三峡水库与高铁

（2018 年 6 月 19 日）

杞人忧天，自古而然。

当年讨论是否该修长江三峡水库，黄万里教授大声疾呼，予以否定。有关方面本着“两害权衡取其轻”的原则，拍板定案，修建了大坝。2006 年三峡水库修成，2008 年汶川县发生里氏 7.8 级地震。有人随即喊出：“不听耿介之言，方有今日之祸！”

1933 年 8 月，叠溪发生 7.5 级地震，松（潘）茂（县）交通阻塞。1976 年 8 月 16 日，松潘、平武之间发生 7.2 级地震。都发生在三峡水库建设之前。地质资料显示，长江上游有一个龙门山地震断裂带，龙门山地处巴颜喀拉地块东边界，西边是巴颜喀拉，东南方向是相对比较坚硬的四川盆地。板块推挤导致巴颜喀拉地块运动受阻形成断层，这一地区是地质灾害多发区。2013 年 4 月 20 日，四川雅安芦山也发生 7.0 级地震。

应该说，三峡水库建成 12 年来，长江中下游防洪发电航运带来的重大效益，远大于给库区造成的地质灾害。

新华社报道，今年 4 月 24 日下午，习近平主席来到三峡坝区，察看三峡工程和坝区周边生态环境。三峡水电站是目前世界上规模最大的水电站，电能昼夜不息送往华中、华东、广东等地。习近平来到大坝左岸电站，察看发电机组运行情况，了解三峡电站发电效益和电网安全监控等情况，并同技术人员、劳动模范、工作人员代表亲切交流。电站外，闻讯而来的企业员工围拢到总书记身边，欢呼着向总书记问好。

习近平深情地对大家说，三峡工程是国之重器，是靠劳动者的辛勤劳动自力更生创造出来的，看了以后非常振奋。三峡工程的成功建成和运转，使多少代中国人开发和利用三峡资源的梦想变为现实，成为改革开放以来我国发展的重要标志。这是我国社会主义制度能够集中力量办大事优越性的典范，是中国人民富于智慧和创造性的典范，是中华民族日益走向繁荣强盛的典范。真正的大国重器，一定要掌握在自己手里。核心技术、关键技术，化缘是化不来的，要靠自己拼搏。13亿多中国人民要齐心合力、砥砺奋斗，共圆中国梦！

习近平在视察时强调："要坚持把修复长江生态环境摆在推动长江经济带发展工作的重要位置，共抓大保护，不搞大开发。不搞大开发不是不要开发，而是不搞破坏性开发，要走生态优先、绿色发展之路。"

最近，网上又传出了西安某大学一位教授，大声疾呼不要搞高铁建设，说是高铁速度太快，行车中对大地的压力与地球自转形成剪切力，容易造成地震。同时，赞扬印度的铁路速度慢，乘车人随便上下，列车里外挂满人，实在是好得很。

依我看，这位教授愚蠢的可以。目前，北京到上海全程1318公里，高铁复兴号运行时间只需4小时28分，比坐飞机加上赶机场还要快。相对于以前每小时运行60公里的普通客车，给旅客乃至国民经济带来了多么巨大的效益。

有报道说，不久前一位中国青年游客在印度，遇到一位印度青年询问："中国城市24小时不停电？"中国人答道："我们中国的农村也是24小时不停电。"据说，印度目前尚有4亿农民用不上电。

不知道我们这位可爱的大声疾呼停建高铁的交通学院教授，听了中印青年之间的问答，是否还要赞扬印度铁路上那些挂满旅客的慢行列车？！

再谈国企的作用与贡献
——从“以工代赈”与“集中力量办大事”说起

（2018年7月5日）

近年来，党中央多次强调：“加快国企改革”“坚定不移把国有企业做强做优做大”。

总有那么一些人，对“加快国企改革”很感兴趣，而对“坚定不移把国有企业做强做优做大”不感兴趣。其真实目的，不过是想借改革的名义，继续削弱国有资产，加快私有化步伐。

许多事实说明，没有国有资本和国有企业的支撑，连普通的救灾工作也难以搞好，更谈不上发挥社会主义优越性，集中力量办大事了。

1970年春天开展“一打三反”，田铺公社人员集中起来搞运动，我和几位知青被抽到公社生产办公室，当了几个月打电话跑腿整理材料的“以农代干”，对农村基层情况有了更多的了解。

那时候，新县有17个社镇，总人口不足30万，全县产粮不能自给。奇怪的是，不少地方夏秋之后缴公粮卖余粮，冬春口粮不足又吃返销粮。一次回城，遇见了当时的县革委副主任、八十年代调任商城县委书记的任耀清。他问我:“最近看些什么书？”我说:“下乡务农又苦又累，还顾得上看书！”。他说：“年轻人来日方长，多学习多掌握些知识总会有用。”我趁机问他：“本县种的粮食不能自足，何苦要夏秋缴粮，冬春返销呢？”

老任笑了，告诉我：“‘皇粮国税，不缴有罪’，丰收年也有窟窿户。夏秋所缴，乃是以粮食为实物的农业税；冬春返销，是国家对缺粮群众的补助和救济。”

我说：“山道曲折，运输困难，不能用账抵账的方式，减少百姓翻山越岭挑重担的难处吗？”

老任说：“项目不同，渠道不一”，我这才想起了中国自隋唐时期以来，就有中央政府设立的“官仓”即国库，与各地方设立的“义仓也叫社仓”之举。皇粮是上缴国库的，放粮是官家救灾救难时节发放的。

老任还告诉我：历代开仓，不养懒人。县里多年来组织兴修的农田水利工程，需要大量的劳动力，更需要大批的粮食与物资。劳动力来自各社镇的基干民兵，水利工程受益区要多出些民兵；非受益区也要出动一些民兵，叫做发扬共产主义风格。物资主要由国家调拨，粮食主要由县社自筹。当时正在修建香山水库，从各社镇抽调来的基干民兵（今天称之为“民工”），所用的粮食，不是从家中自带，而是由县社筹集，这就叫“以工代赈”。能吃能干的劳力被抽调来修水库了，自家的粮食也就省了下来。

我又问：家中没有劳动力又缺粮的怎么办？

老任说：对老弱病残的要实行救济，社会主义不能饿死人。

后来，读沈括《梦溪笔谈》，才知道“以工代赈”的救灾方式，是那位“先天下之忧而忧、后天下之乐而乐”的大政治家范仲淹所创。北宋皇佑二年(1050年)，江浙一带发生大饥荒，富庶之乡竟然也饿殍遍地。朝廷下旨赈灾，范仲淹当时统领浙西，兼任杭州知州，他在征集民间余粮、发放救济的同时，以官府名义组织西湖游园、龙舟竞赛活动，让百姓出城观看、游玩，自己还带头到湖上设宴作乐；并告诉各寺庙方丈主持，“灾荒之年，工价如此低贱，何不大兴土木？”鼓动修殿建阁；官府也趁机翻新修造官署和粮仓，每天雇工千余人，一时间搞得热火朝天。

范大官人此举，惹得监司(监察机关)上书奏劾其“不恤荒政，嬉游不节，及公私兴造，伤耗民力”。

范仲淹上书申辩：荒年最大的政务，就是让人吃饱饭，减少流民，稳定人心！

这种依靠官府和私家办会节、搞建设的举措，使每天到杭州游玩的、打工的、经商做小买卖的，少说也有好几万人。此举繁荣了市场，安定了社会。沈括记载，当年“两浙惟杭州晏然，民不流徙，皆文正之惠也”。

1975年8月4日至8日，驻马店突降特大暴雨，引发了板桥、石漫滩、田岗、竹沟、薄山等20多座水库大坝垮塌、漫顶、溢洪道冲毁，汹涌的洪峰冲断了京广铁路，十几个县区成为泽国，人员死亡3万人。当时我在附近的信阳钢铁厂工作，曾经参与抗洪救灾活动，也亲自护送过家在灾区的职工返乡救灾。看到成千上万的解放军干部战士日夜不停地在灾区抢修道路，解救群众；川流不息的汽车往灾区运送物资，帮助灾民重建家园，恢复生产；所有进入灾区的汽车加油均不收费，广阔的救灾现场如同战场一样，场面十分感人。此时，只有此时，才能够感觉到做一个中国人的骄傲，才可以懂得中华民族生生不息扶危救难的伟大精神是多么坚不可摧，才能够认识到“社会主义集中力量办大事”的优越性。

1978 年 9 月，河南省委鉴于驻马店地区救灾工作不力，严肃处理了地委班子，将地委第一书记苏华撤职查办。不久，我到驻马店市出差，顺便探望了免职在家赋闲的地委书记魏世昌。我与他一家人在新县时就相识。曾记得一次路过新县箭厂河公社的杨冲水库，有人指着大坝上“杨冲水库”四个字，说是当年的县委书记魏世昌题写的。

我问老魏：“洪水过去两年了，中央下拨了救灾款项，灾区许多农民房子却没有盖起来，为什么不用‘以工代赈’的方式，加快建设？”

老魏说：“‘以工代赈’需要有充足的物质基础，不是光有了钱就行的。十几个县区大面积受灾，水泥、钢材、木料等都很缺乏，农村基础条件差，电力交通也是问题，许多社队自己能烧砖瓦，买了煤却运不回去。”1976 年 7 月 28 日，唐山发生大地震。那两年全国救灾任务重，物资紧张。1978 年 12 月中央在人民大会堂召开全国钢铁工业大会，庆祝钢产量突破 3000 万吨，信钢李克诚书记参加了大会。那时候许多单位，拿着国家调拨的指标，开着汽车守着钢铁厂、水泥厂的大门，几天也装不上车。

我问：“既然现实条件摆在那里，省里指责你们，对地委班子开刀问罪，岂不冤枉？！”当时传说中央对河南在大灾之年继续修建省会郑州的大会堂颇不满意，而省里却拿驻马店地委做典型予以处分。

老魏却说：“救灾进度慢，群众意见大，拖了全省后腿，上级处分我们是应该的，谈不上冤枉。”闻听此言，使人不由得对这位抗战时期参加革命的老同志产生敬意。

2008 年 5 月 22 日，汶川大地震发生后，全国各地党员干部、人民群众捐款捐物；中央军委一声令下，解放军陆军、空军航空兵多支部队日夜兼程，挺进灾区展开救援活动。国务院办公厅 6 月 21 日印发《汶川地震灾后恢复重建对口支援方案的通知》，提出“灾后恢复重建是一项十分艰巨的任务。为举全国之力，加快地震灾区灾后恢复重建，并使各地的对口支援工作有序开展，经党中央、国务院同意，建立灾后恢复重建对口支援机制。”按照“一省帮一重灾县”的原则，由东部和中部地区共19个省市对口受灾地区实施重建。

经过30年改革开放，2008年的基本国力与1978年相比，发生了巨大的变化。2008年，全国钢产量5亿吨，等于1978年的15.73倍；全国规模以上水泥企业水泥产量13.88亿吨，等于1978年的21.27倍。

四川江油市，遭受地震重创造成的直接经济损失592亿元。河南省委、省政府按照中央部署，汇聚全省人民的力量千里驰援，帮助江油重建美好新家园。援建工作从2008年6月16日开始，经过两年多时间的努力，对口支援江油建设项目于2011年11月2日进行了移交。截至当日，河南对口支援江油的30亿元资金100%到位，对口支援的300个项目100%交付使用，援建项目工程结构优质率达到100%。

中新网郑州2011年2月25日报道：两年多来，河南超过2万人次参与了江油灾区重建，江油1/3的农村居民住房得到明显改进；援建的170余公里道路，使江油市1/3县乡同类道路通行条件得到明显改观；援建学校近10万平方米，使江油市1/3的在校学生就学条件得到明显改善；投资3亿元建设的“江油—河南”产业园，也将使江油市的造血功能得到明显增强。

据说，当年河南省在落实中央支援灾区重建工作时，发现资金、物资都好解决，而立即抽调过硬的建设队伍开赴灾区却成了难题。虽然说全省各地有许多各种规模各具特色的建设公司与施工队伍，一说是要及时拉到四川救灾，大都愿意出钱而不肯出队伍，理由是正在承担的工程脱不开身。省国资委按照省里的要求，终于在洛阳铜加工集团上市以后的存续单位中，找到了能开进灾区的一个工程建设公司。省领导闻讯感慨地说道：“关键时候，还得依靠国有企业啊！”

习近平总书记提出：“国有企业是中国特色社会主义的重要物质基础和政治基础，是我们党执政兴国的重要支柱和依靠力量。”

《中华人民共和国宪法》第七条：国有经济，即社会主义全民所有制经济，是国民经济中的主导力量。国家保障国有经济的巩固和发展。

一场江油灾后恢复重建活动，关键时刻显示出了国企的作用。

统计局公布的数据准确吗？

（2018 年 7 月 11 日）

准确及时的经济运行数据，是做好国民经济管理的基础。

前不久，一位颇为知名的大报老记者，在网络上发了一篇《国家统计局：此事不说清楚，恐怕后患无穷》的文章，引发了一些争论。

该文称："有朋友微信传来一张截图：仔细一看：2018 年 1~5 月全国规模以上工业企业利润增长 16.5%（此时，工业利润 27298.3 亿元。）""再看看去年同期：2017 年 1~5 月全国规模以上工业企业利润增长 22.7%（此时，工业利润 29047.6 亿元。）""2018 年 1~5 月利润仅 27298.3 亿元；而去年同期利润为 29047.6 亿元。""两相比较，利润减少 1749.3 亿元，非但不是同比增长 16.5%，反倒是同比下降了呀！国家统计局是怎么统计出增长 16.5% 来的呢？"

我觉得，作者也许没有工业经济运行分析工作的经历，不大了解统计工作内容与程序。

我从 1986 年起，就开始在河南省冶金建材厅作月度、季度、半年与年度工业经济运行分析，由于兼任《河南日报》通讯员、《冶金报》《中国有色金属报》等报记者，一些分析报告内容还转换成了给报社的稿件。头几年，自己也常为数字的准确性头疼。国家及各省区政府机构，将冶金、有色金属和建筑材料三家行业管理部门合为一家的，河南乃独一份。为厅长起草讲话、以厅名义向省里上报材料，就必须有河南省冶金建材工业系统总产值、利润（亏损）、税收、基建技改投资与完成情况的统计数据。这些数据，统计局找不着，我只好把全省冶金、有色金属和建材工业的相关数据合并起来，搞了个数据模块。对模块中的东西，自己也感到不踏实。

那时候，河南的钢铁工业企业，主要有被列为全国 55 家骨干企业的安阳钢铁公司、信阳和济源等四家地方骨干铁厂、洛阳耐火材料厂；有色金属工业主要有央企的长城铝业公司，以及地方的焦作、郑州中原和三门峡三家铝厂，加上济源黄金冶炼厂（今豫光金铅集团）、栾川钼矿（今洛钼集团）等，企业户数较少，统计部门健全，各种数据比较准确。户头众多的地方建材工业，如水泥、玻璃、陶瓷、砖瓦、中小耐材企业的数据，谁也说不清楚。一个产量指标，厅里一个部门一个数据，甚至一个处长一个数据。这个“河南省冶金建材工业数据模块”，出现在我起草的厅长报告和上报省委、省政府部门的专题报告中。冶金部、国家建材局、中国有色总公司和省统计局都不接受它，因为在全国及各省区没有可比性。

奇怪的是，运用此模块分析预测出来的全省冶金建材工业运行态势，八九不离十。当然，这些经济运行分析及预测，不仅是统计数据的推演，也不只是个人观点，而是综合了厅内外单位的意见。

慢慢地我悟出了其中的道理，统计学是一门数量经济分析科学，其本质要求是理清经济运行现状，预测发展趋势。由于国民经济运行是动态而不是静态的，所采取的各类运行数据，受到时间、地点和条件的限制，准确度是相对而不是绝对的。某一时空中所监测数据，只要主体准确可信度就高，个别数据不准是正常现象，过分准确反倒不正常了。

那些年，技术装备水平较高、管理基础较好的传统工业企业，如特大型与大型钢铁、有色金属、石油化工、煤炭电力、机械制造、铁路交通等企业，计量检测手段齐全，数据比较准确。而众多的地方中小企业，尤其是民营中小企业，受到当地政府干预较多，搞了不少拍脑袋数据。

记得20年前，一位地方工厂厂长说，市里为完成上级考核指标，年关前来厂催缴欠税。厂长说：工厂几乎就要停产了，哪里找钱？分管副市长就指示银行给贷款200万元，让厂里拿来补缴了税。过了年，市里又以某种“财政补贴”的形式，将200万元退回了工厂。还有的乡镇小厂长，到了年底，就是直接对当地统计局说：产值、产量、利润等，你就说我该怎么填吧！

当年，我经手合并的“河南省冶金建材工业”数据模块，总产值、利润、投资等主要数据中，准确性高的钢铁和有色金属工业数据占比在75%以上，水分较多的建材工业数据，虽然户头众多，占比却不足25%，保证了经济运行分析预测的基本准确。这也符合毛泽东《矛盾论》中“事物的性质，主要的是由取得支配地位的矛盾的主要方面所规定的”科学论述。

目前，国家统计局将年营业收入2000万元及以上企业，归类为“规模以上企业”，作为全国工业企业统计快报的基础范畴，是有道理的。

这些年来，统计工作中弄虚作假的行为，已经大为减少。随着国家有关统计、财经、税收、会计、审计等方面的法律法规逐步颁布实施，大数据广泛运用，经济管理监督手段逐步完善，谁想再作假也不容易。

从去年下半年起，国家统计局启用了新的统计模块，目前应该还在调整完善之中，难免出现有关数据不很衔接的事情。

6月29日下午，国家统计局的解释出来了：

澎湃新闻报道：工业利润降近2000亿元仍正增长？统计局释疑：统计范围有变。

“简而言之，是因为规模以上工业企业范围每年均会发生变化，为保证数据可比性,国家统计局会将上年度同期数据调至与本年度统计范围相一致，而2018年除了将对企业跨地区、跨行业的重复计算进行了剔重，还因‘营改增’影响下，部分工业企业将内部非工业部分转向了服务业，故而需要调低上年度同期数据的范围。”

因为时效的需要，国家统计局对外公布的月报、季报属于快报性质，每年之初也会发表上年度快报，每年的年报一般要到下一年的二三季度，才能够发表。

新华社北京7月10日电：国家统计局副局长贾楠10日表示，2018年我国将开展第四次全国经济普查，以摸清我国最新家底和国力。

全国经济普查是提高统计数据真实性的有效途径。如果说，国家统计局公布的数据不准确，又有谁家能提供权威、更准确的统计数据？一些公立大学研究院所、民办研究院所以及有关专家发布的一些数据，往往是为证明一定目的而各说各话，也就难免以偏概全。

经济新闻报道，是一件时效性、知识性很强的工作。有经验的记者，往往会在报道前面加上一句“据国家统计局公布”“记者从某部召开的会议上获悉”“省经济工作会议指出”等前置词语，既增加了消息的权威性，也可以省去不必要的解释。

为辽宁5个地市停建氧化铝项目点赞

（2018年8月7日）

在朝阳市广大人民群众的强烈抗议声中，朝阳市政府8月1日发布公告，取消拟于10份开工建设的1000万吨氧化铝项目。

8月3日，丹东凤城市人民政府发布《关于取消氧化铝项目的公告》：由于环保指标问题，凤城市与杭州锦江集团氧化铝项目已于今年5月停止实施。

8月4日当天，辽宁阜新和葫芦岛市同时宣布取消氧化铝项目。当日，阜新市太平区人民政府就取消氧化铝项目召开新闻发布会：经研究决定停止进一步洽谈，取消氧化铝项目；葫芦岛市南票区人民政府发布《关于取消氧化铝项目的公告》：对于高桥镇政府拟盘活的氧化铝僵尸企业，依据环保有关规定，区政府决定取消该项目。

8月5日晚7点30分，辽宁省营口市政府新闻办公室召开紧急新闻发布会，就广大市民关注的取消大南山氧化铝项目有关情况进行发布。根据《营口市人民政府关于取消大南山氧化铝项目的建议》，鉴于群众的愿望，盖州市政府决定取消大南山氧化铝项目。

辽宁5个地方政府听从民意，主动取消5个氧化铝建设项目，避免了更大的决策失误，减少了铝工业产能新过剩的可能，知错即改，善莫大焉！

适当的产能过剩有利于市场竞争，淘汰落后；严重的产能过剩是盲目逐利、宏观失调、政府不作为造成的。造成电解铝产能严重过剩的主要原因，是一些民企违规大上新项目，一些国企如中电投跨行业的盲目建设。山东一家民企电解铝产能扩张至1000万吨，前段就因为违反国家环保限产政策而强令停产250多万吨。

目前，由于多种因素，全国电解铝工业出现全行业性亏损，而且很快会向上传导至氧化铝工业。中电投建设的电解铝板块，除了电价便宜之外，管理与技术水平都不占优势，搞氧化铝属于水多加面的无奈之举。辽宁这5个地市大上氧化铝项目，显然是不了解国情，看错了风向。不及时收手今后是要吃大亏的。

市场经济条件下，资本既有趋利性，更有盲目性。“节制资本”是中国民主革命的先行者孙中山先生倡导的“三民主义”中民生主义的基本纲领之一。早在1905年孙中山就有了“节制资本”的思想萌芽，提出中国要“采用欧洲的生产方式”，又要“避免其种种弊端”(《孙中山全集》第一卷272~273页)。辛亥革命后孙中山先生大力提倡大企业国有，并于1921年提出民生主义就是要解决“土地”与“资本”两个问题。

百年后的今天，为了“发挥市场在资源配置中的决定性作用，更好地发挥政府作用”，要不要“节制资本”，如何“节制资本”，就显得更为迫切。

经过长期的开采，国内铁矿、铜铝铅锌矿等矿产资源，早已经不足以支撑现有工业生产的需要，需要大量进口解决问题。应该看到，包括钢铁、电解铝、铅锌冶炼工业出现的过剩产能，其装备技术管理水平大都属于国内领先、世界一流行列，属于全球富裕产能。很需要随着“一带一路”建设步伐，将上述富裕产能向域外转移，到国外靠近资源、靠近市场的地方开矿办厂，就近销售。

弘扬知青精神，助力新时代中国特色社会主义建设伟大事业

——纪念知识青年上山下乡 50 周年

（2018 年 10 月 14 日）

今天，我们回到母校举办座谈会，纪念知识青年“上山下乡”50 周年，既感慨又欣慰。在我们之前，卢中阳、吕玉兰、邢燕子、侯隽、董家耕等一批知识青年，就响应毛主席“农村是一个广阔的天地，在那里是可以大有作为的”号召，回乡下乡建设新农村。大规模的知识青年“上山下乡”，是从 1968 年秋天我们老三届高初中毕业生开始的。

50 年来，“知识青年”成了我们这代人的专用名词。今天大家都已下岗退休，“一代风流”的青春岁月早已逝去。但是，在生活里，旅途中，微信上，山南海北，萍水相逢，一声“知青”，大家立刻能找到共同语言，拉近心灵距离。

回首往事，人们逐渐认识到，“文革”中后期大规模的知青“上山下乡”活动，是特定环境中一场空前绝后的政治运动；是国家最高领导号召，中央与地方政府层层组织落实，牵动了千百万城乡家庭的社会行动。这场运动在中国乃至世界产生了并且还将继续产生重大的政治影响和深远的历史意义。

1968 年秋天，毛主席发出“知识青年到农村去，接受贫下中农的再教育，很有必要”的重要指示，新县县（革）委在大礼堂召开县直干部职工大会，动员新县一中、二中、三中等六所中学的 66 届、67 届、68 届高初中毕业生，响应号召，“上山下乡”。

从 10 月 15 日起，我们新县一中 100 多名高初中毕业生，由县里指派干部带队、县社两级统一组织到田铺、代咀兴办知青农场；组织一部分学生到农村插队落户，家在农村的学生回乡务农，一部分城关镇小学毕业生也随同

“上山下乡”。同时，全县还接收了一批郑州市老三届高初中毕业生，安置到田铺、周河、箭厂河等地插队落户。据统计，到1978年，全国十年间有近2000万知青“上山下乡”，接受再教育。

50年来，广大知识青年在农村、工厂、机关、事业单位、人民军队等各行各业、各种岗位上艰苦奋斗，任劳任怨，为改革开放、经济腾飞、国防建设、文化教育、科学技术、社会发展等项事业担当主力军，作出了重大贡献。

我们借助纪念“上山下乡”50周年的机会欢聚一堂，回顾艰苦历程，总结经验教训，弘扬知青精神，对于丰富新时代大别山精神、促进社会主义先进文化建设、助力新时代中国特色社会主义建设伟大事业，具有积极的现实意义。

四五十年前，近2000万朝气蓬勃的青年学生，告别学校、城镇和家庭，登上陕北高原、内蒙古高原和云贵高原，参加云南、内蒙古、黑龙江和新疆建设兵团，走入各地农村社队和农民家庭，经风雨，见世面，接受再教育。虽然大家所处的环境不同，锻炼时间长短不一，收获大小各异，就整体而言，形成了一代知青精神，是客观存在的。

我主要以新县老三届知青50年来的经历见闻，谈谈一代知青人的精神风貌。

战天斗地的创业勇气。当年我们70多名同学来到田铺黄毛尖的崇山峻岭、深沟密林创办红卫岭知青农场，山上只有三户农民和九里、宋畈、陶冲三个大队在大坪、凹林荡、黑沟兴办的三个中草药种植场。大家上山后的头一堂功课，就是搭建草棚、烧砖瓦盖房、挑米上山，解决吃住问题。稍稍安置下来之后，冬春开荒、夏秋耕耘、养植中药、开辟茶园、护林救火、伐木烧炭，艰苦创业。我们曾经为帮助部队在山顶建立雷达站下山扛水泥包，在山上砸碎风化石块充当粗砂；曾经为守护秋田，在明月夜敲锣打鼓撵野猪；曾经在挑米上山路上隔着水溪与狼共舞……体会了毛泽东青年时代提倡的“与天奋斗其乐无穷、与地奋斗其乐无穷、与人奋斗其乐无穷”的境界。当年那些惊心动魄的难忘场面，今天想来颇有些诗意。到代咀和插队农村的同学们，也都经历了艰苦创业。大家在广阔天地里“滚一身泥巴、练一颗红心”，体会到了“谁知盘中餐，粒粒皆辛苦”，认识了农民辛苦、农村面貌、农业在国民经济中的重要位置。近2000万知青“上山下乡”，还促进了文化教育、科学技术、医疗卫生下乡活动，受到了农民群众的欢迎。

精益求精的创造热情。绝大多数知青经过一段时间的农村锻炼，通过征兵、招工、上学等方式返城，走进了部队、工厂、科研院校、机关事业单位，我于1971年3月16日被招入信阳钢铁厂。信钢原设计是建设两座矿山，一条小铁路，烧结、炼铁、炼钢和轧钢长流程的中型钢铁企业。当时明港毛集小铁路正在修建，毛集铁矿面临扩建，条山铁矿需要新建，厂本部4月1日开工典礼。厂领导大多是从地区和各县抽调来的老同志与转业干部，技术人员是从外地调来的几位工程师、一部分老工人和几十位老五届大学毕业生。我们500多名首批进厂的老三届知青，发扬了“上山下乡”时练就的吃苦耐劳精神，在新岗位干中学，学中干，迅速成为工厂里的骨干力量，人称“信钢500罗汉”。到20世纪80年代中期，这家地方国营钢铁厂7000多名职工中，下乡回乡的知青占了65%以上。同样，全国近2000万知青返城安置后，绝大多数人爱岗敬业，扎实苦干，精益求精，许多人成长为单位的佼佼者，行业的标兵模范，有些被选拔为各级领导干部。我们新县知青中，就涌现了自学成才悬壶济世的著名老中医师冯家冰、在教育事业努力攀登成为大学英文教授的张少林等一批先进典型。现在大力弘扬的“大国工匠”精神，是对知青精神实质上的传承与发展。

继往开来的创新使命。习近平提出“创新是一个民族进步的灵魂，是一个国家兴旺发达的不竭动力，也是中华民族最深沉的民族禀赋。”改革开放40年来，中国从站起来到富起来走向强起来，发生了举世震惊的变化，始终贯穿着一条创新发展的主线，近2000万知青为此发挥了继往开来的重要作用。我们有幸乘改革开放的东风，在各行各业充分发挥聪明才智。多氟多化工股份有限公司董事长、党委书记李世江，20世纪90年代初由一名温县化肥厂职工起步，到焦作市中站区领办一家小化工厂后，联合多家科研院所、招聘国内外顶级专家学者，经过20多年的拼搏，走出了一条“技术专利化、专利标准化、标准国际化”的发展路线，将企业产品布局在无机氟化物、含氟电子化学品、锂电池、电动汽车四大领域，成为中国无机氟化工行业首家上市企业，国家高新技术企业，国家创新型试点企业，国家技术创新示范企业；先后主持制定或参与制定了89项国际标准、国家标准、行业标准，成功研发了锂电池核心原材料六氟磷酸锂并实现产业化，打破了国外垄断，产销量居全国、全球第一。原新县一中66届初中毕业生朱晓明，被推荐到武汉钢铁学院上学回信钢后，在高炉上料自动控制方面，发明了两项专利技术，在全国同行业中推广应用，产生了良好的社会效益。

所以说，在热爱党、忠于祖国、为人民服务的前提下，一代知青精神至少具有战天斗地的创业勇气、精益求精的创造热情、继往开来的创新使命三个本质特征。

我们这代知青精神的形成，源于三个方面的培养教育：

一是得益于环境因素激发的强烈求知欲望、好学上进思想和顽强拼搏意识。

多年以来，不论是在农村工厂、机关事业单位还是在人民军队里，前面有劳苦功高的老革命、老专家、老师傅，有文凭比我们高、待遇比我们好的老五届大哥大姐，后面有比我们年轻、条件比我们优越的小弟小妹，使我们产生了强烈的求知欲、上进心、紧迫感。特殊的历史环境虽然使大家在中学阶段停留时间不短，大多数人并没有学完高初中阶段的课程。“上山下乡”后，有的同学在繁重劳动之余，找时间补习功课，有的利用一切机会，向行家里手求教，学习科学文化知识。返城以后，有些人有机会进入大学深造，出国留学，更多的人是以社会为大学，在岗位上自学成才，努力适应科学技术、经济文化和社会发展的需求。

二是得益于青年时代学校教育和社会风气影响，树立了正确的世界观、人生观、价值观。

我们初中阶段的各门功课，贯穿着马列主义、毛泽东思想的红线，高中阶段开始接受政治经济学、辩证唯物主义和历史唯物主义的启蒙教育。当时社会上工业学大庆、农业学大寨、全国学习解放军，“老三篇”里张思德、白求恩和老愚公的光辉形象，王进喜、焦裕禄、雷锋、王杰、欧阳海等英雄事迹，铭刻于脑海；热爱祖国、热爱党、拥军爱民、全心全意为人民服务，成为大家的座右铭，指导检验着我们的言行。青少年时代确立的世界观、人生观、价值观，奠定了我们敢吃千般苦、昂扬争上游的思想境界，伴随我们经历了几十年的风风雨雨，鼓励我们战胜了一次次艰难险阻，支持我们创建了一项项新成绩，使我们能够与先辈后生一样，挺起腰杆走过大半生历程，完成了知青一代的历史使命。

三是得益于锤炼助人为乐、与人为善的道德品格。

几十年来，我们不是依靠喝别人熬制的“心灵鸡汤”，而是用一以贯之的刻苦学习、勤奋工作、朴实生活，锤炼和彰显了知青一代助人为乐、与人为善的道德品格。

今天，我们有幸在母校重聚座谈发言，不是要哀叹失去的青春岁月，不是要自吹自擂显摆走过的历程，更不是要愤世嫉俗发泄心中的块垒，而是要借此机会总结经验，知往鉴来。我想在此再提几点建议：

一是正确评价知青“上山下乡”运动，站在历史高度，用战略眼光总结知青精神，教育启迪后人。

应该怎样评价知青“上山下乡”运动，一开始就存在着各式各样的争论。其中最有代表性的否定意见是说知识青年“上山下乡”是“变相劳改”“变相失业”。就全国来说，当时500多万老三届高初中毕业生的安置就业问题，确实让上上下下头疼。记得那时的新县，除了一个每天晚上发电到10点钟的小电厂，浒湾还有个火药厂以外，没有其他工业厂矿。新县六所中学几百名高初中毕业生，面临着学校“斗批散”，大学停办了，除了“上山下乡”一条路，真的没有别的办法安置。直到1970年以后，国家一些大厂招工，各地办起了一批小钢铁、小化肥、小水泥、小玻璃、小煤矿等“五小”工厂，一些理工科高校扩建校办工厂，加上百货、外贸、服务、食品、副食品、供销社等商业公司和林场、茶场招工，才逐步安置了大批返城知青。

今天，我们应该站在历史的高度，着眼于执政党的事业、国家的兴衰、民族的复兴、世界多变的大格局，重新认识50年前的知青“上山下乡”运动。

20世纪50年代后期到60年代初期，国际共产主义运动中的分歧加剧，促使毛主席从党的事业和国家兴亡的高度，加强了培养无产阶级革命事业接班人问题的思考与战略部署。

1962年，毛主席在《在扩大的中央工作会议上的讲话》中讲到：“从现在起，五十年内外到一百年内外，是世界上社会制度彻底变化的伟大时代，是一个翻天覆地的时代，是过去任何一个历史时代都不能比拟的。处在这样一个时代，我们必须准备进行同过去时代的斗争形式有着许多不同特点的伟大斗争。”高瞻远瞩地指出：“为了保证我们的党和国家不改变颜色，我们不仅需要正确的路线和政策，而且需要培养和造就千百万无产阶级革命事业的接班人。”号召全党“要从上到下地、普遍地、经常不断地注意培养和造就革命事业的接班人。”

1964年，毛主席提出了接班人的五项条件：（1）是真正的马克思列宁主义者；（2）全心全意为中国和世界的绝大多数人服务；（3）能够团结绝大多数人一道工作；（4）模范执行党的民主集中制；（5）谦虚谨慎，戒骄戒躁，富于自我批评精神。1968年发出“知识青年到农村去，接受贫下中农的再教育，很有必要”的号召，正是他“培养和造就千百万无产阶级革命事业的接班人”战略中的重要举措。

50年后的2012年11月8日，党的十八大胜利召开。11月15日十八届一中全会上选举出来的7名政治局常委中，有2位是老五届大学生，5位是当年的知青。此前，已经有成千上万的当年老五届大学生和“上山下乡”的知青，经过长期的培养锻炼，被选拔到从中央到地方的各级领导岗位，经过长期克难攻坚，成为各行业的专家学者。这是历史的巧合吗？不是，这是老一代革命领袖深谋远虑战略部署的胜利，是我们党走向成熟、中华民族伟大复兴、国家强盛、社会进步的必然结果。

尤其可喜的是，十九大以后，新时代“上山下乡”工程渐显端倪。习近平在中共中央政治局第八次集体学习时强调“把乡村振兴战略作为新时代‘三农’工作总抓手，促进农业全面升级、农村全面进步、农民全面发展”“要坚持农业现代化和农村现代化一体设计、一并推进，实现农业大国向农业强国跨越。要在资金投入、要素配置、公共服务、干部配备等方面采取有力举措，加快补齐农业农村发展短板，不断缩小城乡差距，让农业成为有奔头的产业，让农民成为有吸引力的职业，让农村成为安居乐业的家园。”在干部教育培训问题上，中共中央政治局2018年9月21日提出“为贯彻落实新时代党的建设总要求和新时代党的组织路线、培养造就忠诚、干净、担当的高素质专业化干部队伍，确保党的事业后继有人。”习近平在7月3日全国组织工作会议上强调：“年轻干部有培养前途的要放到基层去锻炼。下去要真下去，而不是去‘镀金’。有些年轻干部放下去了，不是挂职、兼职，就是到当地任职，行就行，不行就不行，赛场选马，优胜劣汰。速生树材质疏松，是做不了扁担的，做了就会把担子挑翻。对优秀的年轻干部，组织上要注意跟踪，‘善则赏之，过则匡之，患则救之，失则革之’。”

二是正确认识现实，做学习宣传习近平新时代中国特色社会主义思想的力行者。

50年来我们中的许多同志，当年返城后遇到了找对象难、住房难、独生子女抚养难的窘况，后来又经历了复退转业、企业改制、兼并破产、下岗再就业、机构改革、人员分流等类曲折，晚年又遭遇了子女买房难、自己看病难、儿孙上学难等方面的问题。要是让大家一起倒苦水，家家都有难念的经。

毋庸讳言，前30年我们读书成长、“上山下乡”、返城工作、初显身手；

后30年我们努力工作、拼搏贡献，苦乐年华，甘苦备尝。我们党近百年来坚持把马列主义的基本理论与中国革命建设改革的具体实践结合起来，率领全国人民艰苦奋斗，彻底改变了中国的面貌，震惊了世界。中国共产党奋斗百年的理论学说，从毛泽东思想、邓小平理论、“三个代表”重要思想、科学发展观，到习近平新时代中国特色社会主义思想，有着一脉相承、继承发展的内在联系。习近平新时代中国特色社会主义思想，丰富了马克思主义的理论宝库。十八大以来，党中央制定了一系列战略部署与政策措施，带领全党全国人民再出发。特别是十九大作出了“中国特色社会主义进入了新时代、我国社会主要矛盾已经转化为人民日益增长的美好社会需要与不平衡不充分发展之间的矛盾”等重大政治论断，深刻阐述了党的历史使命，制定了新时代“伟大的斗争、伟大的工程、伟大的事业、伟大的梦想”奋斗目标，党中央一步步部署、一层层抓落实，不少难题开始解决。反腐倡廉力度加强，“大老虎”露头就打，一批腐败分子得到查处，扫黑除恶深入展开，“拍蝇灭蚊”常抓不懈。扩大对外开放，提出“一带一路”倡议，加强国际合作，打造人类命运共同体，受到普遍欢迎。我们有理由相信，随着上下一心团结奋斗，各类问题会逐步解决，社会风气会逐步好转，大家的日子会越过越好，心情会越来越舒坦。

三是正确认识人生，引导年轻人处理好理想信念、社会家庭、人生目标等关系，助力新时代中国特色社会主义建设伟大事业。

最近，微信上流传着国外报刊一篇《最勤奋的中国人老了》的文章，就是指我们这代人。改革开放40年，我们有幸成为参与者、探索者、见证者和受益者。新时代，我们也不能只等着享受国家和社会“老有所养、老有所乐”的福，还要“老有所学、老有所为”。人民有信仰，国家有力量，民族有希望。习主席多次强调要“讲好中国故事”，我们也要讲好中国知青的故事，弘扬知青精神，丰富新时代大别山精神，增强“四个自信”，助力新时代中国特色社会主义建设伟大事业。

一代人有一代人的机遇，一代人有一代人的追求，一代人有一代人的事业。我们这代人已经完成了历史使命，老有所为还需要掌握好分寸。待人接物，为人处世，讲究舍得放下，注意帮忙不添乱，抱定吃亏是福，做到心平气和，清净安享晚年。

（此篇为在新县知青纪念“上山下乡”50周年座谈会上的发言）

挥手离校50载　白首知青喜归来
——纪念新县知青“上山下乡”50周年活动侧记

（2018年10月25日）

2018年10月14日，纪念新县知青“上山下乡”50周年座谈会在新县高中大力支持下隆重召开。70位老三届知青返回母校，新县高中校长苏锡永、副校长胡长生、校办公室主任高昌、原新县一中老校长何吉祥、老教师王殿鹏、晏慎钧及夫人，和学校部分教师到会助兴。15日，当年在田铺公社红卫岭知青农场的30多名老同学重回黄毛尖。25日20多位到代咀公社和黄毛尖“上山下乡”的知青，在代咀乡党委的热情支持下，举办了知识青年“上山下乡”50周年座谈会。

14日，参加座谈会的同志会前仔细观看了新县高中为欢迎老三届知青返校而专门制作的校史专题片，仿佛又回到了当年熟悉的校园。

座谈会由67届高中毕业生曾凡德主持。

新县高中党总支书记、校长苏锡永应邀发表了热情洋溢的致辞，他代表全体师生向纪念活动的如期举行表示热烈的祝贺，向各位知青、各位校友前来我校参加座谈会表示热烈的欢迎！

苏校长指出：50年前，各位离开校园，离开温暖的家庭，“上山下乡”，到艰苦的地方安家落户，开垦荒原，辛勤耕耘……吃过无数苦，流过许多汗，带着青春和热血，在广阔的田野上磨砺和奉献。在人们的印象中，老三届人是那个时代同龄人中吃苦最多、磨炼最多的特殊群体；在人们的记忆中，吃苦、奉献、不畏艰难、听从祖国召唤，最能体现老三届人的精神境界，这是老三届留给我们最宝贵的财富。

苏校长向知青们表达了最崇高的敬意、最真诚的感谢，希望大家能常回母校看看。

在新县的知青代表66届初中毕业生梁健、在洛阳的知青代表67届高中毕业生胡成芳、在郑州的知青代表66届高中毕业生苏俊杰，分别在座谈会上发言，回顾几十年战天斗地的创业勇气、精益求精的创造热情、继往开来的创新使命，表示要弘扬知青精神，助力新时代中国特色社会主义建设伟大事业。老教师代表晏慎钧也在座谈会上畅谈了自己的感怀。

新县高中老教师代表曾游和青年教师代表叶云老师也在座谈会上发了言。

座谈会结束后，与会人员游览校园并在行政楼前合影留念，当年各班级的老同学们也纷纷聚合留影。

新县一中高中部1963年只招了一个班，入校48位同学，1966年高中毕业时还有28位，人称“二十八宿”，到1968年上完“高五”离校“上山下乡”。今天有6位（李延生、倪大安、尹琨、冯家冰、苏俊杰、涂深望）出席了2018年10月14日在母校召开的纪念“上山下乡”50周年座谈会，曹富国同学在上海眼睛不好没有回来，另有徐九焰同学没有通知到，算起来66届高中同学尚存“八仙”。

68届初中毕业生曾凡春，1966年11月赴北京串联时的“大别山小红军长征队”旗手，高举队旗步行2000里到达北京城，12月28日我国成功地进行氢弹原理试验，各地来京串联的“长征队”纷纷到国务院接待室祝贺，曾凡春兴冲冲地将“大别山小红军长征队”队旗献给了接待员，在场有不少摄影拍照的，此动人场面今天不知留存何处。1967年，我们20多位高初中同学组建了“1.28红旗战斗队”，凡春也在此队。座谈会前有一位同学查找出了这张1967年秋天时的合影。14日在座谈会上重逢，凡春拉住老苏说：来，和我们的“旗长”合个影！

50年前新县一中76位老三届高初中毕业生，在海拔1011米的田铺黄毛尖上创办红卫岭知青农场。1973年以后，随着知青一批批参军、招工、招生下山，余下的同学和另外几个公社的知青一起，将农场搬迁到了距县城较近的香山茶场。几十年来，每到10月15日，程泽永、尹琛、詹才信、祝新华、尹本艳等都坚持组织大家重上黄毛尖，延续知青友谊。据他们说，现在除了总场即黄毛尖还可以登临，大坪、凹林荡、黑沟分场早已是荆棘丛生、荒草淹没，难以前往了。

冯家冰和苏俊杰，从1962年初二下学期到“高五”离校一直是同班同学，1966年11月共同组建了赴北京串联的“大别山小红军长征队”，“文革”中后期作为两派学生头儿斗的乌眼鸡似的。50年前同上黄毛尖，50年来成为挚友。15日故山重游，秋雨飒飒，云雾茫茫，昔日“山寨”荡然无存，两位“山大王”合影留念，白发飘零，悲欣交集。

四位66届高中老同学，倪大安（72岁）、冯家冰（72岁）、苏俊杰（70岁）、涂深望（72岁）在黄毛尖上合影，大安兄驻颜有术，一旁有人打趣说，一个初中小弟弟和三个高中哥哥合影留念！

当年黄毛尖上，有陈、管、熊三户农家，如今管家与熊家老人已作古，均无后人。那时我们从田铺公社上黄毛尖，翻山越岭20多里山路要走两三个小时。现在山顶修建了风力发电试验站，水泥路修到了原知青总场即三户老农家门口，11米长的货车可以调头。今日喜见老陈家的小陈，大名陈元生，与我同年，大我三个月。现陈元生仍在山上，养了80多头牛，130多只山羊，散养山上。小陈说：哥哥大陈有三个儿子、六个孙，搬到田铺乡住了。我没本事，不会混！一打听一只羊可卖1000元左右，一头牛可卖1万多元。有同学打趣说，小陈成了百万富翁了！

我说：不能用简单方法计算他的收入。农村散养牛羊，不像是生产工业品，要一头头牛一只只羊长大出栏，销售回收资金以后才行。高山养牛养羊，困难多多，成本不小，风险也大，不能够在此掰着指头轻易测算小陈的收益。各位今后有条件了，还是要尽可能地帮一帮这位坚守在黄毛尖的老伙计！

国际风云

GUOJI FENGYUN

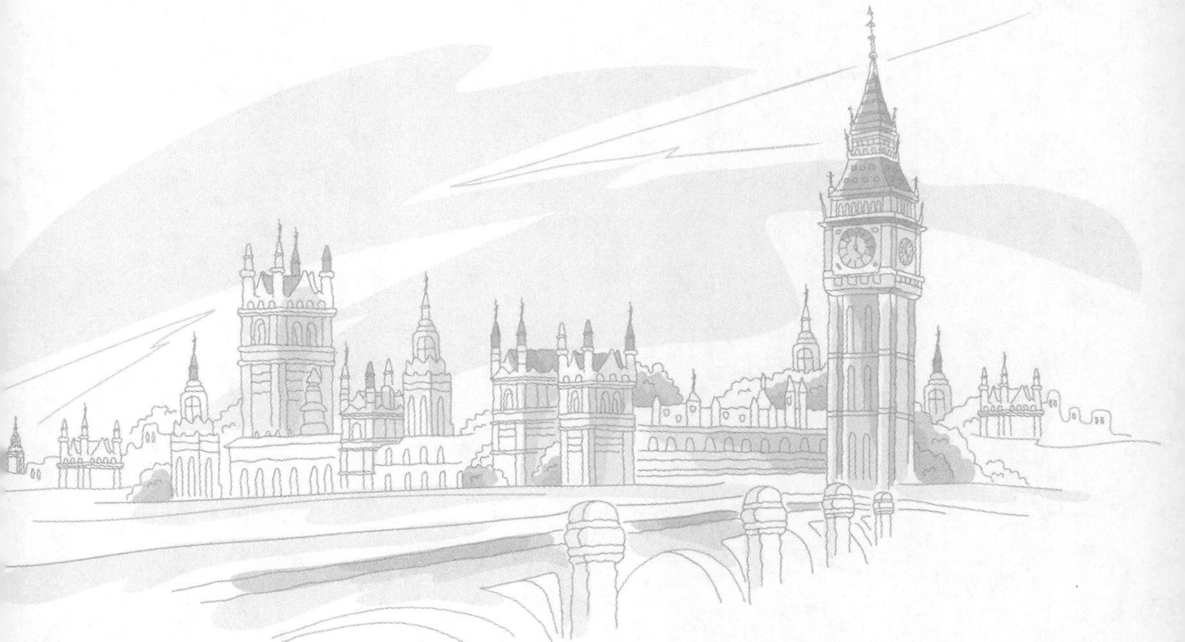

中国与美国

（2003 年 4 月 24 日）

中国不是美国，美国不是中国。美国不爱中国，中国不追美国。中美交往，重在利益。

我劝诸位，吃中国饭，做中国人，关心中国人应该关心的事，干好自己的活。

别看美国今日气势汹汹，不可一世。但是，《红楼梦》上说得好，大有大的难处。玩火者必自焚，霸权主义者不会有什么好下场。美国有泪不轻弹，只因未到伤心处。朝鲜、越南、古巴、科威特、索马里，对于广大的美国人民来说，伤心之事，不堪回首！

美国只要在伊拉克打上一两个月，让美国兵再闹些死伤，再多花点军费，小布什连任问题就可能泡汤。第一次海湾战争，美国赢了，指挥这场战争的美国总统老布什却在连任竞选中败给了克林顿。美国的政治就是有如此的戏剧性。这次，且看布什父子如何动作。

以阿拉伯民族的传统，他们能够容忍一个以基督教为主要文化传统的外国军队及其代理人长期占领自己的国土吗？因此，以我看来，好戏才刚刚开头呢！

朝核问题北京会谈是个好兆头

（2003 年 8 月 26 日）

最近两天，北京再次成为世界新闻的热点城市。

由中国提议，美国、朝鲜、中国、俄罗斯、韩国与日本六国参加的朝鲜半岛核问题谈判，经过前些时有关方面的反复磋商，互相摸底，讨价还价，会议终于如期在北京召开了。这是今年继阿富汗战争、伊拉克战争以后，令世界各国注目的又一件大事。

作为中国的普通百姓，我们衷心希望朝核问题能够和平解决。东亚地区可以“化干戈为玉帛”。

这次谈判的关键是朝美双方。

朝鲜一方，提出的价码不算低，其关键是要求与美国单独会谈，要求与美国签订互不侵犯条约。

美国方面，由于掉进了入侵伊拉克战争的泥潭里难以自拔，又逢大选之年，加上朝鲜周边各国的强烈反对，布什政府虽然一再声称朝鲜是“邪恶轴心国家”，扬言要以武力解决问题。但是，也实在是“大有大的难处”，所谓可以“再打一场朝鲜战争”，恐怕只能是美国国内鹰派政治家们的一厢情愿而已。

可是，对于朝鲜所开出的价码，美国是不可能随便接受的。

由于历届美国政府都没有承认现在的朝鲜政权，当年朝鲜要求加入联合国，美国迟迟不肯同意，是中国提议将韩国与朝鲜的入会问题，捆在一起在联合国大会上表决通过的，美国碍于中国的面子，捏着鼻子同意了。目前在世界上盛气凌人地推行单边霸权主义的布什政府，是不会轻易与朝鲜建立外交关系，顺利签订互不侵犯条约的。

朝鲜不是伊拉克，朝鲜周边的中国、俄罗斯、韩国与日本，谁都不愿意看到自己身边再出现一个有核国家，当然也不愿意朝鲜战争再起，不愿意让战火殃及自己，所以才共同出来劝架，希望和平解决朝核问题。而当时伊拉克的周边国家，例如叙利亚、黎巴嫩、伊朗等国，虽然也极力反对美国入侵伊拉克，可是美国会听他们的话吗？

金正日不是萨达姆。金氏父子在朝鲜经营几十年，军事实力不可小视。加上那个南方的富裕同胞国家害怕打烂家里的坛坛罐罐，害怕打起仗来流血牺牲。就是美国想打，韩国也要拉他的后腿。毕竟人家是一个民族啊！

从上面的分析中可以预测，这次北京会谈会有一定结果，但是不可能有太大的成果。谈谈总比不谈好，谈判总比打仗好。

六国外交官云集北京，折冲樽俎，化险为夷，本身就说明了中国外交工作合纵连横的功夫。

21 世纪新殖民主义战争祭
——为伊拉克战争爆发一周年而作

（2004 年 3 月 19 日）

一年前的今天，美国布什政府与英国布莱尔政府不顾世界上大多数国家和人民的强烈反对，绕过联合国，以伊拉克萨达姆政权拥有大规模杀伤性武器为借口，悍然发动了入侵伊拉克的战争。

一年后的今天，美英联军仍然深陷伊拉克战场上难以自拔。想当初，十几万装备精良、训练有素的耶稣基督的“有罪羔羊”们，借助高科技的巡航导弹，狂轰滥炸了享誉着数千年世界文明史的底格里斯河与幼发拉底河流域的无数古堡、寺院、城镇与村庄之后，趾高气扬地开进别人的家园，烧杀掠抢，称王称霸，作威作福。如今却不得不夜以继日、战战兢兢地提防和承受着不知从何处发出来的复仇炸弹的袭击，这也验证了那句“恶有恶报”的格言。

一年前的今天，千千万万伊拉克人，不论是居住在本土或者是流亡在国外的，不论是什叶派穆斯林或者是逊尼派穆斯林，不论是阿拉伯人或者是库尔德人，都希望早日结束由于发动第一次海湾战争而招致国际上十几年的严酷封锁，希望推翻专制残暴的萨达姆政权，希望建立新的民主政府，希望能够过上稳定正常的社会生活。

一年后的今天，越来越多的伊拉克人认识到：十几万荷枪实弹的占领军，依仗着财大气粗、武器先进，极力蹂躏自己美丽的国土，践踏可爱的家园，侮辱自己的亲人，视伊拉克人民生命为儿戏，据伊拉克国家与百姓的财富为己有，还想长期赖下去不走，在伊拉克设立长期军事基地。这样的战争，决不是什么令人羡慕的“解放”行为，而是不折不扣的新殖民战争！

如果说历史上旧的殖民者发动战争时，还要找一个冠冕堂皇的借口以掩人耳目的话，这次布什与布莱尔发动的“双布”战争，则是依靠“单边主义”，搞所谓“先发致人”，完全凭着开战者自己的认识与判断，就发动了一场置国际法和别国的主权于不顾的侵略战争。

光阴荏苒，365个日日夜夜过去了，谁是伊拉克战争的赢家呢？

桀骜不逊的萨达姆已经成了美军的阶下囚。他的那些被美军描绘为54张扑克牌的核心成员们，也大都死的死，抓的抓，个别漏网的早已经成了惊弓之鸟，不成系统了。

美军扶持成立的伊拉克临时管理委员会，是标准的“儿朝廷”。那些进入临管会的官员们，虽有美军和保镖的日夜严密看管，也不乏死伤。加上行动有限，权力不大，作用甚微，日子过的与萨达姆54张扑克牌成员们也差别不大。

至于普通伊拉克群众，国破家亡，乾坤颠倒，处于乱邦，生死难料，更是战争的直接受害者。

再回头看看战争的发起国。在英国，不论战前战后，布莱尔政府麻烦不断，近来还有舆论传出，布莱尔希望与布什早点撇清，频向美国民主党候选人克里放眉眼的风声。在美国，由于伊拉克战争，美国军费开支已经超过4000亿美元，联邦政府财政赤字已经超过7000亿美元，十几万出征将士暴师沙漠，战争死亡人员已经超过500人。为此，国内反战声浪更高，反对派有望从中渔利，布什连任总统的希望越来越渺茫。

那么，谁是这场战争的赢家呢？

美国。确切地说，是美国的国家利益。

在去年战争打响前后，笔者曾经说过，站在美国国家利益上看，打一场入侵伊拉克的战争，可以有三大好处：一是确保美国在中东的石油战略资源控制；二是可以把伊拉克当作美国新战略与新一代武器的试验场；三是通过推翻萨达姆政权，可以教训那些离不开美国而又胆敢与美国叫板的中小国家，推广美国式的“民主”模式。

从今天看来，以上三个目的均已经奏效。

本来，沙特阿拉伯是美国在阿拉伯与中东的盟友，海湾地区是美军的重要战略基地。由于沙特皇室在外交上过分亲美，在内政上又过分保守，助长了以本·拉登为代表的基地组织势力的蔓延。在20世纪70年代末，伊朗亲美的巴列维王朝被保守的霍梅尼什叶派势力推翻以后，美国就极力扶持世俗的伊拉克萨达姆政权，与伊朗打了8年的两伊战争，目的是让他们互相火拼，两败俱伤。谁知萨达姆与伊朗停战罢了手，却挥师挺进了科威特，打乱了美国的中东战略。美国老布什政府借机出兵海湾，鼓动联合国通过决议，制裁伊拉克。第一场海湾战争中，美国的高科技武器曾经令世人眼花缭乱。转眼十几年过去了，又一代新式武器出来，非常需要进行一场大规模的现场试用。正好萨达姆在那里一个劲地嘴硬，给小布什找了个借口。伊拉克战争就是不可避免的了。

随着美军开入伊拉克，乃至建立军事基地，美国已经牢牢地控制了中东石油战略资源。随着美国推翻塔里班，进驻阿富汗，伊朗已经从东西两面被美国钳制住了。打开亚洲地图，人们可以发现，大英帝国这个老牌殖民帝国，当年在中东的埃及、土耳其等与中亚的伊朗（阿富汗原属于伊朗）、印度（巴基斯坦原属于印度）等殖民地，实际上已经被同文同种的美利坚合众国所取代了。

随着欧盟东扩，原来属于前苏联势力范围的东欧诸国，也划进了美欧北约的防区。这样一来，从沙俄到前苏联，历代新老沙皇们世代梦寐以求的取道中亚，南下印度洋，冲出黑海占领巴尔干，进而占领地中海等等扩张战略，就更是水中月、镜里花了。这也给俄罗斯现任总统普京出了一道大难题。

历史的车轮已经进入了21世纪，世界文明进程也不可逆转。如果说，当年号称日不落的大英帝国终于在民族解放、人民革命的浪潮中分崩离析了，今天的美国新殖民主义梦想，也不可能实现。美国布什政府在伊拉克进退两难就是明证。

有消息报道，小布什的母亲老布什的夫人巴巴拉·布什女士，近来常作恶梦。巴巴拉女士经历过老布什总统曾经打赢了第一次海湾战争，却输掉了出任第二任美国总统的往事，十分担心自己的儿子打赢了第二次海湾战争即伊拉克战争，还将重演乃父当年故事。其实，人无大利，谁肯早起？谁都知道布什家族与美国石油及军火集团长期以来有着密不可分的利害关系。巴巴拉女士难道没有抬头看看，自家的股票这两年又涨了几个点？没有低头问问，夫君与儿子们的口袋里美元又多了几个亿？！

深刻悼念中国人民的老朋友阿拉法特
——兼论“枪杆子里面出政权”的必要性

（2004 年 11 月 11 日）

中国人民的老朋友阿拉法特在巴黎逝世，这位阿拉伯斗士曾经在 1974 年联合国大会上发表了“我是一手拿着自由战士的枪，一手拿着橄榄枝来到这里的，请不要让我手中的橄榄枝落下”的著名讲演。

30年过去了，这位阿拉伯民族解放战士奋斗终生所渴望的和平建国理想，仍然没有成为现实。而他在 2001 年最后一次访问中国时，在上海声泪俱下地对一位中国老朋友说过的话，至今使人想来感慨不已。

阿拉法特当时谈道：在美国总统克林顿、俄罗斯总统叶利钦的促使下，巴勒斯坦方面与以色列方面达成了奥斯陆协议，阿拉法特、拉宾和佩雷斯还共同获得了诺贝尔国际和平奖。当时，要求巴勒斯坦方面交出重武器，只保留手枪和一般轻武器。

克林顿与叶利钦向阿翁打保票：如果以色列人再制裁巴勒斯坦人，就由国际各方出面保护。阿翁气愤地说，现在（2001 年）以色列人动不动就出动各种武器、利用各种手段压迫我们，打击我们，国际保护在哪里？

毛泽东说：“枪杆子里面出政权”，中国外国，概莫如此。

伊朗，美军枪口下一个瞄准的目标

（2004 年 11 月 12 日）

伊朗现政权作为美国的眼中钉、肉中刺由来已久。

早在 20 世纪 50 年代，美国扶持的巴列维登上伊朗国王宝座，美伊关系如过蜜月。由于巴列维在推进国家现代化的同时，西化步伐太快，树敌过多，贫富悬殊，给国内的政治反对派——保守的伊斯兰什叶派伊玛目霍梅尼等人，造成可乘之机，终于在 70 年代末发动信教群众，掀起大规模抗议示威乃至起义，将巴列维赶下台，成立了伊朗伊斯兰共和国。

鉴于伊朗什叶派当权者反美色彩太重，美国政府就积极挑动、资助和鼓励野心勃勃的伊拉克逊尼派的萨达姆政权，找茬子向伊朗开战。两伊战争一打就是 8 年，双方损失极为严重。

美国现任国防部长拉姆斯菲尔德等人，两伊战争时期，曾经作为美国总统里根的特使，多次出入伊拉克，向萨达姆献计献策，为老萨提供包括生化武器在内的各类武器弹药。后来，伊拉克库尔德人在伊朗人的支持下造反，萨达姆悍然使用生化武器屠杀他们，这些生化武器伊拉克自己并不会制造，乃是美国及其盟国向老萨提供的。这也是 2003 年美国入侵伊拉克时，切尼与拉姆斯菲尔德等人，口口声声说老萨拥有大规模杀伤性武器的主要依据。

今天老萨早已经成为美军的阶下囚，而伊朗政权却还被什叶派的伊玛目们牢牢控制着。美国的切尼、拉姆斯菲尔德们如何能够咽下这口气？要不是美军当前被困在伊拉克战场，恐怕战斧导弹早就从德黑兰上空倾泻爆炸了。

如果我们这种推论不差，美军能够很快从伊拉克抽身，然后进军伊朗，加上已经控制的阿富汗，美军就能够从中东到南亚形成新的势力范围，将老对手俄罗斯这只北极熊几百年来指染中东、南下波斯湾、发展印度洋的历史美梦彻底粉碎。还能够对中国的和平崛起战略造成极大的威慑。

当今世界，美国一支独大。布什又刚刚获得连任，气势正猛，要说挥师挺进伊朗高原，应该不会有什么大的麻烦。

但是，这个世界上还有其他国家。欧洲、俄罗斯、中国，都会站在不同于美国的立场上，运用各种方式，反对与抵制美国继续扩张的企图。伊朗现政权已经与美国对抗了 20 余年，美国也奈何不了他们。

目前还有一处使美国极为头痛的问题，就是伊拉克成了消耗美国国力、扩大美军伤亡的滥泥潭。那些神出鬼没的反美武装组织，到底是受到了哪个国家、哪股势力明里暗里的支持？伊拉克有三分之二的国民是什叶派穆斯林，伊朗人会不会在暗中搞一些动作，使美国军队长期陷在那里，无暇东顾？长此以往，美国国内又会出现什么反映？

就算是美军能够从伊拉克抽身，法国、德国、俄罗斯、中国会不会对于美国挥师伊朗袖手旁观？

由此看来，即便美军有心把枪口瞄准伊朗，会不会、能不能、敢不敢扣动扳机，现在还看不准。

何方妖孽狂颠印度洋
——新年试笔

（2005年元旦）

公元2004年12月26日，正当全世界各国政府、社团、公司、群民众以各自不同的标准、不同的价值、不同的心情、不同的愿望盘点今年、期望来年之际，平静的印度洋深处一次据说相当于3000颗原子弹爆炸威力的9级海底地震，以及随之而来的巨大海啸，掀翻了全世界共同祝愿的平静与欢乐。

这场数十年不遇的地球大灾难造成的人员伤亡、财产损失、生态破坏、环境变迁，目前都还不可能有比较准确的评估。仅仅死亡一项，截至12月31日，有关国家公布的统计数字已经超过13万多人，联合国方面估计可能超过15万人。

这些无辜遇难者们，除了当地有关国家与地区的居民以外，还包括近40个国家与地区正在那里宁静美丽的海滩旅游度假的外国人。

另据德新社发自美国的报道：美国航天局的地球物理学家理查德·格罗斯称，引发这次灾难性海啸的海底地震，使地球的旋转速度永久性地加快，每天的时间将缩短3微秒，原因是这场9级地震使地轴倾斜了2.5厘米。难怪《纽约时报》惊呼，这是一场“灾难全球化的悲剧”！

当这场大灾难的受害国与受害者还在苦海中挣扎与苦难里煎熬之际，当各国政府、各种社会团体、各地群众相继伸出温情洋溢之手，采取各种方式扶危救灾之时，人们有理由发问：朗朗乾坤，浩浩海洋，究竟是何方妖孽胆敢兴风作浪，残害生灵？

我们居住的地球上50多亿居民中间，有很大一部分人们信仰不同的宗教。他们对自己教主神威笃信不疑，对其降服妖孽、拯救生灵的本领无限信服。

在这次大灾难丧生的13万人中，有达官贵人，也有平民百姓；有悠闲的度假者，更有辛苦的劳作大众；有欢度圣诞佳节笃信平等博爱的众多基督教徒，也有或守护家园或正在前往麦加途中，称信并朝觐伟大真主的广大穆斯林民众，更有世世代代男耕女织修心向善的无数佛家子弟……

天上神仙多圣贤，人间自有真情在。我们欣慰地看到，地球上各个负责任的政府与组织，尤其是千千万万生活在世界各地的平民百姓，从获悉灾害来临之时起，就调整许多工作、停止不少娱乐，采取各种方式，慷慨解囊相助，主动自发地对灾区灾民开展帮扶救助活动，真正奏响了一部中国古人创作的“四海之内皆兄弟也”的感人乐章！

按照辩证唯物主义的观点，目前人类对于大自然的认识与人类自身的认识，还远远没有完结；或者不客气地说，还仍然处于十分低下的程度。

有些认识与作为尽管已经达到了相当高级的程度，却也往往由于那部分人自身的自私或者短视，而不肯公之于众，让世人共享。或者是由于个人以及小集团的懒惰，坐失良机，成为与时效竞争中的失败者。甚至有富国富翁们，在灾难伤及同类时，不但迟迟不肯发出同情之心，还幸灾乐祸，迟作迟为，到头来又被世人传为笑柄。

齐心方能共事，团结就有力量。无情的大自然时时在对有情的人类频发挑战，我们每一个人没有任何理由无视乃至嘲笑灾难下的无辜者。

当我们不同的国度、不同的民族、不同的信仰、不同的环境遭遇相同的困境以至于灾难时，当我们大家无休止地要面对灾难化的地球悲剧时，大家能不能从中产生一些感悟？能不能停止一些杀戮？能不能降低一些敌意？能不能推迟一些争论？能不能增加一些理解？能不能实现更多和谐？能不能生出一些宽容？能不能做出一些行动？能不能抛掉一些丑恶？能不能追求一些美好？

虚无产生于幻想，力量来自于真实。

毕竟地球上至今也仅仅有一种最高级的灵长类动物——我们可以时时引以为自豪的人类自己！

“从来没有什么救世主！”“全靠我们自己！”高唱了100多年的《国际歌》至今没有唱错！

人类的天敌首先是人类自己！人类的上帝应该也是人类自己！

在共性面前，个性是如此渺小！在前进面前，倒退也只能哀鸣！在建设面前，破坏其实是无用！在美丽面前，丑恶是多么可憎！在理想面前，诅咒将万般无奈！

仅以此帖，祝斑竹暨各位网友：

万事如意，阖家幸福；争论鹊喜，天天快乐！

东坡传人

2005年元旦草于半闲书屋

（注：东坡传人为苏俊杰笔名，此篇初发于《中华网·时事纵横》）

谈南斯拉夫与米罗舍维奇

（2006 年 3 月 14 日）

南斯拉夫由于地理位置特殊，民族众多，宗教复杂，历来是欧洲的火药桶。第一次世界大战就是由于奥匈帝国的皇太子在那里被刺而引发的。第二次世界大战，铁托领导下的南共游击队，与德国和意大利法西斯进行了殊死的拚搏，在世界反法西斯战争历史上书写出了极为光辉的篇章。

二战胜利以后，世界上出现了以苏联为首的社会主义国家和以美国为首的资本主义国家两大对立阵营。由于铁托的个性和南斯拉夫的国情，在斯大林的授意下，将南斯拉夫开除出了社会主义阵营，称其为修正主义。但是，铁托在东西方两大阵营的夹缝中，领导南斯拉夫在国家建设、民族团结、经济发展各方面均有所建树。中国改革开放初期，曾经多次派团前往学习借鉴。

铁托去世以后，又逢苏联东欧发生剧变，国际社会主义进入低谷，南斯拉夫失去了夹缝生存的时机。由于南共的新领导人米罗舍维奇本身的威望与素质都不如铁托，国际环境又发生了根本的变化，使美欧有时间也有能力出来收拾南斯拉夫。所谓的前南问题根源，概出于此。

虽然米氏执政以后，失误不少，但是他敢于维护国家独立，反对外国势力干涉本国内政的精神，是为美欧所不容的。期间他曾经对于国际反南势力有所妥协，但是这种妥协是远远不能满足人家的胃口的。肢解了南斯拉夫，重新点燃了巴尔干这个火药桶，才能够消除一些国家与许多政客的隐患，才能够打掉北约东扩的屏障。眼看着在昔日这块各族人民和睦相处的乐土上，出现了东正教徒、基督教徒、伊斯兰教徒们无休止的争斗和厮杀，究竟谁人高兴谁人痛苦？！

米氏当国，不畏强暴，触犯美欧，南斯拉夫遭到战争蹂躏，中国驻南大使馆也无端遭受导弹袭击，造成重大人员伤亡，馆舍严重损坏，激起了全中国人民的强烈反对。在美欧的多种手段打击下，米氏下台。新上台的塞尔维亚领导人将前任送交海牙国际法庭，据说当时美国人出的代价是区区4000万美元！可笑的是，老米一进牢房，美元再也不提兑现了！

老米进入海牙国际法庭以后，每当出庭被审，总是慷慨陈词，痛斥美欧，使人想起共产国际领导人季米特洛夫当年在法西斯法庭上的英姿。5年多来，海牙法庭在审讯老米这个烫手山药时，使尽解数，也难以抓到可靠的罪证，以至于迟迟无法定罪。

老米死了，罪乎功乎，任人评说。以我看来，诸位不宜着急，历史自有定论。

可是，作为一个国家领导人之死，功也罢，过也好，人不在了，总会有人高兴，有人悲哀。

谁会对老米之死庆幸呢？一是他的国际死敌美欧诸位政客，二是国内死敌，三是当年他的部下，今天的塞尔维亚当权者，老米不能开口了，他们的有些事儿，但愿也就从此埋单了罢。

搞垮南斯拉夫，将老米弄进海牙国际法庭，是克林顿政府任内的功劳。进兵伊拉克，将萨达姆捉拿归案，是布什政府的业绩。虽然美国前总统卡特先生近日无情地指责布什政府依据错误的情报打了一场非正义的伊拉克战争，但平心而论，这两场战争都是紧扣美国国家利益而展开的。美国前总统艾森豪维尔曾经说过，美国有一个影子政府，绝非胡说。就美国而言，民主党政府也罢，共和党政府也罢，都必须围绕美国国家的根本利益而执政。而那个影子政府，其实就是美国包括军事石油利益集团在内的几家金融财团，没有他们的许可，谁也别想在国内执政，到国外打仗。世界上没有绝对的民主和自由。美国的民主自由，决不可能脱离美国金融寡头们的根本利益而独立存在！

悲壮的布托家族
——从贝·布托之死说起

（2007年12月28日）

2007年12月27日傍晚，巴基斯坦反对党领导人贝娜齐尔·布托，在巴东北部城市拉瓦尔品第发生的自杀式袭击事件中受伤，随之在送往医院途中不治身亡。消息传来，举世震惊。

这是号称“铁蝴蝶”的贝·布托两个月来第二次遭到暗杀了，此前的10月18日，她在结束8年政治流亡生活回到国内后，在巴南部城市卡拉奇也遭遇过一次自杀式炸弹袭击，近150人被炸死，她本人幸免遇难。

1988年35岁的贝·布托成为巴基斯坦历史上也是全世界最年轻的女总理，她还是第一位伊斯兰国家的女总理。此后几年，她和巴基斯坦另一位年轻政治家谢里夫轮流执政，两度出任总理，但两次都因为贪污指控被迫下台。此前她曾经8次被捕或者遭到软禁。

1999年贝·布托被迫流亡海外。2007年年初，巴基斯坦总统穆沙拉夫为谋求连任，在美国的授意下与布托展开了大半年的“权力分享”谈判。10月初，两人签署了和解协议。根据协议，贝·布托面临的腐败指控很可能被赦免。10月18日，她结束了8年海外流亡生活，回到日思夜想的家乡，巴基斯坦信德省首府卡拉奇。

布托家族是巴基斯坦政坛望族。贝·布托的父亲阿里·布托是巴基斯坦人民党创始人，曾担任过巴总统、总理，是1976年春天，毛泽东主席生前会见的最后一位外宾。

布托家族的女性也是巴基斯坦最富争议的女性。虽然在伊斯兰世界女性轻易不抛头露面，但是在布托家族中，女性的力量从一开始就不容忽视。

贝·布托的祖父是信德省的大地主，早在英国统治印巴次大陆时期，就开始从政。巴基斯坦独立后，他很快成为了重要的政界人物。

贝·布托的祖母出身于一个收入低微的印度教徒家庭，却因为聪慧和高尚的道德赢得了贝·布托祖父的爱。据说，布托家族能够成为巴基斯坦政坛最显赫家族，老祖母功不可没。

贝·布托的母亲努斯拉特·布托，也是一位杰出的政治家和社会活动家。努·布托是巴基斯坦大资本家伊斯巴哈尼家族的成员。1947 年印巴分治后，努斯拉特移居到卡拉奇并积极参加社会活动，为被从印度驱逐的穆斯林难民筹集善款。努斯拉特在这些活动中，充分发挥和显示了她的社会活动能力，受到当地人的普遍尊敬。

1977 年，时任总理的阿里·布托被当时的军方首脑齐亚·哈克政变推翻入狱，1979 年被绞死。努·布托毅然负责起人民党的领导工作，并当选为人民党的终身主席。

作为长女，贝·布托自小就深得父亲宠爱，经常陪同父亲参加各种政治活动。据说，老布托被绞死前一天晚上，亲自交代贝·布托一定要带领人民党继续走下去。他对贝·布托说："你要像个男人一样做事！"他还要求女儿终身不嫁。

贝·布托实现了对父亲的大部分承诺，在她带领下，人民党成为巴基斯坦政坛上举足轻重的力量。但在婚嫁方面，她在 35 岁那年嫁给了建筑商扎尔达里。

这段婚姻为贝·布托带来了甜蜜的爱情，也给她带来从权力巅峰跌落的伤痛。扎尔达里在巴基斯坦有一个人尽皆知的绰号——"10% 先生"。贝·布托当政期间，他曾出任投资部部长，只要有公司要通过他取得项目，就必须付给他 10% 的回扣。贝·布托两次被罢免，都跟夫君的贪婪有关。

阿里·布托和努斯拉特有 4 个子女。其小儿子沙·布托 1985 年被人在法国毒杀，大儿子穆尔塔扎·布托 1996 年在巴基斯坦被枪杀。贝·布托被害死后，他们的子女还有小女儿萨纳姆·布托在世。

萨纳姆比姐姐小 4 岁，在老布托政府被推翻后，她跟随母亲在伦敦居住。据说，这姐妹俩关系非常好。在母亲和哥哥穆尔塔扎质疑贝·布托继承人民党领袖地位的时候，萨纳姆一直坚定地站在贝·布托一边。贝·布托回国之前曾收到警告，说是在卡拉奇会发生针对她的袭击。然而最后时刻陪同她走下飞机的，不是丈夫也不是子女，而是她的妹妹萨纳姆·布托。

谁是杀害贝·布托的凶手？有报道称：基地组织的一名发言人宣布对此暗杀事件负责。据说基地组织老二扎瓦赫里十月份下达了暗杀贝·布托的命令，基地组织为此设置了死亡小组，一个由已被取缔的前恐怖团伙最终成功地暗杀了贝·布托。

但是，政治事件的发生与政治人物生死往往是异常复杂的，究竟谁是谋杀贝·布托的真凶，恐怕需要很长时间才能够暴露出来。

众所周知，巴基斯坦与印度原来是一个国家，属于大英帝国的殖民地。1947 年，老牌帝国主义英国，看到第二次世界大战胜利之后，社会主义革命烈火燎原，民族解放运动风起云涌，印度人民反对殖民统治的浪潮势不可挡，就玩弄了一个允许印度独立却又搞了印巴分治的方案。此方案将印度一分为二，以印度教徒占多数居住的中部国土划为独立后的印度，将伊斯兰教徒占多数居住的两边国土划为巴基斯坦，使其成为一国两区即东巴基斯坦和西巴基斯坦两部分。此外，将克什米尔不予分割，后来双方按实际控制线划作印控和巴控两部分。

60 年来，印巴两国长期不和，仇视敌对，三次开战，其原因主要不是宗教上的分歧，而是英国后殖民主义政策造成的恶果。

印巴曾经过发生三次大规模战争。1947 年至 1949 年双方因为克什米尔地区的归属问题发生第一次印巴战争；1965 年，两国又在归属未定的大卡奇沼泽地区发生武装冲突，导致第二次印巴战争。1971 年 3 月，东巴基斯坦宣布独立（1972 年 1 月正式成立孟加拉国），巴基斯坦总统叶海亚派兵镇压，大批东巴难民逃往印度。印度支持东巴独立，11 月 21 日，印军侵入东巴，第三次印巴战争爆发。巴基斯坦不久战败，叶海亚政府垮台，阿里·布托在风雨飘摇中接任总统，但他面临的是一个千疮百孔的乱摊子。东巴已完全脱离巴基斯坦，成了一个新的孟加拉国。在西巴基斯坦有近 5000 平方公里的领土被印度占领，93000 多名巴军人成了印军战俘。

阿里·布托一上台，就立刻寻求与印度谈判，以稳定政局。当他与号称印度“铁娘子”的英迪拉·甘地总理会面时，深刻感受到了对方的咄咄逼人。面对败军之将，英迪拉·甘地提出了一揽子解决方案，要求把领土、战俘以及克什米尔问题一举解决。对于这个屈辱性的方案，阿里·布托坚决反对：“夫人，我宁可回国下台，也不会签订这个条约！”在谈判中，布托的律师特长显现出来，在最后的一次会谈中，他饱含感情地对英迪拉·甘地说：“夫人，印巴是南亚的两个大国，为什么我们要让彼此的伤口更加加深呢？不错，军事征服固然是一项光荣，但那毕竟是非正义的。一个睿智的政治领导人，为什么不做适当的让步以换得永久的和平呢？”经过他的说服，加上艰苦的谈判，英迪拉·甘地做出让步，同意退出占领的大部分巴领土、归还巴战俘，双方恢复正常经贸关系，至于克什米尔争端则维持现状。巴基斯坦在战败的局面下保住了最大国家利益，布托功不可没。

阿里·布托由于在西方国家学习和生活过多年，上台以后决意要在巴基斯坦实行类似西方的民主改革，却落下极为悲惨的下场。

在他的推动下，1973 年巴基斯坦颁布了新的宪法，规定了公民的基本人权，禁止种族和教派歧视等。同时开始实行国有化政策，要把银行、交通运输、钢铁等重要行业收归国有。布托为在农村实行土地改革，不惜拿自己开刀。他在议会上的一次讲话深深地感动了议员们：“最近三个月来，我推行的土地改革，使我的家庭失去了 4.5 万英亩土地。但这样的改革还将继续下去，我的家庭还将继续失去土地，直到农户都有自己的土地为止。”

巴基斯坦是一个教权渗入很深的伊斯兰国家，布托的世俗化乃至西方化的改革，遭遇到巨大阻力。他的经济改革触动了大企业家和大地主的利益，他们故意制造种种障碍，使巴基斯坦经济陷入了停滞。

经济的停滞，使得反对派趁机崛起，布托的政权开始不稳。看到这种情况，深受西方政治理念影响的阿里·布托，要让人民来决定自己的命运，他毅然提前举行大选。大选的结果令布托的反对者们大失所望，大多数选民还是支持布托领导的人民党，布托也顺利当选为总理。然而反对党却借口人民党在大选中有舞弊行为，要求重新举行大选，一些地方开始出现骚乱。面对乱局，布托并不害怕，他真正担心的是军方政变。为控制军方，布托越级提拔了他眼中的“自己人”——当时的第三军军长齐亚·哈克担任陆军总参谋长。然而布托做梦也想不到，这个“自己人”正在策划一场针对他的政变。

1977 年 7 月齐亚·哈克将军发动政变，推翻阿里·布托政府，阿里·布托被捕入狱。

1979 年 4 月 4 日清晨，天空刚刚出现鱼肚白，阿里·布托昂头走出巴基斯坦拉瓦尔品第监狱，向着不远处耸立的高大绞刑架走去，旁边的狱友念起了《古兰经》。他望着遥远的天际，喃喃低语："真主！救救我吧，我是个无罪的人！"很快，绞索套在了他的脖子上，佐勒菲卡尔·阿里·布托就这样告别了他的国家和人民。对于他的遭遇，支持者悲恸万分，反对者长吁一口气，中立者则唏嘘不已。

阿里·布托和她的长女贝娜齐尔·布托，都是美国、英国名牌大学培养出来的笃信西方民主政治的巴基斯坦著名政治家，父女两代人都为了巴基斯坦的国家民族和人民利益而死于非命，阿里·布托的两个儿子也先后遭人暗杀，布托家族好心没有好报，善始不能善终。人们能够从布托家族用鲜血和生命换取的惨痛历史中，得到什么教训呢？

冷静处理热点问题
——从朝核问题谈起

（2017 年 5 月 31 日）

冷静处理热点问题，符合唯物主义辩证法，也是中国人千百年来处理复杂问题的智慧结晶。

清华大学一位知名教授转发了一篇题为《绥靖朝鲜后果极为严重，中国已退无可退》的文章。笔者以为，对于处理朝核问题这类复杂的热点难题，还是冷静一些为好，指责中国绥靖朝鲜之说，缺乏战略眼光，不免书生意气。

不论从历史还是从现实上看，朝鲜半岛的分治局面，责任不在中国；解决今天的朝核问题，钥匙不在中国手里；分治的朝鲜半岛，不是中国的心腹之患，此其一。

其二，朝核问题，牵连着中美双方的博弈，萨德仅是一个热闹的看点。此点不热闹了，还会出现新看点。朝鲜半岛是东北亚的火药桶，其战略利益涉及中美、中俄、中美俄、中日韩、美日韩、俄日美等诸多组利害连接与冲突关系，绝对不是摁住了小金的狂躁举动，就能平息了朝鲜半岛热点问题的。要是问题这么简单，中国果断出手切断其粮食与石油供应就可以了。

历史的经验证明，在诸多国际冲突中，先出手者，得到的大都是滚滚骂名，承担的是历史责任，而少有国家利益。

其三，朝鲜半岛战火重燃，得利最大的最可能是日本。日本由于二战战败，被美国驻军压制，成为名副其实的走狗。日本近几十年来，苦寻机会，要恢复主权，成为真正的国家。如果今天朝鲜半岛南北再次开战，美国必陷其中，日本则会借机要求恢复旧态，否则不会再甘心作其后方基地。日本的综合国力，如科技装备水平、军事研发能力、国际影响、资金与人力储备等，在当今世界上排名都不低，不少美国军事装备就是在日本生产的。侵略成性的日本一旦故态复萌，首先威胁到美国的本土安全与全球战略。

其四，中美今天利益大于分歧，合作多于冲突。4月份两国元首湖海庄园会上，商人出身的特朗普总统之所以态度十分友好，原因之一，就可能有中国来宾简明扼要地向精于经济算账、较少外交经验的美国总统，回忆展望了一通中美关系的昨天、今天和明天。双方会面前的3月19日，美国国务卿蒂勒森来中国打前站。据美国国务院官方推特消息，蒂勒森在同中国外长王毅的会谈中表示，中美关系一直是非常积极的关系，建立在不对抗、不冲突、相互尊重的基础之上。这就等于将中国早先提出的、美国前总统奥巴马不认账的新型大国关系基本定义，予以承认。两国领导人湖海庄园会后一致同意管控分歧的共识，涵盖了广泛深刻内容，而非一般外交辞令。

其五，作为世界大国的中国军事力量，今天尚处于增添军备、习武拉练阶段，不可随便一战。美国、俄罗斯的空天部队已经投入实战，中国的运载火箭系统推力还小，神州系列卫星初露真容，北斗卫星网正在编织，量子通信还在试验，航空母舰群战斗力还处于幼儿园水平（军事专家语），国产航母尚在建造；没有八至十艘航空母舰群的海军力量，就谈不上及时到世界各大洋游弋，去保护夜以继日、川流不息的中国商船队伍。这恐怕是至少二三十年后才可以出现的壮观景象。当年美国轰炸南斯拉夫、收拾伊拉克萨达姆政权，就是关闭了部分GPS卫星定位系统，使两国指挥系统及武装力量顷刻瘫痪了。而且中国军队正在进行改革，各种军事要素渐次排列组合，尚未形成新的战斗力，怎么可能拉出去一战？

其六，中国提出的、已经受到130多个国家和地区、70多个国际组织关注参与的“以和平合作、开放包容、互学互鉴、互利共赢为核心”的“一带一路”倡议，刚刚规划布局，逐渐展开。毋庸讳言，其巨大的经济因素中，体现了深远的战略意图。自汉武帝驱逐匈奴凿空西域，盛唐开辟丝绸之路，到晚清左宗棠收复新疆，千百年来，海防与疆防，以何为重？是历代中国领导人必须面临的抉择。随着苏联解体，美国衰落，给中国西出中亚、东破岛链，解困围困，提供了历史良机。沿着一带一路，走向世界舞台，是几代中国人的梦想。经过几年较量，苦心经营，南海问题才出眉目，渐有亮色。如果按反对绥靖朝鲜论者所建言的：“美国需要在三大热点问题（朝鲜半岛、中国钓鱼岛、中国台湾）上对中方做重大让步；作为交换，中国有必要在南海问题上对美方做适当让步”，中国岂不成了美利坚合众国第52个州了么？！

4月27日，中国外长王毅答记者问时说：“朝鲜半岛不是中东，爆发战争可能性1%都是不能允许的，朝鲜半岛非常重要，一旦爆发战争后果不堪设想，有关各方务必保持克制，不要做加剧半岛矛盾激化的行为，半岛核试验是违反联合国决议的，但联合军演同样是违反联合国有关精神的，有关各方应回到对话谈判的正确轨道上来，为此，中国将继续发挥建设性作用。”

这是解决朝鲜半岛问题的良方，是中国的既定国策。

从特朗普两度拒绝中国钢铁去产能而坚持征收关税谈起

（2017 年 8 月 30 日）

据英国《金融时报》报道，G20 汉堡峰会一周后，中国提出在 2022 年以前削减钢铁产能 1.5 亿吨，但特朗普两次拒绝了该提议，尽管他的部分顶级政策顾问对上述提案青睐有加。此前，特朗普表示，中国钢铁产能过剩影响了美国钢铁行业，以此为由提出，要面对钢铁产品征收新的关税。8 月 28 日在谈到对华贸易时，特朗普在会谈中向与会者吼到：“我需要关税！我需要有人能带给我关税！”

解决产能过剩问题，本是中国的内政，怎么会引起美国总统的操心拒绝呢？

此中奥妙在于，拒绝中国消减钢铁产能，是为了确保包括特朗普家族在内的跨国公司在华投资的高额回报；高喊需要关税，不仅是讲给美国选民听的，更是为了确保美国政府正常运转的。

当前，中国年生产钢 8 亿吨上下，钢产量占世界总产量的 50% 以上，产能 10 亿吨左右，约有 1.5 亿吨过剩产能。美国钢铁、汽车等基础产业近几十年不断萎缩，目前年钢产量为 0.8 亿吨，是中国的 1/10。中国对职工退休金实行社会统筹与商业养老保险，美国却是由各大产业协会和劳工联合会，统筹实施职工养老与商业养老保险。美国钢铁工业由于产量低、成本高，竞争不过发展中国家与新兴经济体；因为在职职工大幅度减少，钢企所承担的在职与退休职工养老金统筹负担越来越重。有资料显示，早在 20 世纪 90 年代，美国已经出现了 9 万多在职职工同时承担 60 多万退休工人养老金的局面。从奥巴马总统到特朗普总统都期望着的实业回归美国，真正付诸实际谈何容易！同期，中国建成了一大批具有世界先进装备技术水平的钢铁、有色金属、煤炭、水泥等大型、特大型企业，迅速成长为世界原材料工业的翘楚。

中国对钢铁、有色金属等原材料工业实行淘汰落后产能，促进转型升级，提质增效，既是为汽车、电力、交通、通信、航空航天、国防军工等新能源、新装备制造工业提供优良材料，也是完善国家争创世界一流工业体系不可或缺的基础举措。

改革开放几十年的经验教训，使我们懂得了一个道理：适当的产能过剩，有利于市场竞争；严重的产能过剩，是宏观调控不力即政府作用发挥不够的后果。

解决产能严重过剩的途径在于深化改革，核心问题是处理好政府和市场的关系，使市场在资源配置中起决定性作用，更好发挥政府作用。

人们不得不佩服特朗普总统精明的经商头脑。钢铁生产需要采矿、烧结、炼铁、炼钢、精炼、轧钢等长流程多环节，耗能大、污染重、成本高、利润低。钢铁工业目前在中国属于过剩的这批产能，在国际上却是先进的优质产能，电解铝工业现状也大抵如此。中国以占世界50%以上的钢铁与电解铝产量及其压延产品，搭建了国民经济的金属骨架，为下游众多行业提供了质优价廉的原材料，成就了世界第一制造大国的美誉，也保障了中外投资者的优厚回报。

2013年7月21日，习近平总书记在武汉视察时，十分感触地说："工业化很重要，我们这么一个大国要强大，要靠实体经济，不能泡沫化。自力更生任何时候都不能少，我们自己的饭碗主要要装自己生产的粮食。"

事实的确如此，这些年来国民经济与国防军工等方面需要的高品质材料，在中国造不出来时，外国一直卡着不卖，即使卖给一点也是要价极高。中国造出来了，在市场卖成了白菜价，也常会挤垮一些国外企业。以至于国际市场上出现了"中国买什么，什么昂贵；卖什么，什么便宜"的一大景观。

前些天传出美军不再购买中国的无人飞机的消息，说是技术上有潜在漏洞，相关的中国无人机公司则声明未见美军正式来交涉。

中国从乌克兰弄回一艘未建成的航母，捣鼓几年下水成了"辽宁号"航母，航母舰队不久成军。紧接着国产的第一艘、第二艘航母下饺子似的开建。科技难度极高的青藏铁路、高铁、1000万伏超高压输电线路、三代技术的核电站、浮动核电站、8.5万立方米超大型全冷式液化石油气运输船、有着超级“天眼”之称的500米口径球面射电望远镜（FAST）等，成为中国闪亮世界的名片，这在过去是不敢想，也不可能的。

有人说，应该对1950年1月1日西方国家为对社会主义国家实行“禁运”而成立的巴黎统筹委员会开个纪念会，感谢西方世界从它开始，几十年来对社会主义中国的围堵禁运，激发促成了社会主义中国独立自主、自力更生、艰苦奋斗的精神，促进中国人民经过半个多世纪努力，成就了今天强盛的中国。

目前，中国经济正在进行供给侧改革，对于钢铁、煤炭、水泥、电解铝等原材料工业，要下决心“三去一降一补”，即去产能、去库存、去杠杆，降成本，补短板。不管美国总统如何关心，也阻挡不了中国经济供给侧改革的步伐。

说到底，削减过剩产能，正是为了助推经济运转良性循环，有利于产业健康发展，有利于保护国内外投资者的正当回报。

至于特朗普总统一再挥舞的反倾销制裁与关税壁垒的大棒，中国企业不应该视为畏途，而要积极应对。今年年初，洛阳万基铝加工有限公司等四家企业打赢了欧盟反倾销调查的“洋官司”，拿到了高端铝深加工产品进入欧盟市场的通行证，半年来万基铝加工有限公司相继开发了适用于航空航天、轨道交通、电动汽车领域的高端铝合金型材，客户群体进一步向欧盟的下游市场辐射、延伸，就是一个很好的例证。

“斗而不破”是个技术活儿

（2018年6月9日）

“斗而不破”是一句很时髦的词儿。仔细想来，为人处事、治国理政，能够拿捏好分寸，做到“斗而不破”，真不容易。

两口子居家过日子，拌嘴是常事，没有哪一家会因为斗上几句嘴，动不动就要分道扬镳闹离婚的。

在单位搭班子处伙计，正副职常为处理一两件事情发生分歧，有时候还会闹得下属无所适从。即使如此，也没见上级动不动就对其“踢摊子、换班子”，大拆大卸的。

大国交往，场面上讲礼仪，骨子里争利益，有时下面争斗得面红耳赤，上面仍旧觥筹交错，握手拍肩膀，轻轻一句“管控好分歧”，就将剑拔弩张的气氛缓和了。

坚持“斗而不破”，是为了长久相处；做到“斗而不破”，需要适当妥协。

挪威著名戏剧家易卜生，有一部《玩偶之家》的话剧。女主人公娜拉，因为不愿意做丈夫手中的玩偶，愤而离家出走。2002年春天，我有幸到了丹麦、挪威和瑞典北欧三国，旅途听导游讲古，说北欧人的结婚证书与中国不同，里面有离过几次婚的注明。站在挪威首都奥斯陆郊外易卜生墓前，我突然想起鲁迅先生的一篇文章《娜拉走后怎样》，娜拉离家出走，也可能再与别人组建一个新家庭。这种摩登生活，今天的中国，有的明星能做得到，普通百姓恐怕不行。夫妻之间“斗而不破”，或者男人闭嘴，或者妻子嫣然一笑，需要一点包容之心，妥协之意。

单位里班子发生分歧，各方需要换位思考。你我同处一事，看法不同很正常。既不是年轻时节争过媳妇，也不是两家孩子打了架，只是工作之争，换位思考，哈哈一笑，重新来之。

美国总统特朗普，说话办事，朝令夕改，人称“不靠谱”；对中国、俄罗斯、欧盟、日本、韩国，无不如此。把戏玩多了，大家渐渐看到了其中门道。原来他一惊一乍，不全是装疯卖傻，而是为了吓唬别人，乱中取胜。

中国人大多性情耿直，见不得不靠谱的花花肠子。老特当初气势汹汹的要与中国打贸易战，惹得国人群情激愤；美国军舰接连闯进南海“碰瓷”，气得大家纷纷喊打。可是静下心来想想，中美两大国，今天已经谁都离不开谁了，美国人要无赖，中国人狠狠揍他一顿，横下心打一场战争后又该如何？“政治是不流血的战争，战争是流血的政治”，美国人再凶，把中国惹急了，对他有什么好处？

外交事务，少说多做。当年毛泽东、周恩来是这样，今天的领导人也是这样。20 世纪 50 年代，国际上流行领海 12 海里的惯例。毛泽东问周恩来，按照 12 海里的说法，渤海应该怎么说？周恩来答道：渤海就成为中国的内海了！毛泽东说，那就赶紧宣布吧！从此，外国军舰再也不可能到中国渤海“自由航行”了。

南海自古以来就是中国的，有的国家、有的海霸就是不认账。中国近几年来在南海一些岛礁上修建了一些航海灯塔、港口设施，宣布设立了三沙市，本来是再正常不过的举措，惹得美国军舰一再窜来“碰瓷”，中国有关部门不得不予以警告乃至驱离。特朗普再不离谱，能够为此宣布向中国开战么？！

在本次中美贸易摩擦中，特朗普政府先拿中国中兴公司开刀，经过两国政府与企业反复交涉，《财经》记者独家获悉：“中兴通讯董事长、CEO、CTO 都将更换，可能还要更换部分执行副总裁（EVP）。中兴很有可能将成为中国首个国企体制，但是被美国政府监督的全球科技公司。30 天内更换董事会和管理层、新增罚款 10 亿美元、另缴 4 亿美元保证金、美国政府向中兴派驻合规监督团队，为期十年。”

记得美国政府高参基辛格博士说过，签订协议，就意谓着双方或多方都已经意识到，不可能再多得也无法再退让，而不得不达成的一次妥协。

老汉当年下乡时，常听农民说：就着人家的腿搓麻绳总不是个事儿。今天，中兴公司就着美国的大腿搓麻绳，伸腿收腿，全仰仗美国人的眼色，也真不是个事儿。

新加坡一家报纸知名记者说："美国既寻求保障美国的经贸利益，同时也在防止中国成为足以抗衡美国的力量，也就是说，短期策略与长期手段交替使用，以实现保障经贸利益与防堵中国的目标。而中国科技与军事能力与美国固然远不能抗衡，但是中国在台海、朝鲜半岛问题上也绝非没有筹码，在南中国海问题上，中国作为东亚国家，则有地利优势""这也意味着，虽然一度箭在弦上的中美贸易战暂告一段落，美国官员昨天也确认以巨额罚款、更换中兴管理层等严格条件，与中国中兴通讯达成和解协议，但是美国多管齐下对中国'积极施压''持续施压'的局面，短期内恐怕难以改变。"旁观者清。

时事纵横

SHISHI ZONGHENG

中国的威胁不在国外而在国内

（2003 年 5 月 1 日）

有网友发帖，列了中国十大敌人，均在国外，我认为中国的威胁在国内，中国人最大的敌人是自己。

历史上国家积贫积弱，吃亏的都是普通中国老百姓。每一次外敌入侵都是由于内乱引发的。所以中国古人早就总结出了“民为邦本，本固邦宁；中国既安，四夷自服”的经验。

中国主要是以农耕为主的国家，故土难离是中国人几千年来的民族心理。翻开一部中国历史，尤其是中国近代史，都是列强侵入中国，没有中国侵犯别国的记载。今天的中国有 9600 多万平方公里国土、56 个民族、13 亿人民，搞好中国自己的事情，加快现代化建设，增强国防实力，使全国人民一步一步走向富裕，就是对世界的最大贡献。理解了这些，才能够克服急躁情绪，认清自己的使命，扎扎实实干好本职工作，争取为国家的富强与人民的幸福，做一点实际贡献。

美国才是中国真正的对手

（2003 年 9 月 7 日）

美国是当今世界上最发达的资本主义国家、最强盛的帝国主义国家，是中国真正的对手。

只要你是个中国人，你就绝对不能得到美国人的民主。只要你是华人，即便已经有了美国籍，只能被称为有色人种。无论如何努力，你也得不到美国白人以及犹太人所享有的民主。比如，在涉及美国重要国家军事与科技核心机密的部门与岗位，永远不会有黄皮肤的华人或者华裔参加。而一些还不是非常机密的地方，即便有华人参加，一有动静，首先被怀疑的对象，肯定是华人。核物理学家李文和就是例证。他是从中国台湾去的，尽管他已经入了美国籍。这也充分说明，美国的人权是分为三六九等的。

为什么会是这样呢？因为在美国人的心目中，只有他们即以白人为主体的美国人，才是世界上最优秀、最聪明的人种，是最应该充当国际警察、世界霸主、人间上帝的人。其他民族的人，可以学习美国、崇拜美国、服从美国，唯美国马首是瞻，但是绝对不能赶上美国、超过美国。

世界上不但有美国，而且有中国。中国历史悠久、文化渊博、人口众多，近百年来又受到包括美国在内的世界列强们残酷的掠夺与侵略。中华民族有着非常强烈的进步和发展愿望。

新中国成立 50 多年来，尤其是近 20 多年来，社会进步、经济发展、人民生活不断改善、科学技术突飞猛进，国防力量也在不断增强。所有这些，使美国的当权者感到不安。他们害怕中国今后强大起来了，会成为美国争霸世界的障碍甚至对手，所以千方百计地在高科技领域封锁中国。对于中国人依靠自己的聪明才智发明创造出来的东西，他们要么不予承认，要么说是偷窃了美国的成果。这样，在美国的黄皮肤华人甚至亚洲裔人就成了首选的怀疑对象。对于这些事情，凡是在美国工作与生活过的中国人，都有此种遭遇或者感受。而一些没有出过国门的人，反而会受一些美国的电影、电视、报纸、书籍宣传所影响，认为美国是最民主、最优秀、最美丽的天堂。

青山遮不住，毕竟东流去。尽管许多有才华、有财力的中国人或者华人、华裔用自己的才智和财力提高了美国的科技水平与国力，美国的当权人却并不领情。尽管历代中国领导人表示中国人只是希望自己的祖国能够尽快摆脱贫苦、人民能够安居乐业、国家能够独立平等，现在今后都不会去做称霸世界的超级大国，不会去侵略别人。但是，美国以及某些大国都不会相信，也不需要中国强大起来。作为中国人，也万万不可相信别的国家能够支持自己发展壮大，支持自己走向富强。

国民党的出路在大陆

（2003 年 11 月 23 日）

这两天，传闻说有人提议为了在中国台湾拉选票，建议把中国国民党改名为“台湾国民党”。倘若如此，实在是国民党的悲哀。

中国南北朝时期的著名文学家庾信在《枯树赋》中有句曰：“昔年种柳，依依江南；今看摇落，凄怆江潭；树犹如此，人何以堪？”

以此形容今天在中国台湾的国民党政治上的处境，是颇为贴切的。

客观地说，国民党自从 1949 年丢失大陆、退守中国台湾以后，蒋介石痛定思痛，认为从根本上看，是国民党自己打败了自己，故而下决心改弦更张。除了在政治上继续实行反共高压政策，军事上仍依靠美国撑腰以外，在经济上实行了一些改革措施，发展经济，收效颇好。

在土地改革方面，中国台湾实行了赎买政策，即政府出资把土地从地主手中买回来，分给农民，实现了耕者有其田。政府用应该付给地主的钱，发行了建设公债，让过去的地主成了新的资本家，减少了社会大的动荡。

为了遏制官场腐败，将新台币大幅度贬值，有效地遏制了进口，促进了出口。由于当时 1 美元竟然能够兑换新台币 35 元左右，那些拿工资的官员们在相当一个时期买不起外国货，只好用国产货。尤其是 20 世纪 50 年代中期，蒋介石传位于儿子蒋经国以后，重视经济发展，实力增长颇快。而此时海峡对岸的大陆，却陷入了十多年的政治斗争旋涡之中，严重影响了经济更快的发展。这也是中国台湾国民党政府据此向世界吹嘘的中国台湾经验优于大陆的历史背景。

随着邓小平 20 世纪 70 年代末第三次上台，中国共产党实事求是地总结了海峡两岸的经验教训，制定了“一个中心两个基本点”的新路线，领导中国走上改革开放道路。短短二十多年时间内，中国的政治、经济、军事、文化、科学、技术各个方面，都发生了巨大变化。这些变化是连在中国台湾的国民党人士也都是交口称誉的。

中国台湾方面，蒋经国先生于1985年解除了几十年高压“戒严”以后，逐渐开放党禁，民进党才得以浮出水面。蒋经国晚年，不顾党内元老们反对，选择了与自己经历相同（历史上加入过共产党）的李登辉作为副手，算是给国民党埋下了祸根。蒋经国1988年去世，李登辉上台，不断从内部祸害国民党，从外部扶持民进党，中间还挤走了当年帮助过自己上台的宋楚瑜，迫使其到党外组建了亲民党，还开除了坚持国家统一的郝柏村、林洋港等人，从而大大削弱了国民党内主张统一的势力，滋长了台独氛围。到1998年号称“百年老店”的国民党选举失败，黯然下台，民进党上台执政，也真震惊了海峡两岸。

眼看中国台湾又到了选举季节，被国民党呼为“国贼”的李登辉，明里暗里与自己的死敌民进党串通一气，组成泛绿阵营，极力打压包括原属于国民党统派人士在内的泛蓝阵营。

泛绿阵营的许多人物，由于种种原因，历史上受过国民党的压迫，目前却在日美国际反华势力极力支持的背景下，连连掀起台独浊浪。他们公然挑战一个中国的原则，以此阻挡国民党复辟，试探中国政府和全中国人民的耐心。

中国政府已经代表全国13亿人民郑重宣布：“一个中国”是中国台湾问题的底线。台湾方面胆敢使用所谓“公投”的方式搞台独，就是分裂国土，就是挑动战争。

在国家统一与分裂、民族和睦与战乱的紧要关头，国民党在中国台湾的举动如何，不仅仅关系到中国台湾人民的祸福，也关系到国民党自身的存亡。

中国共产党与中国政府提出用“一国两制”的方式解决中国台湾问题，前提在“一国”，实惠在“两制”。按照邓小平20世纪80年代强调过的构想，中国台湾的“一国两制”，可以比中国香港的更为宽松，可以保留军队。在一国的旗帜下，“你不吃掉我，我不吃掉你”，两岸和平共处，互相发展。如果能够实现和平统一，将是一件多么美好的历史进步大事！

但是，已经下野了的国民党，近年来在政治上并没有多少长进，和民进党的斗争是处处被动，时时挨打。对党外，既不会运用高明的政治智慧和长期老对手共产党结成新形势下的战略联盟，遥相呼应，共同对敌；又不能深入民众，晓以大义，讲透厉害，驱散民进党的台独妖雾。反而在许多场合、许多时间，跟着民进党的屁股后边，替自己辩诬。如此下去，岂不悲哉！

政党是政治斗争的产物。作为百年老店的中国国民党，真的已经枯萎，“生意已尽”了吗？笔者对此不以为然。

当年国民党丢了大陆，并没有丢了“中国”；此前国民党丢了政权，更不能丢掉“中国”。坚持“一个中国”原则不丢手，从“一个中国”里找出路，应该是国民党起死回生的诀窍。

“百年老店”的中国国民党有很大的历史包袱，但是，从另一方面看问题，它也有很大的财富。起码它有自己很大的牌子。历史上，曾经发生的两次国共合作，对于中国历史有着巨大的贡献。今天的国民党已经被对手挤到了墙角，为什么不可以在维护国家领土完整的大义下，在中国台湾公开提出与中国共产党开展第三次合作？

如果说，由于公开和中共合作，会暂时失去一部分选票的话，却能够得到大陆方面公开支持，更能够赢得13亿中国人民的赞许。一旦民进党要独立，国民党可以公开要求大陆方面出兵维护国土完整。只要中国台湾民进党不闹独立，国民党竞争得好，照样可以上台；竞争得不好，可以放心地做反对党。从大陆方面说，也可以比较有效地遏制台独倾向。

由此看来，国民党能不能枯木逢春，再出生意，出路在大陆，在于能不能做好“中国”这篇大文章了。

民进党玩火必自焚

（2003 年 11 月 24 日）

近一段时期，中国台湾民进党陈水扁之流为了保住下届“总统”位置，标新立异，竟然置民族大义于不顾，妄想以所谓的“公投”方式，大肆制造台独氛围。作为中国公民，我们有责任对此大喝一声：陈水扁滑得太远了，民进党玩火必自焚！

当年，在国民党退守中国台湾后，坚持实行反共高压，许多反蒋反国民党的人士，遭受过残酷斗争，无情打击，博得广泛同情。蒋经国于 1985 年在中国台湾解除戒严，放开党禁以后，其中的一些反对派人士组成了民进党。应该承认，民进党成立之初，冲破了国民党独裁专制的藩篱，还是有相当的群众基础与生存空间的。

我们判断一个人，一个党，是否是民主的，进步的，不仅要听其言，更要观其行。民进党成立前后，其决策阶层不识历史潮流，不顾民族大义，勾结日本与美国反华势力，大肆鼓吹台独，当然为包括中国台湾在内的全中国人民所不齿。特别是他们夺得中国台湾政权以后，运用手中的权力，大搞所谓去中国化，处处挑战一个中国的原则，近来又妄图玩弄有助于台独的“公投”把戏，更是冲破了两岸和平的底线，招来众怒。当此关乎国家统一的大是大非面前，每一个关心国家前途和民族命运的人，都应该站出来，揭穿民进党搅局的把戏，向中国台湾人民乃至全中国人民、全世界人民讲透其中的利害关系。

悠悠世界文明史上，出现过四大文明古国，至今唯有中国屹立在东方。国家的统一，人民的团结，国内各民族的团结，是中国能够存在至今、中华民族能够生生不息的重要原因。“宁失千军，不舍寸土”，成为中国历代统治者和人民群众的共识。守土有则，虽死犹荣。裂土有罪，千夫共指。这种观念早已经溶化进千百万中国人民的血液中了。

秦皇汉武唐宗宋祖，并非没有可数之罪过；成吉思汗，南下中原，西略东欧，杀人如麻，屠城无数；康熙乾隆，武功显赫，文字狱中扼杀了多少志士仁人，也拖累了中国科技发展的进程；只是因为他们在任内拓展了或者守卫了中国的疆域，历代中国人特别是中国的文人，对于他们赞誉有加，或者称其“过不掩功”。由于这样那样原因而守不住国土，向外国割地赔款的中国统治者们，则至今在青史上留着难堪的骂名。

明白了这个道理，你才会懂得，时至今日，任何一位中国领导人，不论他属于何党何派，只要胆敢同意国土分裂，中国台湾独立，仅仅13亿中国人民的唾沫星子也要把他淹死！

中国是一个讲究信用的国家，中华民族是一个恪守诚信的民族。中国人历来不拿原则做生意，中国政府更是不会与国内那些妄图分裂国土的党派、人物做什么交易的。

中国人还有一大忌讳，就是特别厌恶那些挟洋人以自重的做法。在国内政见不同时，总想拿外国人的建议压制对手，往往是适得其反的。同时，外国人有其自身利益，得不偿失的买卖他是不会干的。比如今天的美国，虽然叫喊着要求维持中国台湾现状，如果中国台湾方面闹得过火，或者大陆方面能够确保美国在华利益，不管是共和党或者是民主党，都是不会给那些鸡肋似的台独分子充当长期保护伞的。

民进党幻想着，中国争取到了2008年北京奥运会，是一个扬名海内外的大事，在此之前不敢对中国台湾动武。这又低估了中国最高领导当局的政治智慧。试想，泱泱13亿人口大国的领导者，难道还摆不平熊掌与鱼兼得的难题吗？

新中国从毛泽东、邓小平到江泽民、胡锦涛，在治国纲领上是一脉相承的。那就是对外谋求良好的国际环境，对内维护安定的局面，在此基础上尽量有所作为。而中国台湾问题乃是完成祖国统一的千秋大业。能够和平统一更好，武装统一也不是什么坏事。中国台湾当局平日闹点不太出格的举动，大陆方面是能够容忍的。但是不能容忍无限制的胡闹。

武力收复中国台湾，乃是和平统一中国台湾的必要准备。民进党先生们不少是吃日本的寿司喝美国的牛奶长大的，对于中国历史、中国文化、中国政治的了解，大大低于其学到的西方民主政治以及西方文化的水平，总是幻想运用西方人的思维方式、西方人的办法治理中国这样一个大国。可惜从康有为、孙中山到如今，还没有一个人能够走得通。这也是中国文化五千年来弦歌不辍的重要原因之一吧。

今天的中国已经不同于20多年前了，中央政府既有可以制约台独的手段，也有许多的选择。今天的大陆沿海，不论是珠三角或者是长三角，已经是中国台湾持续发展的腹地。如果中国台湾闹独立，中国台湾的经济如何维持下去？中国台湾不少富人，就是依靠大陆发的财，如果跟着陈水扁之流瞎起哄，断了自家的财路，划得来吗？

能够当上中国台湾“总统”的只有一个人，而愿意为了帮助他人上台而身败名裂，甚至倾家荡产的，恐怕人数不会太多了。

玩火者必自焚，胆敢挑动搞台独的人，绝对不会有好下场。

连战输在何处?
——中国台湾3·20选举初析

（2004年3月21日）

中国台湾地区3·20选举在吵吵闹闹的风波中告一段落，国民党为首的泛蓝阵营以27000张票的微弱差别，输给了陈水扁的泛绿阵营。尽管这场选举风波还在继续，泛蓝阵营还会拼命一搏，但是大权在握的泛绿阵营决不会轻易交出手里的政权的。事实证明，和上次一样，国民党的连战这次又一次输给了民进党的陈水扁。

连战输局的根本原因，在于定位不准、旗帜不明、手段不行。

先说定位不准。本来上次选举，是国民党在台上，民进党在台下，连战是守方，陈水扁是攻方。由于国民党在中国台湾长期反共戒严及执掌政权造成的政治包袱与个人的魅力所限，加上李登辉捣鬼，国民党分裂，连战得票率仅23%，远远低于从国民党分裂出去的宋楚瑜的36%和陈水扁的39%的得票率。这次选举，连宋捐弃前嫌，组成泛蓝阵营，联合参选。但是没有从大局着眼，动大手笔，搞宋连配，即让年轻活跃的宋楚瑜作为第一候选人，连战作为助手。这是其一。其二，这次国民党是攻方，民进党是守方，但是攻方过于墨守成规，处处被动，倒像是守方；而守方诡计多端，怪着迭出，让攻方防不胜防。

再说旗帜不明。本来，中国台湾问题是中国内战的遗留问题，是国共两党当年没有完全解决的历史问题。由于历史的原因，成了目前中美两国建立更为紧密关系的主要障碍。美国不论从全球军事战略或者从本国经济利益上说，都已经离不开中国的合作与支持。美国对于中国台湾问题的既定方针，是“不独不统，不战不和”，希望以此坐收渔翁之利。他既不希望中国台湾回归中国，壮大中国实力，也要求中国台湾不可轻举妄动，不要惹翻了中国，逼得中国不得不用武力解决中国台湾问题，把美国拖进又一场战争旋涡中去。这次美国、法国、日本等国家纷纷表态，坚持一个中国的立场，不赞成搞旨在引导中国台湾独立的公投活动；祖国大陆更是反复警告，坚决反对中国台湾搞所谓的“公投”。使得中国台湾广大人民群众知道了其中的利害关系，才以实际行动使陈水扁的公投把戏没有得逞。而连战等人，却不会因势利导，旗帜鲜明地告诉中国台湾人民：世界上只有一个中国，我们是中国台湾人，更是中国人！谁搞台独，死路一条！连战在选举时提出的口号是，当选以后，他要向大陆提出，搁置中国台湾主权争议50年。这样的口号，大陆不会赞同，你当你中国台湾是越南、马来西亚、印度尼西亚吗？你当你要和中国谈判南沙群岛主权问题呀！这样的口号，中国台湾人民也不关心，老百姓最关心的是眼前的生计与打仗不打仗的问题，30年、50年后的事情，往往是政治家与资本家们操心的问题。

三说手段不行。在世界，在中国，民主历来都是手段，选举也是手段。罗斯福、斯大林、蒋介石、毛泽东都深谙此道。掌权者为了保权，有时候办事需要谨慎，要顾一点面子。夺权者为了夺权往往不择手段。这一次，出身于草根阶层的陈水扁，连苦肉计都用上了，连宋却好像戏台上演的叫花子一样，虽然也唱得悲悲切切，有板有眼，骨子里却还是公子哥的派头，难使老百姓同情。蒋老先生如果地下有知，免不了会来一句奉化土话：娘希匹！

话又说回来，中国台湾泛蓝阵营的出路在哪里呢？

国民党的出路在中国！中国台湾的前途在中国！

这次中国台湾选举，由于国民党缺乏大的手笔，民进党多处耍无赖，中国台湾百姓族群之间发生了严重的分歧。中国台湾选战热闹之处，不亚于大陆“文革”时期群众打派仗场景。这次中国台湾选举，理应受到大陆方面的关注，也或隐或现地显示出了美国、日本等国际反华亲台势力的身影。

由于祖国大陆改革开放、快速发展，国际地位越来越重要，包括美国在内的各大国也越来越不想再为中国台湾问题开罪中国。美国民主党候选人克里公开提出当选后赞成中国台湾实行“一国两制”，实际上已经是向中国政府叫板开价码。历史经验证明，美国政府的政策总归是会围绕着美国的国家利益而改变的。

随着中国政治、军事与经济实力不断壮大，中国台湾过去经常引以自豪的经济实力却越来越边缘化、空心化，并且越来越离不开祖国大陆，那种坚持搞台独的政客们会越来越不得人心。台独就意味着战争！想脱离祖国就是找死！民进党人应该明白其中道理。

2500多年前，孔老夫子有一句从政名言曰：不二过。意思是说，不可重复犯同样的错误。中国国民党应该从两次竞选失败里找出教训来，连宋诸公身为中华民族的子孙，应切实以民族大义为重，痛定思痛，领导泛蓝阵营，真正从一个中国里找出路！让国民党这个“百年老店”，在21世纪振兴中华的伟大潮流中焕发新机。

对于台独不要心慈手软 对于美国不要心存幻想

（2004 年 7 月 18 日）

美国总统国家安全助理赖斯女士，前不久来到中国，以她的外交魅力，向中国领导人说了一大堆好话，回去以后就变了腔。昨天，美国参众两院又公然强调要维护其干涉中国内政的《与台湾关系法》。

中国不是美国，美国无权干涉中国内政。中国也没有兴趣对于美国夏威夷群岛及阿拉斯加半岛的居民们，是否需要举行公民投票以决定是否脱离美国的问题说三道四。中国政府与人民只关心早日使用和平或者武力手段解决宝岛台湾与祖国大陆统一问题。

为此，国内所有鼓吹使中国台湾脱离祖国的言论和行动，都是卖国叛国的行径。国外所有此类言行，都是对于中国主权与领土完整的粗暴干涉。泱泱中华大国，960 多万平方公里的国土，56 个民族，30 来个省区，13 亿人民，一个台独灭不了，其他要“独”怎么收拾？！这个道理，不但要向国人讲清楚，也应该直言不讳地公告于世界。

所以，反台独不能只讲空话，必须迅速把舆论造势、经济制裁、军事弹压在全球范围内展开。可以向全世界公开声明，中国政府和人民坚决反对中国台湾独立，台独就是战争！战争的底线是台独！

当今世界，强权即是真理。美国在国际问题上，绕过联合国，搞先发制人，侵略伊拉克，遭到国际社会谴责，自己也深深陷入不义之战中难以脱身。

中国解决中国台湾问题，是在捍卫自己主权与领土完整。即使打上一仗，也完全是正义之战。先发制人，后发制人，都是中国的内政，不需要联合国批准，不容许别国说三道四。美国的《与台湾关系法》是他们的国内法，不具备国际约束力，早已经站起来了的中国政府中国人民，更不用看美国人的眼色行事。

今年是美国大选年，建议在11月份之前，向中国台湾搞几次强烈的“火力”行动，看看他美国能够有多大反应。看美国更需要今天的中国大陆，还是今天的中国台湾。两利相权取其重，两害相权取其轻。这大概是一般人都能够算清楚的账吧。

救人如救己
——也谈对印度洋海啸灾难国家与人民的救助问题

（2005年元月6日）

有人在网上提出，中国国力本来不强盛，自己的困难还不少，没有必要动员人民群众募捐，救助遭受印度洋地震海啸灾难的国家与人民；还有人提出，前年印尼发生大规模的迫害华人浪潮，如今他们遭天灾，乃是上天报应。这种观点不对。

邻家遭灾，你救不救？救，可以有充分理由，多种方式；不救，同样可以找出充分的理由，使人充分理解。

邻居有难你帮不帮？帮，可以有许多办法，可以量力而为，也可以尽心而为；不帮，更可以说出许多原因，使人家无可指责。

中华民族是一个有着几千年以德报怨的优良传统的东方伟大民族，中国人民是世界上少有的宁肯自己节省也要帮扶邻人渡过难关的高尚人民。

救人如救己，帮助受灾邻居，义不容辞，中国人在救助别人时，是不会首先考虑别人能够给予自己什么回报的，但是往往善有善报。

退一步讲，今天对邻居遭灾受难不管不问，日后如何与邻居见面。

中华民族是一个热爱和平的民族
——答网友疑问

（2006年9月19日）

5000年的历史证明，中华民族是一个热爱和平的民族，即便是在中华民族最辉煌时期，中国的统治者们也没有远洋环球，称霸世界的野心。这是由中华民族的传统文化所决定的。

200多年的美国历史证明，今天的美国政客们，一切以美国的国家利益和美国政客们的利益为重，不可能有包容世界上不同文明、不同民族、不同信仰的海量。寄希望于美国，幻想与美国政客平起平坐，至少是幼稚的。

中华民族是一个热爱和平的民族。从古到今，不同时期，中华民族是由生活在中华国土上的不同民族融和而成的。今天我们所说的中华民族，包括56个民族。其中，汉族本身又是由历史上多个民族融和产生的。

国家，在不同的历史时期，有着不同性质、不同地域、不同的范畴。国家与民族，不是一个概念。

中国历史上，不同的朝代，发生了不同的战争，有的是官逼民反的农民起义，有的是外族入主中原的征战。即便是在这些时期，各族人民被卷入战争之中，深受其害。“兴，百姓苦；亡，百姓苦”。战争，是统治者的工具，和平对于普通百姓，是日夜盼望的。“宁作治世犬，不作乱世民”，道出了老百姓的无奈。

从中华民族5000年来发生的各种战争，归结为中华民族不是一个热爱和平的民族，是没有道理的。

中国决不能依赖外国军售构建强大的国防体系

（2006 年 10 月 28 日）

近年以来，围绕着欧盟能不能尽快解除对华军售问题，官方及民间人士都表现出颇大的热情。

本来，自从 1989 年西方七国集团借口北京发生的政治风波而对中国实行制裁之后，西方一些顽固坚持干涉中国内政、妄图按照他们的模式改造中国的政治制度与中国人的生活方式的极右势力，认为中国刚刚结束十年“文革”动乱，没有能力再历经一场新的动乱。他们认为趁中国困难之际，挥舞制裁大棒就会使中国共产党人屈服，会按照他们的指挥棒转。所谓的禁止对华军售，就是西方的洋老爷们制裁中国的主要手段之一。

可惜得很，1840 年以来，那些高鼻子、蓝眼睛、手画十字、口称天主的西方人，往往对于高高在上的满清王朝的皇帝和官吏，对于北洋军阀及国民党的官员们，看得准，摸得透，一出手就能将对手卡得死死的。对于中国的老百姓，特别是对于用马克思列宁主义理论与中国国情相结合而产生的“山沟里的马克思主义”——毛泽东思想及其武装起来的中国人民，对于创造了中国改革开放真经的邓小平理论的中国共产党人，却往往看不透，摸不准，卡不住。

1989 年夏秋之交，邓小平曾经高瞻远瞩地指出，对于敌对势力的制裁，对于复杂纷纭的国际事务，我们要“冷静观察、沉着应付、韬光养晦、决不当头”，一心一意搞建设，毫不动摇坚持改革开放。不久，又加上了一句“有所作为”。十几年时间过去了，中国并没有在西方七国的制裁下倒退，中国共产党也没有在敌人的破坏捣乱中失去执政地位。十几年来，中国特色的社会主义道路越走越宽阔，中国的经济实力越来越强大，中国的国防建设也越来越坚强。13 亿人口，56 个民族，团结一致构建中国特色社会主义和谐社会，20000亿美元的国民生产总值，10000亿美元的国家外汇底存，连续多年10%的经济增长率，960万平方公里的巨大市场，在当今动乱不已的世界上，谁家有这个软硬实力和基础，可与我们攀比？！

在这样的国力与潜力之下，西方的制裁已经显得多么可笑。应该指出，即便在那些制裁最严厉的时候，西方有的国家仍然以自己的利益为重，不听霸主的指挥，明里暗里与我们做生意。而并非西方七国的俄罗斯，在军售上就大大钻了西方的空子，对华贸易赚了大钱。

还需要指出，尽管当年的西方七国集团以及今天的欧盟，并不是铁板一块，在对华贸易特别是对华军售上利益不同，表态不一，但是，人家对华军售的目的是为了赚钱而不是为了帮助中国建立强大的国防。中国的国家安危，只有中国人自己操心。退一步讲，如果世界各大军事强国都争先恐后向中国出售军火，中国国防岂不成了万国军事博物馆，一旦打起仗来，如何能够统一指挥？如何保障后勤供应？

鉴于以上原因，我们大可不必寄希望于欧盟军售解禁，或者俄罗斯再卖给中国一些先进武器，不可依靠他们来巩固中国的国防建设，而应该也必须立足于独立自主开发建设自己的国防工业，建设中国新一代国防长城。至于外来的军购，只能为辅，不可为主。洋为中用，以我为主，方可百战百胜。欧盟卖给我们一些武器，不足为盼，不卖给我们武器，能够进一步激发我们尽快开发创新中国自己的军事科学技术。

宋楚瑜，中国台湾政界的异数

（2007 年 1 月 23 日）

叱咤政坛近三十载、政治生涯跌宕坎坷的中国台湾亲民党主席宋楚瑜，以个人身份在 2006 年 12 月 9 日台北市长选举落败后，通过媒体黯然宣布退出中国台湾政坛。遥想当年，国民党中枢意气风发的白袍小将，回眸今天，中国台湾岛政争中屡战屡败的泛蓝元老，不由得使人扼腕叹息：人算，天算？时也，命也？

宋楚瑜 1974 年在美国获得政治系哲学博士衔以后，在其父中国台湾联勤军副总司令宋达中将的家庭背景支撑，以及号称中国台湾“四大公子”之一的钱复的鼎力提携下，入围小蒋大内，开始了他平步青云的政坛道路。他先任“行政院长”蒋经国的英文翻译，以其过人的能力，受到小蒋赏识，很快就于 1977 年出任新闻局副局长。次年任“总统府”秘书，一年后又升任为代理新闻局长。成为蒋经国晚年不可或缺的主要助手。据国民党的一些头面大老回忆，蒋经国曾经准备把他的职权一分为三：李登辉接任总统，连战接任行政院院长，宋楚瑜掌管党务实权，可见蒋经国对宋楚瑜的期望之重。

当年蒋经国去世后，在是否允许时任副“总统”的李登辉一步登天，实现“总统”与党主席一肩挑的问题上，以宋美龄为首的元老派和以李登辉为首的夺宫派，发生过激烈的较量。宋楚瑜泪洒国民党中央常务会议，慷慨陈词，呼吁大家摈弃歧见，以“国是为重”，弄得元老派师出无名，不得已扶持李登辉爬上顶峰。正是宋楚瑜的临门一脚，踢得蒋家王朝灰飞烟灭，结束了蒋氏家族的“草山残梦”，使宋美龄“我将再起”的宣言成为梦呓。宋楚瑜也从此与国民党老人们深深结下“梁子”。

2000 年，春风得意的宋楚瑜不满意李登辉纵容台独的行为，不愿与连战合作，愤然跳出国民党，自组亲民党，使民进党钻空子上台。

从历史上看，原籍也是湖南湘潭的宋楚瑜，在以蒋介石为代表的国民党与以毛泽东为代表的共产党两大阵营所进行的长达半个多世纪的国内争斗中，单枪匹马在中国台湾奋斗20多年，参与踢翻蒋家王朝，拉扯国民党下台，虽有负于“党国”而有功于中国，乃是当今中国台湾政坛上的异数。据说，当年其父宋达就是由于籍贯湖南湘潭，与毛泽东同乡，长期不被老蒋看好而迟迟难以升迁的。

2004年宋楚瑜摈弃前嫌，和连战联手组成泛蓝阵营，与陈水扁展开“总统”竞选。阿扁利用选举前夜的两颗子弹，戏弄了泛蓝阵营，再次轻取桂冠。

人们欣喜地看到，2005年宋楚瑜继连战之后，率领亲民党访问团应邀回到大陆，与胡锦涛总书记为首的中国共产党举行会谈，双方达成多项共识，有力促进了两岸关系的和平发展。宋楚瑜返乡祭祖，湘潭数万父老乡亲冒雨迎接游子归来，宋楚瑜一口湘潭腔的话语，道尽乡情。返回中国台湾以后，他更是在许多场合反复宣传自己，“是台湾人，也是中国人”，称自己是“台独的公敌”。可以说，这是老宋新世纪政治生涯最光彩的一幕！

令人费解的是，在今年的台北高雄选举之前，宋楚瑜不晓得听了哪位高参的建议，贸然以个人身份参加台北市长选举战。在国民党方面推出郝龙斌为台北市长候选人时，老宋又对小郝说三道四，全然不顾其父宋达与小郝之父郝柏村皆为老蒋军中同僚，自己当年也曾与老郝同在小蒋幕府效力的旧情，更不顾自己年纪偏大，风险众多，匆匆与后生小子争锋，还放言要搞“老师傅封刀之作”，授人以柄，贻笑大方。

“人成各，今非昨，病魂常似秋千索。”今天的国民党已经不同于100年前孙中山先生初创的那个国民党了，也不是30多年前小蒋子承父业打造“亚洲四小龙”时期的国民党了。政党是历史的产物，历史是无情的，又是有情的。当一个政党违背历史潮流，祸国殃民，必然会被民众唾弃，历史淘汰。而当这个政党痛定思痛、幡然悔悟、改弦更张，重新回到顺应历史潮流、为国为民、振兴中华的道路上时，也必定会受到各党各界的支持，得到各族人民的赞许，这个政党将得到新生。笔者作为共产党人，和大家一样，希望今天的中国国民党能够在促进两岸和平发展的大道上赢得人心，赢得胜利，赢得新生。

“人有悲欢离合，月有阴晴圆缺，此事古难全。”今天的宋楚瑜已经不是20多年前意气风发的宋楚瑜了，也不是7年前厉兵秣马、组建亲民党时的宋楚瑜了。自然规律是无法抗拒的。老一代政治家审时度势，真心让位于新一代政治家；新一代政治家继往开来，发展壮大老一代政治家的事业，是中国政治生活中的优良传统。人们既欣赏宋楚瑜先生年过六旬宝刀不老，披挂上阵的老廉颇精神，也觉得宋先生大可不必为失落于后生辈而无可奈何。

目前，以国民党为首的泛蓝阵营，已经大体完成向马英九、王金平、郝龙斌、蒋孝严等中青代的交班进程，虽然这些中青代，由于自身的条件与经历，还难免在今后的政治活动中出现这样那样的不足，但是只要他们心系中华，不忘根本，为国为民，总是会经过各种历练，成就大器的。

俗话说，姜是老的辣，宋楚瑜先生作为泛蓝阵营的元老级政治家，理应与他的老搭档连战先生一样，老骥伏枥，志在千里，不言退缩，老成谋国。人们当有理由作如此期待。

毛泽东为什么说“一切反动派都是纸老虎”？

（2007 年 4 月 25 日）

毛泽东常常将强大的敌人比作纸老虎，这不仅是其倔强性格的自然流露，更是对其提倡的“在战略上藐视敌人，在战术上重视敌人”的伟大军事思想的形象比喻。

“纸老虎”一词的发明人似乎是晚清时代的李鸿章，他私下里对自己的文案（秘书）说过这样的话。李鸿章用此比喻自己的北洋舰队不堪一击。李鸿章还说过，自己是大清帝国的裱糊匠，很准确地描述了风雨飘摇的满清王朝。

毛泽东借用李鸿章的一句话，反其道而用之，说“一切反动派，都是纸老虎。看起来，反动派的样子是可怕的，但是实际上并没有什么了不起的力量。从长远的观点看问题，真正强大的力量不是属于反动派，而是属于人民。”又说了“原子弹也是纸老虎”这样的话。

对于当年赫鲁晓夫的核讹诈，毛泽东嗤之以鼻，轻松的说过：你原子弹有什么了不起？！真正打起仗了，靠的是人不是什么武器。中国人打死一半，还有一半。你就是丢几颗原子弹，地球毁灭了，太阳熄灭了，鱼儿照样在水里游，女人照样生孩子。

毛泽东在世时，中国无私地帮助了许多亚非拉新生国家搞经济建设。还积极支援过第三世界人民武装革命，那是为了在帝国主义的后院放几把火，让他们自顾不暇，以减缓中国自己被强敌四面包围的压力，也是为了帮助世界上的穷哥儿们翻身求解放。

毛泽东有时候又会将自己的牌底告诉对手。

有资料回忆，1972 年基辛格访华时，中国还在热火朝天地搞“文化大革命”。当基辛格的随员看到钓鱼台国宾馆贴的“打倒美帝国主义及其一切走狗”的标语时，以为是冲着他们来的，十分不安。毛泽东知道后，在第二天会见时，轻松地询问基辛格：博士，一路上看见我们贴的反对美帝国主义的标语没有？基辛格圆滑地回答：我不懂中文。毛泽东解释说：总要放点空炮。

前人栽树后人乘凉。毛泽东“在战略上藐视敌人，在战术上重视敌人”的军事思想，教育了一代又一代共产党人，克服困难，战胜敌人，开拓创新，夺取胜利。毛泽东、周恩来、邓小平等老一辈领导人，当年用其大智大勇，开辟了长期冻结的中美关系；用中国有限的人力物力，帮助了诸多亚非拉新兴国家。当我国今天可以与世界列强平起平坐，乃至一比高下时，不应该忘记共和国的开创者当年为之付出的诸多宝贵心血。

据说，今天非洲不少国家的友好人士，在欢迎来访的中国客人时，所演唱的中文歌曲，仍然还是《大海航行靠舵手》！

今天，当中国的一家又一家的国有或者民营企业远渡重洋，走向亚非拉美各国投资贸易，受到当地政府与人民群众的热情欢迎，而往往为其他国家的企业家所嫉妒，还说一些不三不四的话时，中国的企业家们不要只是认为自己财大气粗，而忘记了早在三四十年前，老前辈们已经在那里为后人投下了宝贵的第一笔金钱和感情的资本。

毛泽东怒斥贾桂思想

（2007 年 6 月 7 日）

毛泽东一生，不信鬼，不信邪，不迷信洋人。坚持独立自主，不作他人附庸，是毛泽东思想的重要组成部分。

中国革命，就是不断冲破苏联教条主义的干扰，运用马克思主义的基本原理和中国革命的实际相结合，坚持共产党的领导、统一战线、武装斗争，依靠各族人民群众的长期奋斗而获得成功的。为此，斯大林曾经公开怀疑毛泽东是南斯拉夫铁托式的人物。

毛泽东在对苏关系上，尤其是对待斯大林问题上，采用了中国人传统处世的外圆内方手法。

新中国建立以后，毛泽东两次到苏联访问，第一次是 1949 年冬天，是为了让斯大林放心，新中国外交上要“一边倒”，即倒向苏联；内政上要搞社会主义，以争取苏联对华援助，并签署了《中苏和平友好条约》。第二次是斯大林去世以后的 1957 年，毛泽东到苏联参加十月革命胜利 40 周年庆祝活动，并向斯大林的继任者赫鲁晓夫表态，中国共产党仍然是苏联共产党的亲密战友，社会主义阵营需要团结一致，中苏友谊牢不可破。

1957 年 11 月 6 日，毛泽东在莫斯科举行的庆祝十月革命胜利 40 周年纪念大会上致辞中，就如何对待苏联经验的问题上做了全面分析，谈到：“在十月革命以后，各国无产阶级的革命家如果忽视或者不认真研究俄国革命的经验，不认真研究苏联无产阶级专政和社会主义建设的经验，并且按照本国的具体条件，有分析地、创造性地利用这些经验，那么，他就不能通晓作为马克思主义发展新阶段的列宁主义，就不能正确地解决本国的革命和建设问题；那么，他就会或者陷入教条主义的错误，或者陷入修正主义的错误。我们需要同时反对这两种错误倾向，而在目前，反对修正主义的倾向尤其是迫切的任务。”从而表明了中共的立场。

笔者 1954 年秋天上小学后，在不少公众场合看到毛主席画像和马恩列斯画像，毛主席画像的头上空间大，相比之下斯大林似乎显得更高大一点，实际上斯大林个头比毛泽东矮。

“文革”时期看到一则内部讲话材料，毛主席说：我们有些人，就是在外国人面前直不起腰来。京剧《法门寺》里有一个小太监贾桂，人家叫他坐着，他说站惯了，不会坐。我的画像，挂出来和外国人一比，总是矮一头。

有关部门重新绘了毛泽东的标准像。六十年代以后，中国各地悬挂的毛泽东画像，就与马恩列斯画像一样尺寸了。

中国为什么不能够实行欧美式的政治制度
——写在香港回归祖国十周年之际

（2007 年 6 月 30 日）

中国从戊戌变法以来 100 多年的社会现代化进程反复证明，欧美各国的资本主义政治制度，在中国无法推行。最近，有人试图借北欧小国瑞典 60 多年来的社会民主党执政经验，教训中国共产党人：应该改弦更张，放弃科学社会主义，实行民主社会主义。这种思潮，已经被胡锦涛总书记 6 月 25 日的重要讲话给予断然否定。

中国为什么不能实行欧美式资本主义政治制度，而只能实行符合国情的中国特色社会主义制度？这既是历史的选择，也是现实的需要。

世界各国的历史渊源不同，文化传统不同，基本国情不同，很难实行同一的政治制度。

欧美式民主政治制度，起源于古罗马时代。古罗马帝国的元首或者执政长官，要对贵族元老院即议会负责。议会有选举或者罢免元首或执政长官的权力。

有人解释，这种民主制度源于海洋文明。在风急浪险的茫茫大海上，尊贵的国王也要听从船长的指挥，否则就有可能使全船葬身于海底，消亡于狂风大浪之中。

我们中国的先民，世世代代居住在世界东方大陆上，有自己的文化与文明传统。从远古时代大禹的儿子启，破坏了王权的禅让制而变为世袭制以后，5000 多年的历史上再也没有出现过一件真心禅让王权的事情。

“普天之下，莫非王土；率土之滨，莫非王臣”。守土有责，虽死犹荣；裂土有罪，千古不赦。中华民族大一统的观念，几千年来溶入了世代中国人的血脉之中。

中国目前拥有 13 亿人口，56 个民族，960 万平方公里的陆地国土和 472 万平方公里的海洋领土，而瑞典只有几百万人口。中国到了元明时代，瑞典还处于北欧海盗猖獗时期。他们近代形成的那种资产阶级民主政治制度，根本不可能移植到中国来。

从今天中国台湾的现状，人们也可以感觉到，离开了中国的国情，一味追求多党制，只能够使社会更加混乱，经济更加衰退，人民更加失望。

我们完全不必妄自菲薄。中国人不比外国人愚昧，不比欧美人智力低下。中国共产党领导下的人民代表大会制度、多党合作制度和民族区域自治制度，符合中国的国情，不比欧美现行的政治制度落后。但是，我们目前的制度，也非十全十美，应该不断完善。“一国两制”在中国香港的十年实践证明，中国人可以最大限度地借鉴世界先进文明成果，解决历史遗留下来的中国香港、中国澳门乃至中国台湾的问题，振兴中华，加快发展。

对于部分农村非正常宗教活动的一点见解

（2007 年 7 月 9 日）

有的网友发帖，惊呼“最近发现某些宗教已经占领了不少农村阵地”“觉得很多人进了教，就把教会的事放在第一位了，这些活动正在改变中国人的传统习惯，正在破坏我们的传统节日。”

中国是一个拥有 13 亿人民、56 个民族的东方文明大国，自古以来就是一个没有宗教信仰传统的国家，从来没有一家宗教成为各民族的共同信仰。

中国的宪法规定，公民有信仰自由。也就是说，公民既有信仰各种合法宗教的自由，也有不信仰宗教的自由。

网友所担心的农村一些非正常宗教活动失控，呼吁政府有关部门对其加强管理，是完全必要的。今天的中国已经进入社会主义新时代，党中央、国务院正在全国部署，大力加强社会主义新文化建设、加快新农村建设。部分农村有一点非正常宗教活动，不足为奇，但我们要加强引导。

中华文化，有着强大的生存与发展能力，外来文化包括外来宗教文化，往往会被中国文化所融合。从历史上看，明清封建王朝以后，作为外来宗教的基督教，500 多年以来没有在中华大地形成气候。究其原因，一是由于这一外来宗教使皇权感到了不应有的麻烦，迫使政府不断交替使用文武两手予以阻止；二是基督教不承认中国人几千年以来敬天法祖、慎终追远的文化习俗，得不到中国老百姓的普遍认可；三是基督教在向中国传布中，大量采用了以儒家为代表的中国先秦古籍语言文字来翻译《圣经》中文版，是所谓“汉译胡书”，将宗教话语权依托在中国传统文化上，始终替代不了中国的传统文化，更替代不了中国人的精神食粮——中国哲学。

洪秀全广西金田起义，组织拜上帝会，自称天父下凡，创建太平天国，开始也轰轰烈烈，先后占据10多个省份。但是，洪秀全起事之初，就在文化上信仰上让封建卫道士曾国藩抓住了小辫子。曾国藩在其《讨粤匪檄》中，指责洪秀全造反使“士不能颂孔子之经，而别有所谓耶稣之说、《新约》之书，举中国数千年礼仪人伦、诗书典则，一旦扫地荡尽”“乃开辟以来名教之奇变”，一下子就把洪秀全放到了所有中国读书人的对立面；又大肆宣传洪杨之辈“窃夷之绪、崇天主之教”到处毁坏庙宇神佛的破坏活动，来煽动普通群众的不满情绪。清王朝举其国力，多年围剿，终于将洪秀全的太平天国绞杀。此后，各国传教士们与其国的远征军一起，在各自入侵中国的活动中，扮演了极不光彩的角色，使他们的宗教在中国的统治者、普通读书人以及工人农民之间，一再划出无形的深沟，筑起难越的屏障。

20世纪初期，中国推翻了封建社会，新文化运动兴起。共产党人从马克思列宁那里学到了辩证唯物主义与历史唯物主义，并经过80多年在全中国的传播普及、发扬光大，已经使13亿人民的精神世界获得了彻底的解放。今天，我们可以自豪地说，任何中外宗教，都不可能再成为中国人民的精神支柱了。

目前一些非正常宗教在农村活动频繁，有着十分复杂的原因。农村党的基层组织松懈，一些党员干部不抓意识形态工作，没有坚持马克思主义在思想文化领域里的指导地位，是其中的重要原因。

今天的农民，绝大部分人还是相信共产党而不是相信神仙菩萨，能够帮助自己发财致富。千百年来中国的农民所有的祀天拜地活动，都非自愿，而是不愿惹祸招灾，“敬鬼神而远之”罢了。农民们祖祖辈辈都懂得求人不如求己的道理，一时间的求神拜佛、卜卦算命举动，不过是病急乱投医，临时报佛脚，算不得什么宗教信仰。

早在东晋时期，佛教高僧释道安就十分明智地提出了“不依国主，则法事难立”的经验教训，提出佛教要与王权统治相适应。

看来，国家制定的宗教要与社会主义相适应的政策，是古已有之，今天既有继承，又有所发展。

笔者以为，对于目前在农村以及偏远地区的非正常传教活动，各级政府应该积极予以教育疏导；对于明显违反法律法规的，应该旗帜鲜明地予以取缔。

早在20世纪50年代中期，中国政府就有一项明确的政策：各种宗教不应该到宗教场所以外去开展宗教活动，非宗教人士，包括共产党员，也不要到宗教场里去宣传无神论。这是1956年邓小平做总书记、陆定一做宣传部长时公开宣布的政策，从今天构建和谐社会的角度看，这项政策仍然有着十分鲜明的现实意义。

（注：唐高祖李渊时期，傅奕反对佛教。武德七年，傅奕上疏请除去释（佛）教，曰：佛在西域，言妖路远，汉译胡书，恣其假托 。）

老胡逸事

（2007 年 11 月 29 日）

1988 年秋天，我随一位领导到洛阳栾川钼矿检查工作，陪同的一位副县长讲了胡耀邦的一件逸事。

说是二三年前，时任总书记的胡耀邦，轻车简从到栾川山区视察工作。车队行至半道，胡耀邦突然提出停车，要求到就近一户山区农民家中看看。

农民猛然见这么多干部到家来，很是高兴，赶紧让座。胡耀邦坐下来点上一支香烟，亲切地询问：家里日子过的如何？

当时电视并不普及，山区农民不知道来的是哪位领导，顺嘴照着前些年流行的话说：好，好！自从英明领袖华主席，一举粉碎“四人帮”，我们的日子一年比一年好！

旁边的地方干部偷偷踢了那农民一下，农民叫了起来：你踢我干啥？我说错了吗？！

胡耀邦笑着说：没错，没错！又坐了一会儿，唠唠家常起身告辞。

地方干部送走了胡耀邦一行，又赶回农民家里埋怨他：你刚才咋说的话？农民说：这些年不是都时兴这么说的？干部道：看你这个人，当着胡主席的面，说着华主席好，我踢你一下，你还犟嘴！

农民仍旧不服气地说：你不说清楚，我咋知道他是谁？

许世友教子

（2007 年 12 月 5 日）

许世友终生不脱离农民本色，他身为解放军上将，坐镇南京，军务之余，喜好打猎，还在驻地院内种了许多农作物。

大儿子许光 1948 年参加革命，青年时期在北海舰队服役，为新中国第一批本科学历的海军军官、优秀的舰艇长，1965 年投身家乡建设，任河南省新县武装部参谋。有一次，许光从老家到南京看望父亲。返乡前，许世友吩咐：把老子种的南瓜红薯背一些回去，让孙子孙女们尝尝。

已经年逾不惑的大儿子为难地说，这些东西老家都有。自己是坐长途汽车来的，还得转几次车才能够到家，不好带的。

许世友训斥道：老家有，是你老子种的吗？这点东西都背不动，打起仗来怎么办？！

毛泽东提出不怕封锁的历史背景是什么

（2008 年 6 月 22 日）

今天看到一位网友谈到：毛泽东说：封锁吧！我们照样有原子弹、氢弹、核潜艇、东方红 1 号卫星、返回式卫星，联合国五大常席位我这个泥腿子也要坐一坐。不服气吗？

应该指出，这些并不是毛泽东同志的原话，甚至不符合毛泽东同志的原意。

1949 年春天，人民解放战争取得了决定性胜利，新中国即将建立，1840 年鸦片战争以来饱受列强侵略的中华民族将重新挺立在世界的东方。中国共产党真诚希望新中国能够得到各国的承认，愿意在独立与平等的基础上，参与国际大家庭，共同进步，和平发展。

但是，出于意识形态等方面的原因，当时的美国政府对于新中国不愿予以承认。南京解放前后，中共曾经数次派员与美国驻中国大使司徒雷登联络，表示了新中国愿意与美国政府建立新的外交关系。美国政府却错误估计了远东形势，错误判断了中共的意图，仍然坚持与国民党蒋介石政府保持外交关系，并对于共产党领导的新中国采取封锁政策，迫使新中国采取“一边倒”（倒向支持新中国的苏联社会主义阵营）的外交方针。

当时，美国杜鲁门政府国务卿艾奇逊在其发表的白皮书及有关信件中，一方面表示了对于腐败无能国民党蒋介石政府的失望，同时也表示了对于共产党领导的新中国的轻蔑，认为历届中国政府都解决不了中国问题。离开了美国的援助，共产党的新中国甚至不可能解决几亿中国人的吃饭问题。

毛泽东为了揭露美帝国主义的强盗逻辑，帮助国内许多人特别是一些知识分子丢掉恐美症，挺直脊梁骨，就于当年 8 月 14 日至 9 月 16 日，先后为新华社撰写了一组评论美国白皮书的国际时评，包括《丢掉幻想，准备斗争》《别了，司徒雷登》《为什么要讨论白皮书》《“友谊”，还是侵略》和《唯心历史观的破产》等著名篇章。在《别了，司徒雷登》中有一段名言：“多少一点困难算什么。封锁吧，封锁上十年八年，中国的一切问题都解决了。中国人死都不怕，还怕困难么？”

显然，毛泽东同志发出这段豪言壮语的本意，是与美帝国主义的侵略政策针锋相对，而不是坚持闭关锁国。等到以美国为首的西方列强在朝鲜战场上与新中国较量一番，尝到共产党新中国的厉害之后，毛泽东因势利导，指示外交部门通过不同渠道继续与美国交往。从 1958 年开始的中美波兰华沙会谈，到 1972 年中美乒乓外交和基辛格访华，实行这一系列的外交方略，都是为了冲破包围，剪断封锁，扩大交往，为新中国和平发展赢得难得的机遇和空间。

1976 年毛泽东逝世以后，他和周恩来等老一辈革命家所制定的新中国外交路线得以发扬光大。改革开放 30 年来，从邓小平、江泽民到胡锦涛，中国在对外交往方面，坚持以邻为伴、与邻为善、和平共处、反对霸权，和平发展，是对毛泽东周恩来当年制定的外交路线的继承发展。

60 年前，新中国的创建者面对帝国主义霸权主义的包围封锁，不怕压，不信邪，敢于挺直腰杆与之针锋相对的英雄气概，永远是我辈学习的楷模。与时俱进，继往开来，拥抱世界，海纳百川，和平发展，振兴中华，才是今天我们大家应该肩负的重任。

今天的10块钱能与60年代的10块钱对比吗

（2015年5月27日）

微信上，有一篇大谈今天的人民币与20世纪60年代的人民币对比购买力的文章，甚是火爆。说是今天的10元钱买不了一碗牛肉面，而在60年代则可以买多少碗。

今天的人民币与60年代的人民币，是市场经济和计划经济两个不同经济体制下的货币，其功能之一的购买力没有直接的可比性。

60年代的大学生是国家干部，毕业后到基层实习一年，转正后工资待遇相当于一个公社社长（今天的乡长）水平。以河南省为例，60~70年代的公社办事员月工资30元左右，社长在50元上下；而本科大学生工资52.5元。县委书记行政13级，属于高级干部的基线，工资150元；县长一般是行政14级，月工资140元。

笔者1968年秋到大别山深山区下乡，身体瘦弱，也要和大家一起开荒种地，烧窑盖房，每天挣8个大工分。辛苦一年，没有预支过1毛钱，平时购买牙膏、肥皂等项开支仍需要父母支持，反而倒欠知青农场8元饭钱。那时，每个工分按2分钱分红。会计问我：怎么办？我说：能怎么办？1970年被抽调到公社做了几个月的以农代干，公社指示农场：不论刮风下雨每天照记8分。到第二年分红时，我才得28元现金，会计扣下了上一年的8元欠款，实得20元。

1971年春进钢铁厂，干了三年学徒工。第一年月工资20元，第二年22元，第三年年底转正为一级工33元。由于是省属钢铁厂，当时的厂党委书记行政13级干部，厂长14级干部，副厂长14~17级干部，分厂厂长与厂直属车间主任16~18级干部。

当时城市人口吃饭穿衣，乃至购置自行车、缝纫机、手表等都需要凭票购买。一块上海产全钢手表120元，一台飞人牌缝纫机、一辆加重凤凰自行车也都需要100来元。这几大件准购券是按照单位分配的，一个60~70人的车间，一年也就能分到10来张吧。当时，居民粮食供应标准每月26斤，干部29斤，高中男生31斤，高中女生29斤。大米每斤0.11~0.13元，在河南省和白面一样是细粮，每人每月供应不超过25斤；大肉0.63元，每人每月0.4~0.6斤，少数民族居民供应牛羊肉；食油每人每月0.5斤，少数民族每人增加0.3斤食油。汉族与回族结婚以后所生子女，户口本上标记“随回”，可以享受回族生活待遇。所以，微信上说的，当时10元钱买多少碗牛肉面，实际上不可能，因为街上根本没有既不要粮票，又可以敞开供应的牛肉面馆。

就是当年周总理在中南海西花厅与部长开会，中午自费请大家吃顿饭，事先明确：每人交2两粮票，不掏钱。也有回忆文章说，当年贵为全国人大常委会副委员长、北京市委书记的彭真，也是让山西老家先送来几麻袋黄豆存放起来，帮助家庭熬过了困难时期的。

所以，这篇拿今天的10元钱与60年代对比购买力的文章，实在别有用心。

谁看了北京奥运会精彩的开幕式会感到不舒服

（2008年8月11日）

8月8日晚上8时，全球20亿与中国8.5亿观众，通过电视直播，共同观看了在北京新建的“鸟巢”里举行的第29届奥运会精彩的开幕式，世界众多媒体好评如云，绝大多数观众赞口不绝。

2200多名演员参与演出，204个国家与地区15000多名运动员到会，80多个国家与地区领导人出席开幕式，数百万游客来到中国，北京、上海、青岛、沈阳、香港和秦皇岛等地，成了世界关注的一个又一个华丽舞台，中国大地花团锦簇，中国人民喜气洋洋，中华民族百年梦圆。

然而，人们却在一片欢呼声中听到了几声对于奥运会开幕式不满意的声音。仔细听来，有善意的批评，更有不善的恶言。

人常说，众口难调。再好的东西，也有人不满意，有人挑毛病，甚至有人骂粗。

对于那些处心积虑要给北京奥运会找茬的集团与人们来说，看到北京奥运会如期举办，面对异彩纷呈的开幕式，是会“别有一番滋味在心头”的。

此前，他们处心积虑策划的一场又一场破坏捣乱，遭到了可耻的失败；希图出现的一些令人尴尬乃至震惊的事情，并没有连续发生。于是他们恼羞成怒，意乱神迷，胡言乱语。过去经常挂在他们嘴上、批驳别人的“人道关怀，菩萨心肠，民主精英，费尔泼来……”，此时却不晓得溜到哪国哪界乘凉去了。

这也难怪，13亿中国人圆了百年奥运梦，敌视中国和平发展的集团与人们，怎么能够会感到由衷的高兴与自豪？！

跟风，国人弥久不衰的嗜好

（2015 年 4 月 6 日）

跟风，是国人弥久不衰的嗜好。上有所好，下必甚焉。“文革”时期，实行“站队”。就是各个单位的干部党员群众，要时时“紧跟、站队”。

1967 年 10 月，毛泽东主席视察大江南北以后，发出“无产阶级文化大革命形势大好，不是小好，整个形势比以往任何时候都好。”号召“在工人阶级内部，没有根本的利害冲突。在无产阶级专政下的工人阶级内部，更没有理由一定要分裂成势不两立的两大派组织。”“有些群众组织受无政府主义的影响，也是一个原因。有些人当了保守派，犯了错误，是认识问题。有人说是立场问题，立场问题也可以变的嘛。站队站错了，站过来就是了。极少数人的立场是难变的，大多数人是可以变的。革命的红卫兵和革命的学生要实现革命的大联合。”

新县是大别山中的小县。全县 17 个乡镇 28 万人口，县城人口不过 5000。由于是县一级建制，又是革命老苏区，县城里有大批老红军、老八路、老同志离休或者工作，在职干部都是高配，党政机关齐全。最高指示一声令下，全县上下无一例外的掀起“第五次站队”高潮。当时笔者作为高中 66 届学生（发过毕业证了仍然留校参加“文革”），在有幸参加的一次全县“大联合汇报会”上，听到下面箭厂河公社汇报说已经提前完成了“第六次”站队。主持会议的军代表十分惊奇问道：“全国才第五次站队，你小小一个山区偏远公社，竟然提前站了第六次队？”汇报者坦然地说：“山高路远，消息闭塞，遇事落后，这次就提前站一回队，保证下一次还要牢牢地站在毛主席革命路线上来！”

总理怒斥部下办事低效的历史渊源

（2015 年 4 月 19 日）

有媒体称：李克强总理 4 月 15 日针对一些部委和地方办事低效“发飙”，严厉斥责一些部委和地方文件运转流程繁冗、拖沓，质问国务院的政策“难道还需要几个处长来‘把关’？”

政府网当晚发布消息说，在前天由李总理主持的国务院常务会议上，有关部委负责人汇报，国务院常务会议几项已经确定的政策，之所以迟迟没有“落地”，是因为文件起草完成后，一直按照流程在相关部门等着“会签”。

“这不是耽误时间吗？”李总理立刻打断他的话说：“当时你们部长们都来开会了，会上都没有不同意见，现在难道还需要几个处长来‘把关’？”“中央研究了一年多，拿出政策，结果各种手续再走上一年，这不是闹笑话吗？”

这种笑话在中国千百年的政坛屡见不鲜。

凡在大小官场干过的人都知道，李克强怒斥的是自古以来挥之不去的“官场病”。初入官场做事之人，人微言轻，虽有报国之志，尚缺发言之权。上班等因奉此，平日办文办事，总需上司交待，不得越雷池一步。“不在其位不谋其政”，乃是千年官箴。待其熬到年头，有幸提升，“多年媳妇熬成婆”，多数人从此宁做庸官，不干傻事。时间久了，也会变成傻人。而手下之人，大抵以此办理，拿饷吃粮。于是乎，官场成了城隍庙，官长似城隍，诸司乃判官，若要办点事，先得求小鬼。说一句雅言，叫做“领导依靠权威指挥下级，下级依靠工作吸引领导的注意力。”如果遇到领导的领导发起急来，本级领导除了唯唯诺诺之外，对于上司所追问之事，往往心中无数，故而两眼发懵。

又据媒体报道：4 月 17 日，李克强总理前往国家开发银行、中国工商银行考察，并在工商银行主持召开了一场座谈会。

李克强在会上说：我们的理念确实要变。今年，我在政府工作报告里面讲过一句话，我自己也没想到引起那么大的反响。就是："大道至简，有权不可任性。"

"大道至简"，有人理解成了老子的"无为"思想，其实不是，而是儒家思想。所谓"大道"："大道之行，天下为公"；"简"呢？孔子说，要"居敬而行简"。我们公务人员心中要对民众有敬畏、对百姓有牵挂。但在行动上，又要不扰民、不烦民。

孔子同时还说过，不能"居简而行简"，这就是说太"简"了也不行，过于简慢、怠慢，就没有法度了。

中国历史上凡是盛世，为政者大多采取的措施都是"行简"，烦民、扰民的少。因为要"行简"，一些利益可能会被触动，因而也就可能会遭到利益集团的抵制。但我们今天要有这个理念和信念：以敬民之心，行简政之道。

当今新政，习习清风，可圈可点之处不少，赢得了内外广泛赞誉；踏石留印，抓铁有痕，重在落实。期盼加强法制建设，荡除官场千载陋习，则国家之幸，百姓之福矣！

洋人为什么热衷于为中国发奖

（2018 年 4 月 30 日）

一个采访清华大学美术学院柳冠中教授的小视频，揭穿了原为德国一个州设立，后被一位匈牙利商人承包了的“红点奖”的黑幕，老朋友、中科院新乡精密铜管研究中心专家张金利与我就此展开评论。

俊杰：评奖不是目的，商业性的评奖为了赚钱，洋人到中国搞“红点奖”是忽悠中国人，有些地方政府领导帮着洋人忽悠，目的何在？

金利：在海外，即使是院士也仅仅是个荣誉，在国内，院士就是权威，可能就是 XB/XF。除了诺贝尔奖，好像很多奖都是单独或以中国人为主设置的，因为很多中国人都信这个奖那个奖，所以就出现了针对中国人喜好的各种奖，也导致我们分散了很多精力去争取各种奖项，种了荣誉的田，荒了品质与核心技术的地。

君不见，专利和商业规则才是贸易壁垒的核心，西方人从不把获得什么奖作为贸易壁垒。同时，针对中国人崇洋媚外的思想，美日俄欧澳、东南亚、港澳台很多国家及地区，相继出现并培植了很多专为中国人服务的服务业及商业与制造业，提供质次价高、假冒伪劣产品与服务，有些甚至会潜在危及我们的健康与生命。这些都不是危言耸听，所以国人应该引起重视，不忘初心，回归平实。

看看现在的人才评价与争夺战。博士算一枚，书生出校门，洋洋数万字，能有几页用？国家基金资助，外发全英文，我等工程师，实乃读不懂，专为老外做嫁衣，怎奈主管不知悉。

俊杰：改革初期，国人不知就里，看见几家酒厂从欧美捧回奖杯，报纸上跟着吹牛，生产厂里的人说：“我们掏钱买的奖杯！”钢铁产品当时国内紧俏，供不应求，也有人到厂招揽评奖活动，厂长说：“咱是小厂，花不起那闲钱！”

记得1983年春，省广播电台搞20年大庆，《广播电视报》一位记者找到厂长要求联名祝贺。厂长推辞不了，破例允许开支2000元广告费，并派我上省城中州宾馆参加庆祝会。当时媳妇经常加夜班，我带着不满5岁的儿子到郑州参会。那天会议议程比较多，等到省委一位副书记在台上讲话时，儿子不耐烦了要出去玩耍，我说："好好听省长讲话，长大了好好上学，争取也当上省长！”回到厂里，他妈妈问大会盛况，儿子说："省长是个塌鼻子！”

金利：什么时候不在追逐“×士”“××特贴专家”“××领军人才”“××学者”，…，摘掉了虚荣的帽子，就像摘掉官帽一样，都去平凡、平静、平实、平安地做事，潜心研究，精益求精，我们才能在高质量发展的道路上砥砺前行。

与狼共舞，不是坏事

（2018 年 5 月 29 日）

5 月 27 日，美国海军在南海加大了“赌注”，大幅度、大范围地挑战中国西沙群岛。据路透社报道，美国海军“希金斯”号导弹驱逐舰和“安提坦”号导弹巡洋舰驶入西沙群岛中的赵述岛、东岛、中建岛和永兴岛 12 海里内进行了演习行动。

对此，中国外交部和国防部发言人均予以确认，并进行了强烈谴责。

《侠客岛》为此撰文：美军在南海的挑衅空前升级，斗一斗更健康！

这使人想起草原牧民的一句格言：与狼共舞，不是坏事。

中华人民共和国的庄严领海，美国军舰说来就来，人民海军严阵以待！消息传来，气坏了老百姓，辛苦了人民海军，丰富了海军演习大纲。地球那边，恐怕是乐坏了不靠谱，逗你玩呢，怕了？！

冷静想一想，军事演习需要红军蓝军对抗，这回美国军舰出马，充当蓝军，应该是好事一桩嘛！

历史上的世界经济危机，大都以世界大战爆发收尾。

今天的美国，战略重点还在欧洲和中东，而在南海和东亚包括台湾的许多捣乱活动，基本上属于骚扰性质。目前国际大环境下，中美两国谁也离不开谁。不论是从实力上讲，或者是国家利益层面上看，特朗普政府大概还没有准备好与中国真枪实弹大干一场。中美两国，和则两利战则两伤。一旦擦枪走火，中国可以顺手解决台湾问题，美国朝野嘴巴虽硬，是决不会为蔡英文与台独、乃至一心独台的国民党某些派系动用美国老本，为其舍命埋单的。

中美贸易摩擦，斗斗谈谈；朝鲜半岛，真真假假，特朗普已经显示了其某种套路。

前苏联外长葛罗米柯，在联合国安理会干了25年大使(副外长级)。1949年10月2号晚9点45分，葛罗米柯致电周恩来，表示苏联政府决定同中华人民共和国建立外交关系，互派大使。若干年后，有人询问葛罗米柯与美国人打交道的经验，老葛说了一个“拖”字，解释道：美国四年一大选，总统国务卿如走马灯般调整；苏联是共产党执政，对待不喜欢苏联、不肯与苏联合作的美国政要及其政策，不用着急，拖下去就是了。

历史的教训是，在几十年旷日持久的美苏冷战里，苏联被拖垮了！

中国目前对美外交如玩太极推手，两相接触，不弃不离，虚虚实实，适当发力。

这也反映了中俄两国战略取向与文化背景的差异。

是谁在中非合作论坛北京峰会外搞小动作

（2018年9月4日）

2018年9月3日，中非合作论坛北京峰会如期隆重举办，众人欢乐有人愁。

中非合作论坛目前有中国、53个与中国建交的非洲国家和非洲联盟委员会共55个成员。中非双方于2006年、2015年、2018年3次举办峰会。本次峰会主题为“合作共赢，携手构建更加紧密的中非命运共同体”，将重点探讨加强中非在共建“一带一路”、联合国2030年可持续发展议程、非盟《2063年议程》等领域合作。

就在峰会开幕的前一天，有人在微信上发了一组拼接的外交部长王毅和教育部长陈宝生照片，并附加了两人各说的一段话。

王毅说：不管世界经济如何冷暖，中国支持非洲国家600亿美元的承诺不会减少。

陈宝生说：不提倡某些省份开展免费十五年义务教育，中国是社会主义初期阶段，财力有限，不要干超越国情和阶段的事情。

用心拼接这么一组照片与讲话的人，目的不言自明。

其实，外交部长和教育部长都没有说错话，只不过两位部长谈的不是一回事。

中国支持非洲国家600亿美元的承诺，是中国对外投资援助的总称，绝大部分不是无偿援助。国际之间相互交往，对外援助与投资，历来是站在平等互利、互惠互助原则上的。

中国对非洲600亿美元的承诺，是一个援助与投资的额度，不是要将600亿现金送给非洲几十个国家，让他们到欧洲旅游，到美国消费。而是用这600亿美元的额度，支持非洲国家经济发展、文化建设和社会进步。有关非洲国家为了加快经济建设，需要修公路、建铁路、扩港口，开展城市建设，就可以在与中国商定的美元贷款额度内，购买中国制造的相关装备技术和劳务。为了丰富人民生活，可以购买中国的服装、食品、手机、家电、汽车等等。中国援助非洲的建设公司的劳务费用，也在这600亿美元的承诺之内。按照一般规律，这些项目建成投产后，尽快达产、运行管理、备品配件购置、人员培训等，都需要援建国家即中国派专家。受援国对中国援助的回报，则可以采用多种方式方法。这才是互惠互利。

习近平主席在本次峰会上提出：中国愿以打造新时代更加紧密的中非命运共同体为指引，在推进中非“十大合作计划”基础上，同非洲国家密切配合，未来3年和今后一段时间重点实施“八大行动”：一是实施产业促进行动。二是实施设施联通行动。三是实施贸易便利行动。四是实施绿色发展行动。五是实施能力建设行动。六是实施健康卫生行动。七是实施人文交流行动。八是实施和平安全行动。

习近平强调：“为推动‘八大行动’顺利实施，中国愿以政府援助、金融机构和企业投融资等方式，向非洲提供600亿美元支持，其中包括：提供150亿美元的无偿援助、无息贷款和优惠贷款；提供200亿美元的信贷资金额度；支持设立100亿美元的中非开发性金融专项资金和50亿美元的自非洲进口贸易融资专项资金；推动中国企业未来3年对非洲投资不少于100亿美元。同时，免除与中国有外交关系的非洲最不发达国家、重债穷国、内陆发展中国家、小岛屿发展中国家截至2018年年底到期未偿还政府间无息贷款债务。”

再来谈谈义务教育。中国义务教育的强制性、公益性、统一性，是义务教育的三个基本性质。我国义务教育法规定的义务教育年限为九年(小学六年，初中三年)，这一规定符合我国的基本国情，是适当的。1986年4月12日第六届全国人民代表大会第四次会议通过的《中华人民共和国义务教育法》规定，国家实行九年制义务教育。该法于同年7月1日起施行。这是中华人民共和国建国以来最重要的一项教育法，标志着中国已确立了义务教育制度。2006年9月1日起开始实施新的《义务教育法》。

所谓公益性，就是明确规定“不收学费、杂费”。统一性是贯穿始终的一个理念。在新法中，从始至终强调在全国范围内实行统一的义务教育，这个统一包括要制定统一的义务教育阶段教科书设置标准、教学标准、经费标准、建设标准、学生公用经费的标准等。这些与统一相关的内容以不同的形式反映到法律的修改中来。如修订的义务教育第四条规定，凡具有中华人民共和国国籍的适龄儿童、少年，不分性别、民族、种族、家庭财产状况、宗教信仰等，依法享有平等接受义务教育的权利，并履行接受义务教育的义务。强制性又叫义务性。让适龄儿童、少年接受义务教育是学校、家长和社会的义务。谁违反这个义务，谁就要受到法律的规范。

普及高中阶段教育是党中央、国务院立足全面建成小康社会决胜阶段作出的重大战略决策。党的十八届五中全会提出“普及高中阶段教育”。国家“十三五”经济社会发展规划纲要将高中阶段教育普及攻坚计划列入教育现代化重大工程。普及高中阶段教育是我国继普及九年义务教育之后进一步提升国民整体素质、劳动力竞争能力、建设人力资源强国的重大举措，意义重大，影响深远。

请注意，九年义务教育和普及高中阶段教育的不同点，前者是“不收学费、杂费”，后者则没有提及。

中国目前东中西部经济文化发展水平不一，城市农村教育资源不同，基本教育国策必须一致。有些省份或地区，提出要率先实行十五年免费教育，违背了全国统一性的教育国策，以自己手中现有财力，自行其事。有的甚至是向百姓开空头支票，捞取政治资本。教育部长如果赞同各地自行其事，就是失职！

还有一件怪事。有人发了一个带有邓小平 1974 年 4 月 6 日出席联合国大会发言时的照片的讲话提纲，其中第四条说：“千万不要当穷国家的头，他们只是想要钱而已。——《邓小平文选》第三集 第 116~117 页”。

笔者好事，查了一下，不对了。《邓小平文选》第三集第 116~117 页上，录集的是邓小平 1984 年 4 月 15 日，会见坦桑尼亚副总统姆维尼讲话的一部分，通篇介绍的是中国改革开放的情况，题目是《政治上发扬民主，经济上实行改革》，根本没有那一句不着调的话。

试想，即便是没有进入选集的当日讲话的部分，老邓也绝不可能当着非洲还不富裕的国家领导人，谈论“千万不要当穷国家的头，他们只是想要钱而已”的话语吧？

真是，造谣竟然造到邓小平的头上了！

交通与旅游

（2018 年 12 月 31 日）

要想富先修路。改革开放 40 年来，交通运输的快速发展，推动了经济文化的大发展，为老区边区贫困山区脱贫致富，打开了一条快速通道。

随着高速公路、高铁和机场相继建成，促进了沿线城乡的旅游事业，各地也为此争相申请在家门口修建高速出口、高铁站和机场快速通道。

1988 年古城开封市倾全市之力，建成了宋都御街，也称宋城一条街，集吃住玩乐之大成，一时间游人如织，旅游业兴旺。不久，全省首条高速公路——郑（州）开（封）高速公路建成通车。国内外游客到河南来，大都住在省会郑州，头一天往西游登封少林寺、中岳庙，第二天向东看开封大相国寺、游宋城一条街，晚上在鼓楼尝了小吃，连夜又回到郑州住宿。当年的开封市长忆及此事无奈说道："开封市花钱出力，郑州市坐收渔利！"还披露那阵子，上面下来参观考察的不少，市政府领导没有少陪客，还搭上了许多招待费。

后来，开封市总结经验，招商引资，新建了"清明上河图"游览景区，举办了菊花节，开发了众多文化项目，逐渐使旅客吃得好、玩得美，也愿意住下来，旅游事业大为发展。

种下梧桐树，引得凤凰来。一些偏远的山区小县，希望通上高铁发展旅游，愿望可嘉。如果旅游资源不足，旅客来得快走得也快，本地的旅馆、农家乐等有可能会减少业务量，人员就业会受影响，物价也会上涨。为此，要深度开发自然资源与人文历史资源，不断培植新的旅游景点，发展旅游经济，尽快把绿水青山变成金山银山。

许家轶事

（2019 年 2 月 12 日）

许世友，1905 年 2 月 28 日出生于湖北麻城县乘马岗区（现属河南省信阳市新县田铺乡）河铺村许家洼，1985 年 10 月 22 日在南京逝世。有关许世友上将的回忆文章、传记、传说广为流传。由于家庭及个人经历，我也知道一些许家轶事。

老娘临终未曾再见儿子一面

1965 年春天（不是有的回忆文章中说的 1959 年），许世友老娘在许家洼家中病重，许夫人田普委托南京军区总医院沈大夫过来医疗，新县医院指派我老爸苏建农参与医疗陪护小组。老苏大夫在许家洼住了一个多月。

老爸苏廷臣，1952 年学校毕业分配到河南省眼科研究所工作，1957 年入党。1959 年“反击右倾机会主义运动”时，因为说了实话被打成“小彭德怀”，开除党籍下放到新县医院，更名苏建农。1962 年中央召开七千人大会以后甄别，恢复党籍。

我 1962 年春从郑州市转学到新县一中读初二，到 1971 年 3 月从田铺公社招工到河南省信阳钢铁厂，先后在新县生活学习工作 9 年时间。在田铺（黄毛尖）红卫岭知青农场做知青时，被抽到公社生产办公室干过半年多的“以农代干”，多次去河铺大队，与公社大队干部交往中听过不少许家故事。许世友（原名许仕友，延安时期听从毛主席建议改为许世友）同父异母大哥许仕德、残疾革命军人的堂弟许仕荣等，也都多次去过公社。

当年，许世友老娘临终之际，沈大夫提出要返回南京，老爸说你走了我怎么办？沈大夫说：老太太已经这样了，硬撑着等儿子。许司令真的回不来，我回去向田部长（田普）讲清楚。许世友的妹妹也说：老娘已经这样了，让她回去吧！当时传说许世友在前线准备打仗。

老奶奶去世，时任县人武部参谋的大孙子许光闻讯，从80多里外的县城赶回奔丧。那时候，全县就一部苏联嘎斯69吉普车，是县委县政府办公用车，田铺到县城也不通班车。许光身着军装，头顶白孝布跑到公社，被县人武部部长张四维撞见喝问："你这是干什么？"许光哭着说："我奶老了！"张部长说；"你是军人，怎么能够这个样子？！"许光摘下孝布，戴上军帽，又哭着向许家洼家中跑去。

1985年10月许世友在南京病重，向中央报告自己生前为党尽忠，死后为母尽孝，请求死后埋在老娘身边。李先念、陈再道、李德生等一些老战友探望他时，他一再重申自己的理由，请他们代为报告。10月26日，国家副主席王震专程到南京向许世友遗体告别，表达了军委主席邓小平的意见："许世友同志是一位有特殊性格、特殊经历、特殊贡献的特殊人物。许世友这次土葬，是毛泽东同志批准的、邓小平同志签发的特殊通行证，是特殊中的特殊！"

老哥哥千里找老弟

许世友哥哥许仕德，是一位70多岁和蔼可亲的五保户老人。老头闲来无事，经常步行十几里路到田铺公社玩儿，公社干部们也喜欢与他说笑。有时候，听说老头家里米不多了，就让通讯员到粮管所批上一二十斤公社自筹粮，陪他送回家里。有一次，老头说家里有米，没有做饭人。又有好心人帮他找了个伴儿，可惜两人不对脾气，散伙了。

有一段时间，公社门口见不到许老头面孔了，机关干部们闲谈起来，颇为想念。一天，看见老头身穿一件崭新军棉大衣，兴致勃勃与人交谈。一问，原来前段去南京找老弟玩儿了。更令人惊奇的是，是他自己不辞千里找去的！

原来，老头在家无事，想念老弟，跑到附近湖北公路上拦截了一辆长途客车，说是许世友的大哥。司机说我们的车只到武昌，不去南京，老头说你把我拉到武汉军区大门口就行。他到了武昌，在军区大门口等候到了曾思玉司令。曾司令不认识他，打电话一问许世友，果然是大哥出来了，就委托曾司令代劳，将大哥送到了南京。

老弟兄俩在南京聚了几天说好了话，老弟派人将老哥送回家来。

许仕荣是一位在乡休息的革命残疾军人，也常到公社转转。听说他多年前去南京看哥哥闹了笑话。那时还实行军衔制，许仕荣有一次出去玩儿，天气有点凉就顺手将哥哥上衣披上。不料走到街上大小车辆纷纷让路，老少军人赶忙敬礼，后来才明白过来：敢情这军装上缀着上将军衔呢！他回家来把这事当笑话讲，被哥哥狠狠熊了一顿！

基本医保究竟使用多少药品?

（2019 年 2 月 15 日）

有人在网上亮出一则配文画片，说是中国药品总目录中共有 195130 种药品，纳入社保用药的才 2675 种，其中甲类药为 1858 种，乙类药为 817 种，纳入社保的药品不到药品总数的 1.4%！

翻开资料一查，这却是一个骗人的谎言!

由国家药典委员会审定、中国医药科技出版社 2015 年 6 月出版的《中华人民共和国药典》(简称《中国药典》)，共收载品种 5608 种。一部收载品种 2598 种，其中新增品种 440 种。二部收载品种 2603 种，其中新增品种 492 种。三部收载品种 137 种，其中新增品种 13 种、修订品种 105 种。据国家药典委秘书长张伟 2017 年 9 月 5 日对外发布: 将于 2020 年出台的第 11 版《中华人民共和国药典》预计将收藏品种数 6400 个左右，增订品种 800 个，修订品种 1400 个。真的不知道此幅配文画片的作者所列举的 195130 种药品（比现行《中国药典》还多出 189522 种），即多达 33.8 倍的“中国药品”，出自何典何书？！

有关资料显示：现行基本医疗保险药品指适应基本医疗卫生需求，剂型适宜、价格合理、能保障供应、公众可公平获得的药品，分甲、乙类。其中甲类药品 450 种，乙类药品 1610 种。分别是西药部分甲类品种有 315 个，乙类品种有 818 个；中成药部分的甲类品种有 135 个，乙类品种有 792 个。以上 2060 种药品占现行《中国药典》总数的 36.73%，而不是 1.4%！工伤保险药品不分甲、乙类。

现阶段，我国已经有超过 13 亿人口参保了基本医疗保险，中国的基本医保制度是世界上覆盖人数最多的！中国的医保用药，是开展基本医疗保险的重要保障，而不是为了实行《中国药典》全覆盖，那样就把医药与医疗的逻辑关系弄颠倒了；更不是要为药商推销《中国药典》全部药品，帮助他们大发横财！

医生用药如同写文章，不是用字多了文章就一定好。历史上的《康熙字典》上共收集有 47035 个汉字，2011 年版《新华字典》收入 10998 个汉字，目前社会生活日常使用大约 2500 多汉字，仅占《康熙字典》的 5%、《新华字典》的 22.73%！

著名作家邓拓，抗日战争最艰苦时期在晋察冀革命根据地负责《晋察冀日报》出版发行工作，在敌人大扫荡中提出了"游击办报"的思想，据说他曾经要求记者编辑使用 800~1000 常用字写稿组版，要求不论敌后环境如何残酷，战斗如何频繁，物质条件如何短缺，交通运输如何困难，报社同志都必须千方百计，坚持出报，坚持把党中央的声音传达到广大干部群众中去，把前方和后方各条战线的胜利消息传播到人民中去，鼓舞人民，团结人民，组织人民，抗战到底，多次粉碎敌人的扫荡及种种阴谋和伎俩。

20 世纪 70 年代笔者在工厂工作时，曾经听过一则医疗故事。一位得了疑难杂症的病人，在本地多家医院看病治疗效果不佳，经人介绍赴北京找到一位著名中医权威。老先生经过望闻问切，开出来一剂药方。病人拿了药就跑过来恳求老先生，说是"我托人找关系，千里迢迢来到这里看病，您老才开了一毛四分钱的中药！"老中医淡定地问道："你是来送钱的，还是来看病的？"那人回来把一毛四分钱的药煎熬喝下，长期如魔缠身的疑难杂症真的治愈了。这就再一次张扬了中国医药界的扶危济困、救死扶伤、悬壶济世的传统美德！

再说了，现在不少药品性能相似，不少药品名字重复，不少药品市场萎缩，不少药品地域性强，既不可能全部生产，更难以在全国通用。有一年我到新疆，从天山上带回了几朵雪莲，回郑州送给了一位颇有名望的中医老朋友。几年之后他说，你那雪莲我还保存着。问他为什么不用，他说不清楚药性如何，不敢乱用。

为什么会有人在网上亮出这则充满谎言的配文画片呢？请看他最后的一段文字"当你说，厉害了我的国，你终于崛起了，我也有医保了，请你小声点说，别闪了舌头！"

人们有理由反问一声：当你造谣惑众被无情揭穿后，到底是谁"闪了舌头"呢？！

今天的郑州中不中？

（2019 年 2 月 20 日）

近 20 年以来，随着郑东新区开发建设，地处中原不靠海不沿边的河南省会郑州市，发展迅猛，一年一个新面貌，得到了不少外地参观者的赞扬，许多郑州老居民也说：郑州这些年弄得不赖，中！

郑州究竟中不中？需要让事实说话。

1 月 15 日，郑州市发布了 2018 年经济数据：GDP 初步统计约 10200 亿元，名义增速 11.7%，实际增速 8%，高于全国平均增速 1.5 个百分点；一般公共预算收入 1152 亿元，领先济南、西安约 40%，成为中国北方继北京、天津、青岛之后，第四个进入“万亿元俱乐部”的城市，更是第一个 GDP 超万亿元的北方首家省会城市，大约领先西安、济南两年。

今天《瞭望智库》网上刊登了一篇《万字雄文揭秘：中国最有前途的 30 城差距有多大？》文章，说是国际四大会计师事务所之一的普华永道 (Price Waterhouse Coopers) 通过 10 个维度、共 57 个变量，对中国 30 座城市进行了全面的分析后，发布了《机遇之城 2018》研究报告，展示了所调查城市在资本、技术及可持续发展等多方面内容的指标。读者可以通过这份报告的分析，识别哪一座城市适合经商投资？哪一座城市适合购房居住？哪一座城市又会成为中国的机遇之城？

该文所刊登的 30 个城市的经济文化、社会生活、自然及宜商环境、可持续发展等项指标里，郑州市在北京、上海、广州、深圳之外 26 个城市中，基本处于中游地位。在其 10 个排列对比表中，5 项处于前 10 名（可持续发展与自然环境排列在第 6 名，健康安全治安、交通城市规划和宜商环境均列在第 8 名，成本列在第 9 名），智力资本创新与经济影响力均列在第 13 名，区域重要城市列在第 14 名，而文化与居民生活则列在第 21 名。

从以上大数据看来，充满活力的郑州市，这些年变化巨大，还真中。

但是，郑州在 26 个城市排列对比中，文化与居民生活位列 21 位，大大落后于其他兄弟城市，许多发展中的问题，如住房难、看病难、上学难的老问题，仍然是老居民们关心的话题，更是外来打工上班族渴求妥善解决的大事情。

从这点上说，今天的郑州还不中，还需要上下一心，深化改革，扩大开放，苦干实干，努力拼搏，尽快将郑州建成绿色宜居城市。

医不自医与讳疾忌医

（2019年2月24日）

随着国家发展、社会进步、人民生活改善，医疗保健成为大家关注的要事。

互联网上传出了一个帖子，说是读者点击某一个病名，就可以知道此病特征、成因、治疗方式等等，很是方便。比如点高血压一栏，就显示出高血压的标准、病因、可以吃什么药品、平时需要注意什么事项。对于高血压患者，确实方便。

“是药三分毒”，关键在于是否有高血压病情，需不需要如此吃药。

“医不自医”，是说由于主观因素作用，医生往往不能够正确诊断自己的病情，不可以随便给自己开药，否则会适得其反。一般人更是应该注意，不可自作主张。大凡自我诊断，自己开药，误事吃亏的不在少数。

年轻时曾经听一位老同志讲：“找一个医生做老婆，因为方便会多吃不少冤枉药，打不少无用针，其实也是对身体的伤害。”几十年来，我注意过不少医务人员及其“家属”们，如同老同志所讲，平时没有少吃药打针，却并不一定比别人更健康。

现在通行的各种健康标准，是医药界长期以来，从千百万健康人及病人的各类身体检测数据中总结出的平均值，也叫医学数理统计值。个人高于或者低于某类平均值，就可以视之为“有病”，严重偏离这些平均值的，就需要治疗纠偏，使其尽快恢复常态。可是对于每个人，高低胖瘦不一，少年老年不同，体检出来的高于或者低于的一些健康指标，并不一定说明就是生病了。

现代医学证明，人体具有良好的免疫系统，中医理论有营卫之说。营，即是营养代谢系统；卫，即是卫生防疫系统。正常情况下，一个人依靠自身的营卫系统，可以抵御疾病，健康生活。

正是人有相当的疾病防卫能力，有些疾病，如普通感冒不吃药不打针也能自愈；有些疾病，可以用针灸按摩等物理疗法而不需用药物等化学疗法，也可以治愈；还有些病，在目前的医疗条件下还治不好，吃药打针化疗，只能够减少痛苦、延缓病情。

毛泽东曾经对身边的医生说过：我不找你们，你们也不要随便找我。还说：真正的医生，要讲真话，敢于说这个病我治不好、治不了！这才是马克思主义的态度。

为人处世，不可轻信忽悠，也不可过分自信，讳疾忌医乃是大忌。鲁迅先生有诗说道：“有病不求医，无聊才读书”，自有大师一贯之讽刺文风。定时检查身体，病了应该积极治疗，需要配合医嘱保养身体。平时不胡吃药乱打针，身上抗药性自然就低，等真病了，药到病除，有利于尽快康复。

文韵史趣

WENYUN SHIQU

理解民族历史民族文化　尊重民族传统民族习惯

（2003 年 4 月 28 日）

我们中国有 56 个民族，每个民族都有自己的历史与文化传统，有自己的民族习惯，各个民族之间应该相互理解，相互尊重，才能团结进步，共同发展。

世界上，所有信奉伊斯兰教的穆斯林，都非常忌讳食用和忌讳谈论猪以及其他被古兰经教诲所不允许食用的动物。中国回族、维吾尔族等十个少数民族，都是全民族信奉伊斯兰教。我国宪法规定，公民有宗教信仰自由。即作为公民个人，可以信仰某一种宗教，也可以信仰别的宗教，当然更可以不信仰宗教。按照《中国共产党党章》规定，共产党员应该是无神论者，是唯物主义者。也就是说，共产党员不应该信仰宗教。

每一位公民，对其他公民应该抱定互相尊重、和睦相处的友好态度，而不要拿自己一时之长，攻别人一时之短。更不能拿兄弟民族的忌讳作为取笑的把柄。

就从穆斯林的生活习惯说起吧。由于伊斯兰教发源于古代阿拉伯沙漠地区，当时的历史条件、气候环境和地理特征，决定了伊斯兰教文化和穆斯林们的民族习惯与生活传统。客观地说，这些习惯与传统对世界文化的贡献是十分明显的。比如，由于害怕吃了死的不洁净的肉食会造成疾病而影响传教或者战争，先知穆罕默德就规定：没有经过阿訇检验宰杀的牛羊一律不准教民食用。又规定了什么动物可以食用，什么动物不准食用。又由于喝酒容易毁坏身体，而且误事，就严格规定教民不准喝酒。直到今天，穆斯饭店的牌子上不写“酒店”字样，一些饭店称之为“饭庄”。现在，国际上通用的药品食品检疫检验制度，就起源于伊斯兰文化。

穆斯林还有一个好的民族习惯，即到清真寺礼拜前一定要大净小净，就是应该认真洗澡洗手，清洗身上的污垢。在吃饭前要用水洗手，即便在无水的沙漠里吃东西时，也要将双手在沙土上反复拍打几下，以除去污垢。街上回民小食摊上树立的招牌中，那个阿拉伯水壶的实际功能，是穆斯林清洗双手用的。现在，大家在防治“非典”过程中，医生们不还是要求我们要反复洗手，除掉病毒与细菌吗？

在中国，汉族是人口众多的民族，汉族也是多民族融合起来的大民族。实际上，南方和北方的汉族人，西北地区与东南水乡的汉族人，气质、长相、生活习惯都大不相同。闽粤一带的客家人原是黄河流域的汉族人，后来迁移到南方，自称为“客家人”，即暂时客居于此地的人。所以说，人口众多的汉族人由于地域不同，也有不同的习惯与传统。因此，全国各民族之间以及每个民族内部，都应该互相尊重，共同进步，建设祖国，振兴中华。

清官在戏台

（2003年8月8日）

自古以来，生活在底层的老百姓，饱受官场贪赃枉法之害，对贪污腐败深恶痛绝，对清官怀念不已。有关包拯、海瑞之类的清官戏，几百年来在舞台上久演不衰。但是，戏台上的包拯与海瑞戏，往往与历史上的真人真事不完全一致。

历史上的包公，在当时的开封府任了一年零三个月的府伊（市长），既没有铡驸马陈士美的头，更没有要皇帝叔叔赵王的命。目前开封的包公祠里的图画与文字说明，不少是根据后人的演义所创作的。

历史上确有清官包拯。《宋史》这样评价："拯性峭直，恶吏苛刻，务敦厚，虽甚嫉恶，而未尝不推以忠恕也。与人不苟合，不伪辞色悦人，平居无私书，故人、亲党皆绝之。虽贵，衣器用、饮食如布衣时，尝曰：后世子孙仕宦，有犯脏者，不得放归本家，死不得葬大茔中。不从吾志，非吾子孙也。"

包拯走上戏台则是元朝以后的事了。宋朝灭亡后，元朝统治者把人分为四等，即蒙古人、色目人、汉人（原来黄河流域的金国人）和南人（南宋人），对汉人南人采取了残酷的政治压迫与文化歧视政策。许多文人如关汉卿、王实甫等，只好借助戏剧创作来表达自己对于现实生活的不满，寄托心中的希望。于是，200年前北宋时期的包公与赵王们，就成了关汉卿们塑造出来，以古讽今针砭时弊的艺术形象。

中国经过了2000多年的封建社会，人民群众对于现实生活中官员的不满，往往会与戏台上的清官相比较。这实际上只是一个幻想。你想，那黑脸包公再厉害，也不可能改变封建社会的黑暗现状，更不会拥有随便处置比他级别还要高的皇亲国戚的权利。宋朝和明朝的文官制度已经相当完备了，除了皇帝，任何人都不能草菅人命。

现在已经是21世纪了，在社会主义国家，维持社会公正需要完备的法律法制，有法可依、有法必依、执法必严、违法必究，是各级司法、执法、行政机关依法执政的圭臬。再过分宣扬古代清官的作用，有点过时。

谈李鸿章

(2003 年 4 月 30 日)

李鸿章是中国近代史上无法抹掉的一个人物。

早年，他从镇压太平天国起义起家，双手沾满了农民起义者的鲜血。作为曾国藩的弟子，他仿效老师，建了私家军——淮军。又主要是为了加强实力，开办了江南制造局、开滦煤矿、启新洋灰厂、轮船招商局等一批中国最早的现代企业，开创了近代历史上的“洋务运动”。在合围天京时，他故意勒兵不前，让曾国藩的九弟曾国荃首先攻入城里，纵火三日，大肆掠抢，中饱私囊，把那个被朝廷质疑和世人唾骂的罪名扣到了曾氏兄弟头上。

太平天国失败后，拥兵自重的曾国藩本来可以采用曹操的方式，保持实力，挟天子以令诸侯；或者采用赵匡胤的办法，搞个黄袍加身的把戏，把那拉氏（西太后）孤儿寡母推倒，取而代之。但是，曾国藩是个道学家，又是汉人，名节看得很重。也可能他觉得自己老了，儿子曾纪泽（后来在中俄伊犁交涉时立了大功）也是文人，不是曹丕那块料子，也不甘心让鲁莽的九弟曾国荃占便宜或者惹祸。当然，这些都是后人的猜测，历史上的真实是曾国藩在如日中天之际，“自愿”请求裁减湘军，把长江水师上交朝廷。自己则诚恐诚慌地继续为满清帝国当忠臣、做奴才。

李鸿章则青出于蓝而胜于蓝。虽然也是大清帝国的奴才，却深谙“枪杆子里出政权”的道理，不但没有解散淮军，还采取各种方式，培养壮大，使自己成为大清王朝汉臣中的佼佼者。

李鸿章办洋务运动，建北洋水师，主观上不可能没有在朝廷中拉帮结派、自立山头之意，客观上是替大清王朝装面子，开启了中国现代海军及现代工业的先河。

毕竟李鸿章在那个时代是一位到过外国、了解世界变化的人物，比起昏聩的那拉氏、无权的光绪、书呆子翁同龢之类，更懂得中国政治腐败、国力衰微，列强虎视眈眈，瓜分中国已经成为不争的现实。所以他的许多言论与行动，不但得不到帝党的支持，也时时受到后党的掣肘。不能打仗时他必须打仗，打败了就要顶着失败者的罪名。到日本马关（下关）谈判签订城下之盟，是谁都不愿意干的丑差事，日本又偏偏指名他去，结果到日本后还挨了一枪。签了条约，又必须顶一个卖国贼的骂名，尽管谁都清楚如果没有朝廷的特许，他不可能答应那些丧权辱国的条款。

李鸿章又不同于袁世凯。

袁世凯抓住革命党人武昌起义、满清朝廷启用他再次出山的有利时机，按照其老搭档徐世昌密授他的“走走停停、打打谈谈”的八字方针，指挥着他的北洋新军，从彰德（安阳）到信阳这一段铁路线上走走停停，磨蹭了不少时间，直到把孙中山磨的愿意让出大总统职位，磨的裕隆皇太后（光绪皇后）、溥仪皇帝愿意下台，从而结束了中国2000多年的帝制。

时代不同了，处在20世纪初的袁世凯，再也不可能成为赵匡胤了，再也不可能搞一个新的封建王朝了。这也是历史的事实。

我觉得，《走向共和》这部电视剧对李鸿章、袁世凯和孙中山人物关系的把握，还是比较准确的。

马关条约、公车上书与雅典奥运会

（2004 年 8 月 30 日）

公元 1895 年，满清政府在中日甲午战争中失败以后，派李鸿章到日本签订了丧权辱国的《马关条约》，将祖国宝岛台湾及其附属岛屿割让给日本。

同年 5 月 2 日，康有为联合在北京会试的全国各地举人 1300 多人，联名上书光绪皇帝，痛陈割地赔款弃民的严重后果。指出抛弃台湾将失去民心，割地将招致亡国大祸，力主拒绝和议，明定对策。提出四项解决办法：一是下诏鼓天下之气，二是迁都定天下之本，三是练兵强天下之势，四是变法成天下之治。这就是中国近代历史上有名的“公车上书”。

第二年，即公元 1896 年，作为现代体育盛会鼻祖的奥林匹克运动会，在希腊雅典召开。此时的中国，正在酝酿戊戌变法，康有为和他的弟子们，还在图谋如何劝告没有实权的光绪皇帝迁都练兵，变通新法，“保疆土而延国命”。对于什么叫奥林匹克，甚至希腊在什么方位，恐怕还不可能进入大清帝国皇帝与臣子们的法眼之内。

从 1895 年到 1949 年的 55 年里，中国政坛上，晚清、北洋、民国诸多政府内阁，乱哄哄你方唱罢我登场，老百姓在兵荒马乱、外敌凌辱、天灾人祸交织下，朝不保夕。国力日衰，内乱不已，体育强国，从何谈起！即便那些有志之士，殷实人家，也无力组织团队，走出国门，参加奥运，夺取金牌。

从 1949 年到 2004 年这 55 年中，尤其是改革开放后 26 年里，共产党领导下的新中国日新月异，政治、经济、科学、文化、军事各个领域都有了长足的进步。康有为“大同世界”的梦想、孙中山“振兴中华”的愿望、毛泽东“自立于世界民族之林”的目标，在邓小平及其后继者率领全中国 13 亿各族人民的努力奋斗中，逐步成为美好的现实。

在刚刚结束的第28届雅典奥运会上，中国代表团体育健儿不畏强手，奋力拼搏，以32枚金牌的优异成果，位列金牌榜第二，如果加上中国台北获得的金牌，中国金牌总数实际上达到了34块。

108年前的中国积贫积弱，任凭世界列强瓜分凌辱，不知雅典奥运会为何物；今天的中国屹立世界东方，在雅典奥运会上获得巨大胜利，而把曾经在历史上多次侵略中国的日本，远远抛在后面，使世界各国对中国和中国体育事业刮目相看，更使全球华人华侨扬眉吐气。

国运兴，则体育兴。体育竞技场上，比赛的不仅仅是运动员们高超的技艺，更主要的是运动员所在国家的综合实力！

隋文帝在历史上值得一书

（2004 年 9 月 16 日）

公元 220 年东汉灭亡，历经三国、晋（西晋、东晋）、南北朝，到公元 581 年隋文帝杨坚统一中国，前后 361 年之间，国家分裂，民族冲突，战乱频仍，社会经济遭到了巨大破坏。

杨坚以外戚夺了北周的政权，逐步统一了中国，建立了自秦始皇以来的中央集权政府。隋文帝开国之初，注意选拔人才，推行文官政治，他本人生性节俭，是中国古代少见的政治家。

可惜，他的二儿子杨广篡位以后，修运河，扩疆土，横征暴敛，奢侈无度，激起民变，隋王朝随之被李渊、李世民的李唐王朝所取代。

唐朝在政治体制上，基本上还是隋文帝所创立的那套制度，只是在政策上注意到了老百姓是水，君王是舟，“水能载舟，亦能覆舟”的教训，注意轻薄徭役，防民激变。李世民在传给儿子李治的《帝范》等书中，强调了《尚书》“人惟邦本，本固邦宁”的治国理念，定下“中国既安，四夷自服”的方针。古代中国这些治国方略，比西方资产阶级政治家的民本思想要早一二千年。

（注：《尚书》原文：民惟邦本，唐人为避李世民名讳，改民为人。）

公主和亲与王朝耻辱

（2004 年 10 月 6 日）

一位网友发帖，历数古代中原各个王朝将自己的公主外嫁给四周的少数民族首领，认为是中国历史上的耻辱，这个观点不对。

自古以来，中国就是个多民族组成的国家，中国一词则早就出现。1963年在陕西鸡贾村出土的一口青铜酒器，上有“惟武王既克大邑商，则迁告于上天曰：‘余其宅兹中国，自之辟民’”铭文，意即：周武王在攻克了商的王都以后，就举行了一个庄严的仪式报告上天：“我已经据有中国，自己统治了这些百姓。”有学者考证：西周初年的各诸侯国还不是疆界明确的国。在周王直接的统治地区和各诸侯国都有明确的国、野之分，王或诸侯所居的都城及其近郊称为“国”，郊外称为“野”，居住在国中的是“国人”，居住在国外的则是“野人”。那时候的中国是指今天黄河中下游的河南省中部地区。汉族，是历史上多民族融合逐渐成为的一个大民族，这与现在中国与中国人的概念是不大相同的。

秦始皇灭六国统一中国以后，历代中原王朝基本上以正统自居，将王朝以外的民族称之为“诸夷”。要求他们向自己称臣纳贡，否则就会被视为有反叛之心，就可能遭到武力征服及弹压。而对于那些愿意与王朝和好的，则优抚有加，还可能让他们与王朝联姻。公主外嫁大体由此而来。当然，也有的是在武力弹压失利之后，被迫将公主送给人家以求和好的。

应该说，和亲在当时乃是一项国策，尽管和亲不大可能是公主本人的意愿，但是适应了王朝巩固政权的需要。恩格斯曾经说过，在欧洲各国王室中，“结婚是一种政治行为”，中国的王室也是如此。中国古代文学著作中“公主琵琶幽怨多”的诗词歌赋历代皆有，至今传唱不衰。但是，从中国经济文化发展史上看，和亲政策对于少数民族的发展进步，有着十分明显的促进作用。汉朝的王昭君出塞，唐朝的文成公主下嫁吐蕃，对于当时当地的经济文化发展起到了重要的促进作用。周恩来总理的侄女作为知识青年到内蒙古插队落户，在她到了成家的年龄时，周总理还鼓励她与当地青年结婚，“做一个当代的王昭君”呢！

今天的中国已经是拥有近千万平方公里国土、56个民族、13亿人口的东方大国。我们在回顾历史时，不需要也不应该再站在过去封建王朝的立场上，评论是非曲直。而应该站在中华民族大家庭的角度，总结经验，吸取教训，反思过去，面向未来，以加强民族团结，促进民族进步，推动各民族和睦相处，共同发展。

汪精卫是哪个林子里的鸟

（2004 年 11 月 3 日）

今天，那个经常发歪论的威震天再一次发表歪论，为大汉奸汪精卫涂脂抹粉，鸣冤叫屈。

俗话说，林子大了，什么鸟都有。又说，武大郎玩夜猫子，各人有个人的喜好。

汪精卫是哪个林子里的鸟？这要看是以哪国人的标准看，或者是以什么人的眼光看了。

以日本侵略者的标准看，汪精卫是共协共荣、可亲可爱的金丝鸟。

以中国人的眼光看，汪精卫是出卖祖宗、吃里扒外的老家贼。

站在历史的高度看，汪精卫是不耻于人类的狗屎堆！

回过头来看，歌颂汉奸的吹鼓手，又该是什么货色呢？

李鸿章，大清王朝的裱糊匠

（2004 年 11 月 25 日）

李鸿章曾经自称是大清王朝的裱糊匠，说得十分贴切。

经过 250 年的统治，清朝一如《红楼梦》上所说的贾府，表面似乎还很光鲜，实际上早已经内囊空尽了。所谓的“同治中兴”，不过是一种自欺欺人的吹嘘罢了。

清朝满人从立国之日起，就不肯相信汉人。对于汉官历来是又用又防，并且在汉员中不断地挑拨离间，制造他们不和，以达到分而治之的目的。

李鸿章的老师曾国藩深谙其道，在朝中处闲馆做翰林时就拜满人倭仁为师。放外任统兵打仗时，每有战功，总是把身边的满人官员报为首功。击垮太平军之后，又马上自请解散湘军，避免了“兔死狗烹”的下场。

但是，到了李鸿章的淮军气焰高涨，北洋水师游弋海疆之际，朝廷实际上已经没有满人大员能够制约他了。光绪皇帝及精明的慈禧太后，就玩弄起汉官争斗，满人得利的把戏。翁心存及翁同龢父子两代都贵为咸丰、同治及光绪皇帝的师傅，翁心存长子翁同书曾任安徽巡抚，但在与太平天国争斗中，弃城逃跑，遭到曾国藩幕宾李鸿章起草的奏章弹劾。翁同书被朝廷查办流放，翁心存气死，翁李两家由此结怨。翁同龢长期兼任户部尚书，主管财政，对于李鸿章的北洋军饷多有克扣。此外，翁同龢依靠没有实权的光绪皇帝，被称为帝党；李鸿章依靠大权在握的慈禧太后，被称为后党。翁同龢与李鸿章的多次争斗，有政见之争，也难免有挟嫌报复，说到底，还是封建王朝主流派与非主流派的争斗，有慈禧与光绪娘儿俩斗法的背景。当时，国人对于翁李之争也是有清醒的认识的。有人就撰写了“宰相合肥天下瘦，司农常熟小民荒”的对联，讽刺他们。李鸿章是合肥人，官居中堂即宰相；翁同龢是常熟人，作了户部尚书，古称司农。两人高居庙堂，国事衰微，民不聊生，都罪责难逃。

朝政日趋腐败，北洋水师军费缺乏，体制落后，战斗力薄弱，甲午年与日本一战即溃。李鸿章代表清王朝同日本签署了《马关条约》，割地赔款，痛遭辱骂。翁同龢也许有从中作梗的伎俩，慈禧却有不可推卸的责任。在光绪皇帝百日维新之前，赞同维新的翁同龢已经被慈禧借故罢官回家，下场堪怜。李鸿章顶了失败的责任，坐了一阵冷板凳，在八国联军攻入北京以后，又被朝廷起用，并再一次代表朝廷签署了丧权辱国的《辛丑条约》。

李鸿章，绞杀太平天国、扶保大清王朝的中兴名臣，中国近代洋务运动的代表人物，几部丧权辱国条约的签署人，哗啦啦大厦将倾腐朽王朝的“裱糊匠”，功过应该由后人如何评说呢？

新郑、郑州与轩辕黄帝

(2006 年 4 月 2 日)

新郑，是相对于原来的旧郑国而命名的。郑国，原是西周时期周宣王（公元前 827 年）之弟郑桓公的封国，地址在今天陕西省华县。周幽王（公元前 781 年）宠姬褒姒烽火戏诸侯，西周灭亡。周平王东迁洛邑（今天洛阳老城），郑国迁到今天的河南境内，郑武公即位，将其新都称之为新郑，其遗址在今天的郑州市南 42 公里处。郑国的另一个都城叫荥阳，地址在郑州市西 20 公里处，新郑和荥阳，都是比郑州还要早的多的地名。古代传说人活到了 60 岁就要被杀掉，而后来又发生了“黄泉见母”的典故，就出在那时的新郑一带。战国七雄时代，东道主的典故也出在这里。那时这里已经成为三家分晋后的韩国了。所以今天的新郑市境内留存有大量郑韩故国遗址。

郑州是隋唐时期才设的州名。北宋大文豪苏东坡，从京城汴梁即今天的开封到陕西凤翔任职时，其弟苏辙送他西行。弟兄俩在郑州西门分别时，东坡写诗告别，“亦知人生要有别，但恐岁月去飘忽”。走到渑池，东坡念念不忘兄弟情深，在一首《和子由渑池怀旧》中唱道：“人生到处知何似？应似飞鸿踏雪泥。泥上偶然留指爪，鸿飞那复计东西。”此即“鸿爪雪泥”典故之出处。

郑州，曾经为商代都城，周武王吊民伐罪，灭掉殷商以后，命其弟弟管叔在此监督殷纣王的后人，其城即为管城。后来管叔与蔡叔勾结殷人造反，被周公姬旦剿灭，但是管城的名字却流传下来了。一直到 20 世纪 40 年代末，郑州还叫郑县。解放以后恢复郑州，1954 年河南省会从开封迁来，郑州市才成为省辖市。

轩辕黄帝，传说中的中国古代三皇五帝之一，史籍上说他创文字，做舟车，造指南针，定官职，劝农桑，功勋卓著，乃中华文明发祥先祖人物之一。他是少典的儿子，为有熊国人。远古有熊国即在今天的新郑市。对此，古籍上有记载，历史上也多有在新郑祭奠黄帝的记录。所以说黄帝的祖籍在新郑，陵墓在陕西的桥山即今天的黄陵县。河南省与陕西省，分别是传说中的轩辕黄帝的祖籍和陵墓，吸引众多海内外华夏儿女，举行祭拜黄帝大典，弘扬中华民族之魂，凝聚爱我中华之心，广播中华优秀传统文化，呼唤中华民族统一强盛，都是继往开来、惠及子孙的大好事。

这次在新郑市组织的全球华人隆重祭拜人文始祖轩辕黄帝大典，高潮中天空突现七彩长虹，可谓天降祥瑞，护佑华夏！

诗的裸体与裸体诗人

（2006 年 10 月 10 日）

国庆前夕，一向受人尊敬的诗人们，突然爆出了当场脱衣，裸体“声援”的事儿来。

中国自古以来就是一个诗的国度。中国人热爱诗，每每将好的言论、场面赞颂为“如诗如歌”。

中国自古以来又没有一个职业诗人。但是，这并不意味着中国人不尊重诗人。古往今来，不论是居庙堂之高的帝王将相，或者是在江湖之远的平民百姓，酒足饭饱国事之余，养家糊口家事之外，总之在不忘“修身齐家治国平天下”的同时，能够拽几个新词，套一二典故，唱出来算歌，写下来为诗，若再起一个雅号，刻一本小集，自己被誉为“诗人”，家族引以为荣，邻里敬之若宾，乐乎哉！

孔老夫子号称“述而不作”，其修订的《诗经》，堪称中国诗歌鼻祖。老先生曰：诗言志，歌咏言。又说：诗三百篇，一言以蔽之曰，思无邪。让后人一看，就知道什么是诗及其重要作用。自春秋以降，诗词歌赋，宛如江海，诗人骚客，多如星斗，流派纷呈，艳若百花。

诗穷而后工。所谓诗穷，不但是指诗人创作时的辛苦，“吟得一个字，捻断数根须”，还有诗人大抵经过生活的磨难，政治的起伏，命运的波折。

“四十年来家国，三千里地山河。凤阁龙楼连霄汉，玉树琼枝作烟萝。几曾识干戈？一旦归为臣虏，沈腰潘鬓消磨，最是仓皇辞庙日，教坊犹奏别离歌，垂泪对宫娥。”这种诗词，李太白唱不出来，苏东坡吟不出来，只有李煜这样的下台君王才能够写来。

有些现代诗人，不大看得起古人，没有时间研读古人的诗词，却对于他们的头衔羡慕不已。有一位就说：“杜甫还能够做工部尚书，我们这些人……”

云云。实际上，杜甫于764年在成都，由于老朋友严武再次镇蜀，任成都府尹、剑外节度使，为了给杜甫找一个饭碗，推荐他为节度使参谋、捡校工部员外郎。请注意，捡校工部员外郎，且不说只是个编外人员，更与工部尚书的官级差大了，前者充其量是副司级，而尚书则是正部级了。况且杜甫官运不佳，一生之中任官职时间总共不到三年。这次出任副司级长官不到半年以后，严武病故，老杜的员外郎也自然就此完事。后人称老杜为杜工部，虚名罢了，却让现代诗人们眼热了。

中国人不像欧罗巴人，自古以来不大愿意在大庭广众下暴露身体，这固然是我们的体魄大半不如欧洲人那么雄健，传统的文化习俗也起到了重要的制约作用。

当然，古代还是有敢于警世骇俗之士的。魏晋时期的名士刘伶，就自称以天地为屋、房子为衣，裸体居家。朋友来访，怪他不穿衣服，他反而惊奇地说：阁下怎么钻进我的裤裆里了？！据鲁迅先生考证，刘伶以及竹林七贤的怪异举措，一是反映了作为曹魏统治集团的遗民，对司马氏统治集团不满的表现；二是由于喝多了“五石散”之类的希图长生不老的药石，弄得浑身燥热以致发狂的。

若说刘伶怪异，在自己家里不穿衣服待客，今天我们的诗人为何要超越古人，在大庭广众之下脱光衣服呢？

现在中国已经进入商品经济社会了，人人都在忙着挣钱与花钱。文学作品、诗歌、小说、戏剧、电影，近年来都有点不大景气，大家一股脑儿地埋怨电视，说是那不花钱的电视节目抢了大家的活路。但是，客观地说，家家都有一本难念的经。

就说诗吧。一些所谓的诗，如著名诗人赵丽华的“废话诗”中，有一首叫《一个人来到田纳西》，像“十七字令”一样简短，居然是这样的：“毫无疑问/我做的馅饼/是全天下/最好吃的”。这样的比大白话还白，实在不能够叫做“诗”，谁人会掏钱来买呢？

鲁迅先生还有一句话，“诗文也是人事”。既然写诗，总不宜把诗写成裸体的大白话。中国诗人要想受到中国人的尊敬，至少要尊重中国起码的道德传统和风俗习惯，要取得中国多数群众的理解支持，诗人裸体至少是无聊的行为。鲁迅又说：“既然有诗，就可以知道于世事未能忘情”，诗也罢，诗人也好，还是与老百姓打成一片好。

鲁迅怪？怪鲁迅？

（2006年10月21日）

一位网友发贴，惊呼“鲁迅是一个文化怪胎”。世界上没有无缘无故的爱，也不会有无缘无故的恨，笔者毫不掩饰地说，我喜欢鲁迅，其原因是在多次大量阅读鲁迅先生的著作，尤其是他的杂文作品以后产生的仰慕之情。比如，先生在80多年以前说的一段话：我们目下的当务之急，是：一要生存，二要温饱，三要发展。苟有阻碍这前途者，无论是古是今，是人是鬼，是《三坟》《五典》，百宋千元，天球河图，金人玉佛，祖传丸散，秘制膏丹，全都踏倒他。（《忽然想到六》1925年4月18日）

试问，这种“文化怪胎”，是丢了中国人的脸面或是中华民族改革的先行者？！

鲁迅就是鲁迅，他不仅仅是周海婴的父亲，周令飞的爷爷。

鲁迅就是鲁迅，他不会由于哪一位的夸奖而高不可攀，也不会由于哪一位的辱骂而猥琐不已。

鲁迅就是鲁迅，他不可能因为昨天的被捧而神圣无比，也不可能因为今天的冷落而一钱不值。

说人家怪的，自己不一定不怪，

称自己怪的，往往是一些才子。

评怪不怪的，大都是一些闲人。

泡在网上的，不会是什么超人！

不能把毛泽东的诞辰与圣诞节相提并论

（2006 年 12 月 26 日）

有的网友提出，每年的 12 月 25 日是基督教的圣诞节，12 月 26 日是毛泽东同志的诞辰。好心地提出，应该把中国人民的伟大领袖毛泽东的诞辰，作为中国的圣诞节。我看，这实在有点牵强附会。

毛泽东从来就没有把自己当作神仙皇帝，我们也大可不必把他的诞辰当作宗教性质的圣诞节对待。

况且，中国自古以来就是一个无宗教传统的国家。历代王朝，都把各类宗教，不论是国产的道教，还是外来的佛教、伊斯兰教、基督教、天主教等，作为臣服王朝政权，并为王朝服务的工具；要求宗教要与统治阶级的统治相适应，否则就是大逆不道的邪教。

今天的中国政府，既是以往中国政权的继承者，更是新时代开拓者，是领导中国 56 个民族、13 亿人民坚定不移走社会主义道路的领导者。

我国的宪法规定，公民有宗教信仰自由。也就是说，有信仰宗教的自由，也有不信仰宗教的自由。今天中国境内的各种合法宗教，应该与社会主义相适应。各种宗教徒和非宗教徒，完全可以在祖国大家庭里和谐相处，爱我中华，共同发展。中国目前有 1600 多万基督教徒是正常的社会存在，但是与 13 亿全国人民比起来，非基督教徒还是占绝大多数。

昨天的圣诞节，虽然不少人特别是不少年轻人相会相聚，那并不代表他们已经信仰了基督教，绝大部分是借此机会，朋友相会，娱乐一场。

毛泽东作为中国共产党的创始人、中国人民解放军和中华人民共和国的缔造者、中国社会主义事业的开拓者和中国人民的伟大领袖，不论在生前，或是在身后，都赢得了全中国人民群众的充分热爱和深情怀念。每当到了12月26日，党和国家以及人民群众，总会以不同的方式纪念毛泽东同志，这是中华民族慎终追远、继往开来的传统美德的体现。

毛泽东当年在会见美国朋友尼克松时就说过，共产党人的上帝是马克思，我也快要去见马克思了。

由此看来，把毛泽东诞辰与基督教的圣诞节联系起来，不符合毛泽东主席的本意，更不符合中国人的文化传统。

文明与习惯

（2007 年 7 月 4 日）

习惯体现了文明的基本素质。文明不是与生俱来的，而是在各民族发展进步的历史长河中大浪淘沙、长期积累的结晶。文明习惯也不是人人具备的，而是多年来相互尊重、相互学习的结果。不因循守旧，不故步自封，敞开胸怀，学习先进，蔚然成风，是促进民族文明的有效途径。

大兴文明之风，养成文明习惯，需要自己努力，更离不开积极有效的教育倡导。

中华民族有 5000 多年的文明传统。随着中国经济文化不断发展壮大，社会不断进步，中华文明也加快了向外传播的步伐。

如今，越来越多的中国人走出国门，走向世界，求学经商，参观旅游。有人形容，当今世界，凡都市要津均建有唐人街，凡旅游热点都能够见到中国人，凡有三家以上餐馆的商埠至少有一家是中国人开的餐馆。一个不懂一点外语的中国人，一手拿着人民币，一手拿着中华人民共和国的护照，到国外随意转一圈都会平安归来。当然，今天的中国各地，各种肤色的外国人也随处可见。

在如此大规模的中外交往中，也常听到一些中国人在外国，尤其是在发达的欧美国家时常露怯，或者在国内与外国人特别是欧美人交往中出了洋相的议论。

在外国或外国人面前露怯出洋相，说明了国人培养文明习惯、提高文明程度的紧迫性。

中国有 13 亿人，今天有钱又有闲到国内各地乃至世界各国转一转的人，毕竟还是少数。没有接触过外国人的中国人，比例也不会小。

这里就出了一个奇怪的问题：那些从没有到过中国、从没有接触过中国人的外国人，对于中国人的坏印象，以及从没有出过国，甚至从没有接触过外国人的中国人，对于外国人的好印象从何而来呢？

答案是文化传播，是那些无处不在的电影电视节目！

长期以来，绝大多数中国人对于欧美人的印象，不是从与其亲自接触，而是从欧美文化，特别是欧美的影视文化中获得的。

欧美影视文化里的西方绅士、政客、太太、小姐，乃至乡间顽童，不法的盗贼，极少出现乱挠痒痒、站着撒尿、抠鼻子、挖耳朵之类不雅的动作，尽管他们与我们生长着同样的四肢五官。

同样，大部分欧美人对于中国人的坏印象不一定是亲眼看见，而是从好莱坞之类的西方影视剧中，以及我们中国的那几个一心奔好莱坞拿大奖的所谓商业大片中获得的。有的电影塑造的“他爷爷”往酒里撒尿，“他奶奶”在大红灯笼的笼罩下被扭曲的淫荡面目，有的小品多年来以演出睁眼盲人、偏瘫患者及东北老汉老太太的窝囊来吸引观众眼球等等，起到了外国文艺作品不可替代的恶劣作用。

这就是不同的文明传播！这就是不同的宣传效果！说白了，这就是不同的爱憎！

家丑不可外扬，是中国人的古训。当年鲁迅求学日本，其师藤野先生作为医学家，非常想知道中国妇女缠足的有关情况。尽管藤野先生多次询问，鲁迅却一再掩饰，不予答复。

西方文化向外传播时，很注意自己的宣传导向，也很注意树立自己民族、自己同胞的正面形象，这是颇值得我们学习之处。

从杨业碰碑与宋太祖释兵权说起

（2007 年 11 月 18 日）

有网友探讨经济文化十分发达的宋王朝却难以长久的原因。认为其文官慵懒，武将受制，方略失误，颇具新意。但是举出大将杨业不受重用，一次兵败碰碑自杀，作为重要例证，值得商榷。

杨业，原名杨重贵，父亲杨信，曾任后汉的麟州刺史。后汉被后周所灭，后汉河东节度使刘崇建立北汉。杨业弱冠即跟随刘崇，并将名字改为刘继业，官拜保卫指挥使，以骁勇远近闻名，屡立战功，迁升建雄军节度使。宋太宗北征，刘继业投宋，又将名字改为杨业，授右领军卫大将军。班师回朝后，又授郑州刺史。宋太宗以杨业“老于边事”，拜其为代州刺史兼三交驻泊兵马部署。杨业作为宋朝开国元勋潘美的部将，兵败两狼山，宁肯碰死在苏武庙李陵碑前，而不愿意降辽，确实悲壮。但是，也表明一位降将无法再投新主的悲哀。

赵匡胤陈桥兵变，黄袍加身，深知枪杆子里出政权的道理，在东京汴梁皇宫中演了一出杯酒释兵权的戏剧。

要兵权并不等于要人头。历史上的赵匡胤及其弟弟赵光义，每当需要用兵，下南唐也罢，抗辽国也好，所委以重任的将领，还是当年陈桥起事的老人，而不是后来进入王朝的其他人。人们熟知的杨家将事迹，佘太君、穆桂英等人，史书上并未有明确的记载，破天门、破洪州、百岁挂帅等事，大都不是从历史的真实，而是出自宋元以后小说戏剧家们所演义的故事。

武将可以打天下，难以坐天下；文官未必可以打天下，却未必不可以治天下。这是历史或者说至少是中国古代历史反复证明了的。赵匡胤杯酒释兵权，让大将们交出兵权，安心享乐。等到边关有事，再启用他们，战后再收回兵权。这样做，相对于前朝韩信那样“飞鸟尽、良弓藏、狡兔死、走狗烹、天下安定、我故当亡”的开国功臣们的命运来看，应该是一种历史的进步。有宋一代，也的确没有发生过军人政变。

给军队派驻监军，直接对朝廷负责，这是宋王朝的一大创造发明。杨家将演义故事的戏剧里，往往有一个二花脸的文官，不停地与佘太君、穆桂英们作对，那实际上是负责监视武将的监军。有人猜测，现代军队的政委制，就起源于古代的监军。

“文官不爱钱，武将不惜命，天下太平矣。”南宋大将岳飞的愿望是不错的，但是，即便是做到了这些还不够。如何协调好武将与文官的关系，使之形成合力，能够提高忠于王朝保家卫国的战斗力，而不是竞相祸乱百姓，才能够推动社会进步，避免国家灭亡的悲惨下场。

这恐怕也是北宋和南宋都没有处理好的一大治国方略吧。

民国元老吴稚晖与蒋介石二三事

（2008 年 2 月 4 日）

吴稚晖，字敬恒，前清举人，民国元老，孙中山同盟会成员，青天白日旗帜的设计者。1865 年 3 月 25 日（同治四年二月二十八日）出生于江苏阳湖县（今属武进县）的雪堰桥，1953 年 10 月 30 日病逝于台北。

吴稚晖与蒋介石关系笃厚。早年间，蒋介石觉得大儿子的原名蒋国经，念着不大顺嘴，吴稚晖劝其改为蒋经国，为老蒋赞许，并随之为二儿子起名蒋纬国。

抗战爆发，蒋经国从苏联回国。蒋介石看到儿子在外多年，学业荒疏，力推国学功底深厚的吴敬恒作其国语先生，为小蒋恶补中文。

蒋经国的母亲毛福梅被日军飞机炸死，从赣南赶回奉化溪口奔丧，亲书“以血还血”，立碑铭志。1947 年，小蒋回乡为母亲修墓树碑。由于老蒋已经与毛氏离婚，宋美龄居夫人正位，对毛氏应该怎么称呼，颇费周折。吴敬恒提出古代四品以上官员的母亲可以称之为“太君”，征求老蒋批准，吴敬恒亲自为之书写墓碑：显妣毛太君之墓。1948 年前后，蒋介石修家谱，二儿子蒋纬国的出处又成为难题。也是吴稚晖出主意，将蒋纬国列为宋美龄所出。这样，既解决了宋美龄子嗣问题，又遮掩了蒋纬国非蒋介石亲生的事实。蒋介石对此颇为赞赏。

清末民初官场琉璃球徐世昌

（2008 年 5 月 2 日）

中国人的籍贯，是以祖父的出生地为标准的。每个人的籍贯与出生地并不是一回事。过去官场上，就有人巧妙地利用两者的区别与联系，为自己谋取私利。

徐世昌（1855~1939 年），字卜五，号菊人，原籍直隶天津，出生于河南汲县（今卫辉市），北洋军阀统治时期多次出任国务卿，1918 年 10 月至 1922 年 10 月任民国大总统。这位清末民初大官僚，生于河南，做官京城，发迹天津，巡阅东北，人称琉璃球，一生很善于以籍贯、亲谊、同事、师徒为手段，拉帮结派，营私谋利。

早年的徐世昌，耐不住北京翰林院编修这一闲差的寂寞，在 1896 年因母丧回到河南时，应河南“老乡”、项城人袁世凯的邀请，到天津小站帮助操练新军，逐成为段祺瑞、冯国璋、王士珍“北洋三杰”的老师傅，从而奠定了他在北洋军阀中广泛的人脉。在老袁及其子弟兵扶持下，徐世昌先后出任满清王朝邮传部尚书、东三省总督等职。

孙中山提出“驱除鞑虏，恢复中华”，多次进行武装暴动，屡屡震撼满清小朝廷。由于八旗子弟不堪一击遂使袁世凯拥兵坐大。老袁功高震主，屡遭清室暗算。徐世昌为其出谋划策，劝他称病躲到彰德府（安阳）避祸趋利。武昌起义功成，孙中山在南京就任临时大总统，不久内外交困，不得不派人与袁世凯联络。扮装作烟波钓徒、自称“洹上老人”的袁世凯，提出了以逼迫宣统小皇帝退位为条件，换取中华民国总统职位。徐世昌是帮助袁世凯逐步窃取革命果实的重要勋臣之一。

袁世凯登上总统宝座以后，还嫌不过瘾，又要登基做“洪宪皇帝”。“北洋三杰”不服，不敢明言；徐世昌公开向袁世凯提交辞呈，表示不满。气得老袁吹胡子瞪眼，差一点背气憋死。

徐世昌辞官回到老家河南辉县水竹村，筑室百泉，游山玩水，吟诗写字，倒也自在。太行山外，孙中山号召二次革命，蔡锷起义，北伐讨袁。江南数省，扬言“独立”。袁世凯83天皇帝梦碎，徐世昌急忙赶回来给老袁送别。袁世凯拉着几十年老友之手，久久不放，垂泪托孤。老袁死后，树倒猢狲散，几年间“北洋三杰”互相拆台，局势不稳，只好请出左右逢源的老师傅徐世昌出山，收拾残局。

史称徐世昌为安福国会总统。袁世凯的后事，也确实是徐世昌主持操办的。在安阳袁世凯陵墓前的石碑上，“中华民国故大总统袁世凯之墓”的榜书，即为徐世昌所题。

袁世凯的小女儿回忆，所谓“洪宪皇帝”，并未正式登基。袁世凯死于炎热夏天，尸体膨胀，入殓时原来所有的衣服，都罩不上身体。袁世凯的原配夫人想起，还有一套准备老爷登基用的“衮龙衣”，倒是宽大，不知能不能用？一旁的徐世昌喝道：“赶快拿来！”

这一历史场景，为在场的新闻记者所拍摄，成为袁世凯做皇帝的铁证。不知道琉璃球徐世昌慌乱之中是百密一疏，还是趁机要撇清自己，故意给老伙计再开一个不大不小的玩笑。

诸葛亮：真实的历史与艺术的形象

（2008年6月4日）

诸葛亮是一位历史人物，但是长期以来被各阶层赞美乃至神化了。

君主们表彰诸葛亮，是彰显其对刘备的蜀汉王朝“鞠躬尽瘁，死而后已”的忠君精神。

文人们羡慕诸葛亮，是羡慕其有被君王“三顾于草庐之中”，脱离草莽封侯拜相，“官升至武乡侯”得以宏图大展的难得机遇。

百姓们称赞诸葛亮，是称赞其“上知天文、下晓地理”“能掐会算”，神通广大的聪明智慧。

历史上的诸葛亮的确是一位杰出的战略家、政治家与军事家。他27岁时就对三顾草庐来访的刘备勾画出了东联孙吴、南下荆襄、西取巴蜀、北拒曹操的战略谋划。赤壁大战时，他毛遂自荐赴东吴劝说孙权与刘备结盟，联合抗曹。《三国演义》的作者罗贯中为给诸葛亮增辉添彩，虚构了火烧博望坡、火烧新野、草船借箭、借东风、定汉中、取西蜀、空城计等一些精彩战例。还把别处的彩归到了他的名下。本来，周瑜是吴军统帅，诸葛亮是东吴客人，草船借箭的故事发生在孙权身上。孙权趁大雾天坐船到长江上窥测曹营，被发现以后，匆忙逃走。曹营不明敌情，只得乱箭齐发。由于船身一边落箭太多，发生侧斜，孙权急中生智下令调转船头，让另一边也落满箭，保持了平衡，才得以逃脱。历史上，将荆州借给刘备驻扎、把孙权的妹子嫁给刘备，都是周瑜的主张，目的在于孙刘联盟，形成犄角之势，共同抗击曹操。《三国演义》里，这些成了诸葛亮的智慧，周瑜则变成从中阻挠心胸狭窄的人物了。

正史记载的诸葛亮，在刘备手下，作为军师，并无实权。刘备白帝城托孤后，才执掌起蜀国军政大权。其一生打仗不多，胜利的战役更少，其最有名的就是北伐攻魏，也就是《三国演义》里的“六出祁山”，每次都以撤退失败告终。

陈寿的《进诸葛亮表》里对诸葛亮的评价：“亮才于治戎为长，奇谋为短，理民之干，优于将略。”可见，军事才能不是诸葛亮的长处。但是，他“攻心为上、攻城为下”、南和诸戎、“以夷制夷”的治理少数民族方略，还是很被历代统治者借鉴运用的。

佛教大家赵朴初先生的中原佛缘

（2015 年 9 月 24 日）

初知赵朴初先生大名，是在1965年读高中二年级时，阅读了《人民日报》刊登的他的大作《某公三哭》："我为你勤傍妆台，浓施粉黛，讨你笑颜开。我为你赔折家财，抛离骨肉，卖掉祖宗牌。"听到语文老师介绍：赵朴初不是党员，是佛教居士，很是惊愕。在那火红的年代里，举国掀起学习《毛泽东选集》《毛泽东诗词》的高潮。有党内一支笔称号的胡乔木吟诗填词，欣然唱到："如此江山如此人，千载不如我逢辰。挥将日月长明笔，写就雷霆不朽文。指顾崎岖成坦道，笑谈荆棘成浮云。"如此风尚，极大感染了后生之辈。我在通读了《毛选》四卷、背诵了《毛泽东诗词》之余，通过向语文老师和图书馆借阅上海古籍出版社的多卷本《中华活页文选》，逐渐养成了浓厚的文史兴趣，有意报考文科院校，也幻想着能够"指点江山，激扬文字，粪土当年万户侯"。

逐渐了解赵朴初先生，则是在70年代后期，阅读了他的《佛教知识》的小册子，形成了对佛教与其他宗教学习研究兴趣之后的近二三十年了。

赵朴初（1907~2000年），安徽太湖人，卓越的佛教领袖，杰出的书法家，著名的社会活动家与爱国主义者。一生追求进步，探索真理，孜孜以求，矢志不移。在近70年的漫长岁月中，与中国共产党风雨同舟，亲密合作，为中国人民解放事业和社会主义建设事业，为造福社会，振兴中华，做出了不可替代的卓越贡献。

自从20世纪二三十年代太虚法师提出旨在贴近人生、改善人生的"人生佛教"或"人间佛教"理论以来，人间佛教思想在中国佛教界逐渐产生广泛的影响。

赵朴初在参与中国佛教协会领导的过程中，也在积极推进佛教适应现实社会，为利益人群、造福社会努力奉献。“文革”后，经过“拨乱反正”，赵朴初在新形势下适时地提出了恢复人间佛教的思想。

有资料显示，赵朴初所倡导的人间佛教归纳起来主要有以下几点：

（1）强调爱国爱教，团结进步，走与社会主义社会相适应的道路。

（2）将佛教劝善止恶的戒规和伦理规范——五戒、十善及大乘菩萨四摄、六度等进行现代诠释，使之与社会公德、公民道德建设和思想教育相会通，发挥积极作用。

（3）佛教必须“续佛慧命”，传承正法，保持组织的纯洁性，为此必须加强信仰、道风、人才、教制、组织在内的五大自身建设。

（4）继承和发扬中国佛教优良传统，主要有“农禅并重”“注重学术研究”和“国际友好交流”三大传统。

（5）强调佛教必须关心现实社会，自觉地以实现“人间净土”为己任，为社会主义现代化建设这一庄严国土、利乐有情的崇高事业而努力奋斗，以造福社会，利益人群。

（6）维护法律尊严、人民利益、民族团结、社会和谐，维护祖国统一。

赵朴初先生曾经多次到河南，也留下一些轶事。80年代初，他到洛阳白马寺视察，寺院主持率众僧山门外迎接，滔滔不绝介绍情况。朴老听着，一路含笑。待入大殿，指点着十八罗汉塑像中的两位说道：位置摆错了，佛门规矩森严，不可串岗。主持听了，满脸羞愧。当时，工厂及社会管理中强调恢复规章制度。坚守岗位不乱串岗，乃是最基本的一条。

听过一位开封市老市长谈大相国寺轶事。1922年冯玉祥将军第一次主政开封，兴利除弊，破除陋习，禁烟、禁赌、禁娼，废除佛道，清扫寺庙，兴办学堂。“化腐朽为神奇、变废物为有用”，大相国寺变成了民众游乐、百业聚散的自由市场。新中国建立后，大相国寺定为历史文物，得到政府多次出资修缮。1986年，市里着手“宋都一条街”旅游工程建设。1989年，大相国寺等寺庙修缮一新，准备交旅游部门管理，对外开放。

1989年5月，南京佛学院一位女研究生纠集一群僧尼抢占了大相国寺，扬言：“和尚住寺，天经地义”，颇有死磕劲头。市政府害怕出事，调集警察保护寺院。老市长说，那时期，安排宾馆给僧人送吃送喝，要素席；大批警察护寺，要荤菜；市政府财政本就拮据，搞得左右为难。6月初，北京风波平息，这些号称“愿意死在大相国寺”的僧尼一哄而散，退出寺院。

后来，赵朴初先生向有关领导建言，略曰：佛教崇善，倡导和平，益于稳定。佛经有言，国主乃大日如来之化身，如果疏导得法，收效良多。

如此这般，开封市有关部门只得忍痛割爱，将大相国寺无偿交付和尚们做了道场。

赵朴初居士与西藏喇嘛教高僧聚会时，曾经引经据典说明“当今国主就是大日如来”。赵朴初告诫佛教弟子：“佛教的利益必须与人民的利益结合起来。我们的生命好比一滴水，只要我们肯把它放到人民的大海中去，这一滴水是永远不会枯竭的。”针对当时在社会上打着佛门旗号招摇惑众的“某轮功”，朴老揭其为“依佛外道”。他还多次论述了宗教要与社会主义社会相适应的问题，指出：“党和国家从政策上、法律上充分尊重和保护公民宗教信仰自由的权利，宗教徒则要爱国爱教，遵纪守法，拥护党的领导，报国家恩，报众生恩，积极为社会主义物质文明和精神文明建设做贡献。”

俗话说，店大欺客，客大欺店。近二三十年来，佛教盛行，佛像越造越大，不少佛寺越来越发财。信仰混乱，理想丢失，贪官污吏屡出，社会风气衰微。俗话还说，歪嘴和尚念不了正经。究竟是哪位歪嘴和尚念错了正经呢。

2002年夏天，我到陕西法门寺参观后写了一首小诗：

退之犯颜谏佛骨，贾桂唯诺不会坐。清风明月欣然在，笑与朴初诗句和。

唐朝文学大家韩愈，字退之。元和十年（公元820年），唐宪宗倾举国之财力迎法门寺佛骨进皇宫，韩愈上表，犯颜直谏，称“事佛求福，乃更得祸”，指出众多信徒为迎佛骨，“焚顶烧指，百十为群，解衣散钱，自朝至暮，转相仿效，惟恐后时，老少奔波，弃其业次，若不加禁遏，更历诸寺，必有断人脔身，以为供养者。伤风败俗，传笑四方，非细事也”。此表惹恼宪宗，退之险遭不测，经众臣力保，才落了个“夕贬潮州路八千”的下场。京剧《法门寺》中小太监贾桂，人家请他坐下，他却说“站惯了，不会坐”，毛泽东对此多有嘲讽。

赵朴初居士生前留句：“生固欣然，死亦无憾。花落还开，流水不断。我兮何在，谁欤安息？清风明月，不劳寻觅。”

乙未中秋佳节到了，明月当空，仅以此文怀念朴初先生。

网传《孔子临终遗言》是一篇伪作
——从“学而优则仕”谈起

（2017 年 6 月 10 日）

网传的《孔子临终遗言》是一篇伪作，或者说是时人托古讽今之作。判断之依据，是展示于这篇洋洋洒洒的遗言的，既非先秦、亦非两汉文风。“书生为王”“不识干戈”“卧奸雄侧室”“市井奇货”等许多词句及其典故，出现于孔夫子时代的百千年以后，有些则篡改了夫子本意。其中：

“概言之，行而优则王，神也；学而优则仕，奴耳。”

原作译文：“概括地说，实践得法者就可以成王，那就是神；读书读得好可以当官，但终究也不过是个奴才。”就暴露了作伪者的寡闻。

先说仕字。不少人将仕字按照仕途解释，进而演变成为“读书做官”。可惜在先秦两汉时期远不是这个意思。东汉许慎《说文解字》里就有仕的解字。清代文字训诂学家、经学家段玉裁（1735~1815 年）《说文解字注》上说：(仕)學也。訓仕爲入官。此今義也。明确指出将仕字训诂为入官（仕途）是“今义”而非古义。成书于康熙五十五年（1716 年）的《康熙字典》：《禮·曲禮》四十曰强而仕。《禮運》仕于公曰臣，仕于家曰僕。《註》仕，事也。说明了仕字，即与事通假。仕于，干事，工作于。

再说优字。东汉许慎《说文解字》“优，於于切。饶也。”

饶，富饶，优裕。按照此意解释学而优则仕，就是学习有收获了，增长了才干（许慎说，學即覚，觉悟），可以出去找点事情做，毕竟读书是谋生的手段之一。

宋代朱熹在《四书集注》中注解：“优，有余力也。仕与学，理同而事异。故当其事者，必先有以尽其事，而后可及其余。然仕而学，则所以资其仕者益深，学而仕，则所以验其学者益广。”

按照朱熹的解释，做事有闲暇了，应该多读点书；读书有收获了，要出去做点事。学与仕，优势互补。

1919 年“五四运动”前后，喊出了“打倒孔家店”的口号，白话文兴起，古文式微，国人对于先秦古籍的理解渐离原义。特别是 1966 年开始的“文化大革命”，狠批刘少奇的“读书做官”论，对“学而优则仕”望文生义，才使得《孔子临终遗言》闹出了不应该的笑话。

其实，刘少奇当年是动员教育青年学生，要正确对待下乡劳动。60 年代初期开展教育改革，半工半读、勤工俭学、知青下乡。刘少奇说：“你们下到农村去当农民，你们有文化，农民没有文化，只要好好干，得到了农民的拥护，就会被选为干部，一级一级选拔上来，也可以当中央委员，做共和国主席嘛！”

今天的从中央到地方许多优秀干部，果真就是这样一级一级选拔培养出来的。不过，孔夫子“学而优则仕”之名言，本义并非如此。

“奇货可居”典出于吕不韦的故事，时间比孔夫子晚 200 年。加强经商管理，避免垄断，则是孔夫子的孙子子思之弟子孟轲提出的政策建议：

《孟子·公孙丑下》：“古之为市者，以其所有易其所无者，有司者治之耳。有贱丈夫焉，必求龙断而登之，以左右望而罔市利。人皆以为贱，故从而征之，征商自此贱丈夫始矣。”

孟老夫子在这里，为解决“必求龙断”即龙（垄）断市场牟取暴利的问题，需要“有司者治之”“从而征之”，即向经商者开征税赋，予以市场调控了。

浮光掠影

FUGUANG LUEYING

南行散记

（1976年7月）

前　言

近日翻检旧物，一本1976年的《工作手册》，一枚“星星之火可以燎原，1921.7.1，中国共产党第一次全国代表大会会址”纪念戳，赫然在扉页上出现。第二页写着：7月17日至7月30日，随信阳团地委组织的参观团南下参观，以下记所述的，是一些观后感和一些风物人情的调查。署名：齐力

齐力，是当年夏天，我为驳斥厂里一些“闹派”人物，对厂党委领导的人身攻击，写了一篇题为《流氓的行径》的大字报，从毛泽东“枯木朽株齐努力”词句中抓取的笔名，沿用至今。

1976年是国家多事之年，工厂里事情也不少，加上工作繁忙，这本随团赴长沙、韶山、杭州、上海、苏州、南京、郑州等市地的《南行散记》，就被收藏起来了。

42年过去了，翻检旧作，恍如隔世。但愿此篇能给年轻朋友们提供一点历史资料，为老同志们回忆往事提供一点帮助。

（2018年6月28日）

7月17日夜

夜晚9点1分从明港登上47次快车南下，团地委参观团人员在信阳上车。此行共31人，除了机关几位工作人员，都是各县市和公社的团委干部。

早上从新县乘汽车返回信阳，中午在地委二所（注：即今浉河宾馆）休息，因为有点东西要带回厂里。下午6点半坐汽车返回明港，在厂里待了一

个小时后匆匆离去，晚饭也没有来得及吃。

7月18日　长沙

早晨，火车过岳阳。铁路西边，茫茫泽国，水中有小岛，人道是洞庭湖了。团地委副书记徐则挺脱口朗诵：“予观夫巴陵胜状，在洞庭一湖。衔远山，吞长江，浩浩荡荡，横无际涯；朝晖夕阴，气象万千”。有人说，号称八百里洞庭湖怎么看着没有多大点？有人搭话说，千百年的水患加上围湖造田，洞庭湖变得愈来愈窄小。

《岳阳楼记》是范仲淹新政失败贬谪邓州后，于庆历六年（1046年）应好友滕子京之约而撰写。庆历新政为北宋仁宗庆历年间进行的改革，虽然只搞了二三年，范仲淹、韩琦、富弼、欧阳修等一派改革人物，相继被排斥出朝廷，各项改革也被废止，却为20多年后的王安石变法拉开了序幕。

范仲淹籍贯苏州吴县，出生于徐州，求学于南京（今河南商丘）应天书院，出入官场30多年，曾经略陕西靖除边患，吟诵出“塞下秋来风景异，衡阳雁去无留意，四面边声连角起”“浊酒一杯家万里，燕然未勒归无计；羌管悠悠霜满地，人不寐，将军白发征夫泪”的悲怆诗句；曾经提辖浙西兼杭州知州，开创了中国乃至世界赈灾史上“以工代赈”的先例；他在《岳阳楼记》里，借助对“阴风怒号，浊浪排空”“春和景明，波澜不惊”不同景象的描述，抒发了志士仁人“不以物喜，不以己悲”“先天下之忧而忧，后天下之乐而乐”的高尚情怀。

可惜大家之前没有来过岳阳，不知道因为范仲淹作记而名扬天下的岳阳楼，现在何处。

从车窗外看到，江南早稻长势良好，有的已经在收割了。

7点45分车到长沙。感谢打前站的同志，经他们努力，我们在长沙市委第一招待所住了下来。

上午，和则挺、叶斌二人一道参观毛主席当年在船山学社（曾国藩祠）主办的湖南自修大学、清水塘旧居和长沙革命纪念馆。

史料记载：1921年7月，毛泽东、何叔衡代表湖南早期党组织出席中共一大回到长沙后，在建立中共湖南支部的同时，为了培养党的干部和掩护革命活动，于同年8月利用船山学社的社址和经费创办了湖南自修大学，贺民范任校长，毛泽东任教务长。

1922年5月前后，建立了中共湘区委员会，毛泽东任书记，区委机关设在清水塘。1921年冬至1923年4月，毛泽东和杨开慧曾居住于此。

沿街看了几张大字报，反张平化、齐寿良的。相比而言，长沙比河南局势稳妥，街上大字报和标语不多，火力不大，也没有看到“批邓反击右倾翻案风”的大字报。

下午，和徐叶二位到橘子洲头游泳。驰名中外的橘子洲头，布置得很朴素，如能加以修缮，将会成为风景秀丽的水上花园。

时值盛夏，湘江水涨，白帆点点北去，健儿击水而来，跃入滚滚波涛，顿觉心旷神怡，不由得想起“自信人生二百年，会当水击三千里”的名句，浑身力量顿增。

是日，吟得小诗一首，名曰《到长沙》：

心早飞，车隆隆，夜阑南下行匆匆。
辞淮河，过洞庭，晨迎湘江彩霞红。
船山学社访故址，清水塘边忆革命。
橘子洲头学游泳，中流击水添豪情！

7月19日 韶山

早上7点20分乘1次特快到韶山参观，在火车上吃的早饭，9点7分到达韶山车站，然后转乘大客车前往韶山冲。沿途风光与江淮山水相仿，土多红壤。新县团县委王才良说：“风景和我们那里一样！”我与他开玩笑：“你没有看出不一样？”他说：“在哪里？”我说：“新县是老苏区将军县，这里是红太阳升起的地方啊！”

大家纷纷在毛主席故居前留影，参观团也集体合影留念。

刚合罢影，来了个外宾参观团，说是美国的。团员们个个奇装异服，摇头摆尾，胸前挂着小照相机，头戴湖南的竹编凉帽。我们一行人多数是从农村来的，乍一见外国人很稀罕，隔着水塘指点议论他们。我说：“他们看他们的，我们看我们的。外国人有什么稀奇？在他们眼中，我们不也是信心百倍、斗志昂扬的外国人——中华人民共和国公民嘛！”一些同志笑着走开了，继续自己的参观活动。

主席家乡的社员在抢收早稻，割下来立即用脚踩脱粒机把稻谷脱下来运走，不像江淮一带割了的稻谷连稻草一起用人挑回打谷场。挑稻谷及上谷垜子是一项很吃力的农活，遇到连阴天气，稻谷还容易发芽霉变。我当年下乡时曾经构思过一篇小说，讲一个农村知识青年发明了一项稻谷脱粒烘干机器，由于想象不出来依靠木柴或者是别的什么东西，充作烘干能源，迟迟难以动笔。

很想去和韶山农民交谈几句，怕影响他们的劳动，加上听不懂当地土话而未能如愿。在长沙也遇到了语言上的麻烦。一般干部、学生话中普通话多一些，一些老人、娃娃、服务员的土话，我简直一句也不懂，他们却基本上能够听懂我的郑州土腔。

今天参观了毛主席简朴的农民家庭旧居、少年就学的南岸私塾和毛主席旧居陈列馆。

南岸书屋，是故居下面一座牌楼式青砖建筑，绿树环抱毛泽东少年就读之处。“独坐池塘如虎踞，绿荫树下养精神。春来我不先开口，哪个虫儿敢作声？”讲解员介绍的毛泽东在湘乡东山高等小学堂上学时写的言志诗，显示他少年时代就拥有的英雄气概与非凡抱负。

毛泽东 1919 年致友人书摘录：

“欲动天下者，当动天下之心；动其心者，当具有大本源；夫本源者，宇宙之真理。”

“今吾以大本源为号召，天下之心其有不动者乎？天下之心皆动，天下之事有不能为者乎？”

“根本上变换全国之思想，此为大纛一张，万夫走集，雷电一震，阴曀皆开。”

“十年未得真理，即十年无志。终身未得，即终身无志。”

7 月 19 日晚　长沙

下午 6 点 50 分，乘火车返回长沙市。

大街上标语又多了几条，是邵阳地区来贴的。有几条是“打倒工团主义”“邵阳地委必须老中青三结合，但青要好的，不要聂元梓、蒯大富那样的！”“张平化不要乱吃羊狗肉，免得浑身发热、满口胡言！”“否定中央七四年解决湖南的八条就是否定批林批孔、翻文化大革命的案！”“警惕走资派挑动群众斗群众”等，从标语落款上看，似乎出现了两派。

7月20日上午　长沙

两个半小时之后，我们就要离开长沙赴杭州参观了。天气很热，稍一行动，大汗淋漓。趁在招待所休息之际，对这个著名的省会城市再写几句观感。

长沙街道屋宇的布置，行人衣着的色调样式，都显示了朴实干净庄重，又不失都市之气氛。新建的火车站和一些样式新颖的高楼，与几处毛主席早年革命活动纪念馆交相辉映。街上年轻人的衣着，男女之间，除少数裙子外，差别不大。基调为白色，极少数女同志穿着超短裙，似乎是上海广州等地的舶来品。和别的城市相比，大街上小汽车不多，其中吉普车多于小轿车；与平原地区城市不同，这里自行车也很少。许多商店、院落的大门上贴着“囍”字红贴，据伙伴们调查，这是居民新大院成立起来的标志，无此标志反而不好，有的字还是印刷的，此种表现形式，在别处尚不多见。

长沙乃至湖南出过许多名人，特别是许多文化人，城中的文化艺术气氛应该再浓厚一些。作为一个对外开放的城市，还有许多可以改进的地方，外省市来此参观的不少，目前的接待工作跟不上，城市公共交通也差。

来去匆匆，无法了解长沙全市的工商交通等基本情况，许多地方也来不及看，留待下次吧。

7月20日夜　江西　向塘

中午12点乘105次快车从长沙出发，夜晚8点45分到江西向塘车站。列车北上南昌，一个多小时后折回来再往东走。

列车上不供应开水，天气酷热，令人难熬。每到小站，乘客们就从窗口伸头找卖西瓜和冰棒的，胆大一点的干脆跑下去找水；乘车人多，上上下下，拥挤不堪。

到了向塘，我建议下车休息一下，无人应和，怕掉了车，更不愿意麻烦——多一事不如少一事，是不少人处世格言啊！我是个无事忙，坚持下了车。以下文字就是坐在站内水泥地上写的。

沿途浏览，处处是丰收在望的早稻，骄阳似火，稻浪金黄，社员们挥动镰刀，紧张抢收。有的在抓紧插上碧绿的晚稻秧苗。抢收抢种，全靠人工，双抢季节，人困马乏。“农业的出路在于机械化”，千真万确。

今天走马观花的印象给人一种感觉：江西工业化不如湖南。铁路沿线很少工厂，尽是农田。大的城市也不多见，小集镇匆匆掠过。什么时候有机会了，来江西搞些调查，一定会有收获。

7 月 21 日　杭州

火车晚点了一个多小时，上午 11 点多到达杭州。打前站的同志拿着河南团省委开的介绍信，经浙江团省委大力协助，包了一辆大客车接站，将我们安排到市中心的省政府米市巷招待所。

下午 2 点半，乘团省委包车，在向导小曹带领下，到灵隐寺、植物园和黄龙洞参观。

灵隐寺为晋朝修建，清朝重修，经过 1000 多年的不断修葺，使这里成为一片苍松翠柏、竹林幽径、古刹石佛、奇峰异洞的优美风景区。

一个石洞，从洞内向上望去，可以看到一点天空，名曰“一线天”，美国总统尼克松曾经来过。今天也有一个东南亚国家的代表团在我们之前参观。

灵隐寺对面飞来峰下，几尊咧嘴挺肚的石头佛像，一些年轻人爬上去与其合影。有的年轻女子，竟然爬上佛头，把手伸进佛嘴之中，照相留念。倘若此辈有灵，当会长叹一声：“吾家脱离凡尘已经千载百世，今日却被小女子调戏，罪过罪过！”

植物园入口处，数竿青竹，三两花朵，几树藤蔓，配上粉墙青瓦，显现出幽静清雅的意境。院内天井下有一鱼池，有的金鱼一二尺长，在池中悠然自乐，供人欣赏。

黄龙洞是因一股泉水出口处的石头宛如龙头而得名的，据说乾隆皇帝到此来时，让人将龙头雕刻了一下，加修了庭院、峰洞，亲笔题写“黄龙洞”匾额于大门之上。

植物园里有一棵树，名曰“感情树”，人手一摸，树的枝叶会动起来。大家闻讯一拥而上都想去摸它，我在一旁笑道：“只怕是摸得人太多了，它要激动得流泪大哭哟！”

晚饭后，和则挺漫步在大街小巷，浏览当地的大字报与标语，了解一下此处社会动向。这里有许多悼念朱德委员长逝世的大标语，不少还是单位党委署名的。有一份把邓小平与谭启龙的言论对照的专栏，有一篇评论谭“老板”的大字报。几篇要求揪出“四四”反革命政治案件幕后策划者的大标语。

汽车发动机厂的一个临时工闹工资的大字报也贴在对面的街上。前天在长沙还见到了知青要求病退回城的大字报。

7 月 22 日　杭州

吃过早饭，坐车到西湖游玩。

我们从中山公园门口包租了两艘游艇，先到三潭印月，再去花港公园，在楼外楼餐馆午餐后，逛中山公园，下午游六和塔与虎跑泉。

三潭印月岛上，桥环九曲，瑞木百竟，荷叶如盖，荷花盛开，如有彩色胶卷，定会拍摄出一幅令人陶醉的画图。

花港公园的名胜曰“花港观鱼”，一条条大小不一的金鱼在池中穿梭游玩。游客们将饼干扔下去，鱼儿们立即游来争食，有的大鱼跳出水面，逗得众人大笑。

中山公园里有一个乾隆题字对联亭。这位皇帝老儿像街上卖字先生一样，将“晴雨时好奇，山水处明秀”十个字，写成了“晴晴雨雨时时好好奇奇，山山水水处处明明秀秀”，前一个字用行书，后一个字用草书，横额是“西湖天下景”。

六和塔建于北宋，是钱塘江上的航标塔，如今为全国重点保护文物。虎跑泉水甜润清新，用杯子盛满泉水，往里面丢硬币，水面上升会慢慢凸出来，最后还能把硬币放在水面上，很好玩。

向导说，尼克松来西湖时，正值早春二月，园林管理局在桃树上喷洒了催化剂，使得杭州城二三天里，千树万树桃花盛开。尼克松高兴地说：“我到了桃红柳绿的人间仙境之中！”据说，当年早开了花的桃树大都没有挂上果子。

杭州山水之美，曾令多少中外名士折腰，也使千万文人放歌。泛舟西湖，携一二好友，若遇春雨濛濛，岸柳飘飞，诗意盎然；或当秋风飒飒，遥望红叶，指点江山，乃人生一大乐事。怎奈此次游湖，盛夏酷暑，时间紧张，车跑船接，景点太多，走马观花而已。

今天我按照分工负责殿后，走到黄龙洞旁，树荫下坐着几个被一位同伴形容为“细皮嫩肉、一尘不染”的当地美女，看见我们这伙高门大嗓、前呼后应，男的行动多大大咧咧，女的不少脸晒黑红的旅游者笑道“学大寨的来了！”我反问她们一句：“学大寨的人不可以游西湖么？”她们赶紧解释说：

“啊哟，我们是学大庆的呀！”

后来，我把这几位美女的评价告诉团里女士们时，有人不服气地说：“我们衣着不比她们差呀，很土么？！”我安慰说：“在河南，在信阳，没有人敢说我们老土；在杭州西湖，我们比她们显得健康！”

7 月 23 日　杭州—上海

吃了早饭，司机陈师傅7点半准时把大客车开到招待所。按照原定计划，要去吴山看看，老陈说，那里今天有外宾参观，不开放，建议到湖滨公园去，我们谢绝了他的好意。团省委向导小曹上车后，汽车就向火车站方向驶去。

街上贴着批判反革命分子某某某的大标语。小曹说，此人原来是中央警卫团战士，退伍后在杭州钢铁厂作基层干部（副支书），“文革”中是一个群众组织的头头，是杭州“四四”政治事件头头之一，一些诗词就是他搞的。另外，所谓的“总理遗嘱”的炮制者是浙江省委宣传部副部长（原省教育厅长），儿子起草，由他加工而成的。事情真相究竟怎样？没有调查，难下结论。此前，我见过这份“总理遗嘱”传抄件，酷似总理的口气及行文风格，最后一句“永别了，同志们，共产主义万岁！”令人不忍卒读。

大家在杭州工艺美术商店，争购一些丝织品画和人像。我选购了一幅毛主席佩戴红袖章向红卫兵挥手的丝织画像，和一幅徐悲鸿题为“风雨鸡鸣”的丝织奔马图。

9 点 40 分，我们登上 108 次快车，下午 1 点到达上海。因为每天有 10 万人来到上海，上海市只有 5 万人的接待能力，《解放日报》内参称之为“人满为患”，国务院转发了此件。我们一行到此，打前站的费尽心机，也只能够为大家先购买离开上海的火车票，凭票可以在火车站附近的北站旅社安排一夜住宿。

安顿下来以后，我和则挺到街上溜达。本想去看看上海工业展览馆，但因为路不熟悉，坐车过了站，只得改道南京路，漫步外滩，夜逛第一百货商店后，回来休息。

在河南就听说，不少上海人把外地人称作“乡下人”，这次领教了。一位团县委书记拿出一斤全国粮票，在食品店买了半斤点心，请售货员找回余下的半斤粮票，一位正在用上海话与伙伴聊天的售货员，突然改用普通话对那位同志说：“真是乡下人，不晓得全国粮票没有半斤的呀？！”实际上，全国粮票不但有半斤的，还有一两二两的。

23日别离杭州，作一首《杭州行》：

灵隐幽，飞峰峻，
武林美景处处春；
孤山秀，虎跑清，
花港观鱼自浮沉；
泛舟西湖荡碧波，
六和塔下话古今；
钱塘潮涌伤往事，
英雄巍峨育新人。

（注：武林，杭州故名；英雄，钱塘江畔有蔡永祥烈士塑像）

7月24日　上海

7点，参观团全体人员坐车到上海工业展览馆参观，不料今天不开馆，随即到中共一大会址纪念馆参观。

中共一大会址是上海20年代的典型民居，两栋砖木结构的两层石库门楼房。一栋是一大代表李汉俊的家宅，另一栋是一大代表在上海的住所——博文女校。

站在中共一大会议桌旁，看着有关一大召开的介绍材料，令人心潮澎湃。

一大是1921年7月23日至8月初在上海举行的。出席大会的有国内各地和旅日共产主义小组的代表12人，他们是毛泽东、何叔衡、董必武、陈潭秋、王尽美、邓恩铭（水族）、李达、李汉俊、张国焘、刘仁静、陈公博、周佛海；另外还有陈独秀指定的代表包惠僧，共13人。

从1921年7月中国共产党诞生之日起，经过第一次国内革命战争、抗日战争和第二次国内革命战争，在长达28年的时间里，千百万革命志士前仆后继，流血牺牲，到1949年10月1日中华人民共和国成立，当年参加建党会议的13位代表，陈潭秋、王尽美、邓恩铭、何叔衡四位为党的事业光荣牺牲；李汉俊脱党后，坚持斗争不幸被军阀杀害；张国焘叛党做了特务，李达、包惠僧、刘仁静脱党，陈公博、周佛海当了汉奸；只有毛泽东和董必武两位走上了天安门城楼，出席了开国大典。真可谓“不到长城非好汉”“吹尽黄沙始见金”。

参观团在一大会址前合影留念，我让纪念馆工作人员在所携带的《工作手册》扉页加盖了一枚“星星之火可以燎原，1921.7.1，中国共产党第一次全国代表大会会址”纪念戳。

从一大会址出来，和则挺一起到虹口公园鲁迅纪念馆参观。浏览纪念馆文史资料，了解鲁迅成长历程，懂得了唐朝诗人罗隐《筹笔驿》“时来天地皆同力，运去英雄不自由”诗句的涵义。

鲁迅祖父周介孚(1838~1904年)，名致福，又名福清，字震生、介孚，号梅仙，浙江绍兴人，1867年中举，1871年进士，先后任翰林院庶吉士、江西金溪知县、内阁中书。1893年回乡发生科场行贿案，被光绪皇帝钦定为“斩监候”，周介孚因此坐了八年牢。1901年被释放回家，1904年1月逝世。鲁迅在《呐喊·自序》一文中讲道：“有谁从小康人家而坠入困顿的吗？我以为在这途路中，大概可以看见世人的真面目。”

在鲁迅一生中，他始终尊为“师”的，只有寿镜吾、俞明震、章太炎三人。甚至在鲁迅的日记里，每次提到南京江南陆师学堂附设矿路学堂总办(校长)的俞明震，均极为尊敬地称为“俞师”“恪士先生”。有人概括说：寿镜吾教鲁迅立身，章太炎教鲁迅学问，俞明震教鲁迅从文。1902年1月，鲁迅以全校第一等第三名的优异成绩从矿路学堂毕业后，与其他四名同学(其中有俞明震的外甥陈衡恪，即著名画家陈师曾陈寅恪)一起，由俞明震带领送去日本留学。鲁迅先学医而后从文，终成一代文豪，俞明震的影响非同小可。

俞家与周家一样，为绍兴望族。俞明震三弟俞明颐和曾国藩家族联姻，俞明震的妹妹嫁给湖南巡抚陈宝箴儿子陈三立，生子陈寅恪。俞明颐长子俞大纯、老二俞启信、三子俞启威。俞启威参加革命后改名黄敬，解放初期任天津市市长，后任城市建设部长，其夫人范瑾，“文革”前的《北京日报》社长，是著名历史学家范文澜的妹妹。

俞明震的三弟俞明颐之子俞大维，当过台湾的“国防部长”，俞大维之子俞扬和蒋经国的唯一女儿蒋孝章成婚，生子俞祖声；俞大维之妹俞大彩，则是傅斯年夫人。傅斯年曾任北京大学校长，1950年1月起，任台湾大学校长。

下午，则挺、谷希英和我一块包乘一辆“华沙”汽车到上海机床厂，车到机床厂，已经下班了。我们只好折回，在上海工具厂找谷希英同学聊了一会儿话，返回旅店。

7月25日 苏州

凌晨2点50分离开上海，4点到达苏州，住苏州地区招待所。

7点半乘车赴著名的吴县越溪公社参观。全国水稻会议最近在苏州召开，越溪公社是全国农业机械化三个先进典型之一，另外两个是大寨和韶山。

越溪公社在太湖边上，公社接待站的同志引导我们坐上一艘水泥机动船，观看太湖畔养殖的“三水”，即水花生、水葫芦和水浮萍，说“三水”可以作为猪饲料和种田绿肥。接着参观了公社机械展览、集体猪栏、鸡舍、羊圈。

下午，到长桥公社龙桥大队参观。龙桥大队1400多人，1043亩地，1975年粮食总产量220多万斤，从1970年到1975年连续六年实现每亩产粮1吨（2000斤），平均每年上缴公粮84万斤，大队集体积累46万元，1975年平均每人分配172元，每个劳动力分配400多元，小队有小电视机，大队有电影机。这里一个农村劳动力，除去粮食、水产、肉类等集体分配，一年的现金分配，就相当于地方国营钢铁厂一个青年工人的全年工资收入！

上午参观的越溪公社，初步实现了农业机械化后，减轻了农民劳动强度，解决了农民干活“四弯腰”，即弯腰拔秧、插秧、薅秧及割稻的大问题；一艘水泥船装上一台5马力的柴油机，可以装运12吨货物。

参观途中大家纷纷议论，全国农村，都能像这些先进典型一样，实现了农业机械化，搞成了大片高产农田，拥有丰厚的现金分配，那该是多么好的事啊！

今天在越溪公社，我作了一首《夸越溪》，以信阳团地委参观团的名义，书写在一张大红纸上，赠送给了公社接待站：

迎朝阳，破碧浪，
太湖沿岸好风光：
“三水”翠，稻金黄，
芦苇青青柳成行，
猪羊鸡鸭栏栏满，
农业机械样样强，
越溪儿女学大寨，
巧手画出鱼米乡！

7月26日 苏州

上午，参观团休息，和几位伙伴一起到拙政园参观。

“上有天堂，下有苏杭”。杭州的名胜多在山水，苏州的名胜多在园林。

楚人伍子胥避难逃奔吴国，帮助公子光刺杀吴王僚，成为吴王阖闾重臣。公元前514年，伍子胥受命主持阖闾大城的选址和规划布局。他将城的结构、位置座向与天象相呼应配合，“阴阳调合、四序顺理、两阳以时、寒暑应气”，开陆门八个以象八风，水门八个以象八卦。“八风”就是八方之风，随季节不同而风向差异。将城墙四周，每边各开二门。四面八方都照顾到，很符合交通原则。东面为娄、匠二门，西为阊、胥二门，南为盘、蛇二门，北为齐、平二门。2500多年来，苏州城一直保留了此种格局。

苏州园林以小巧玲珑著称。走进拙政园，假山小亭、曲径水榭、碧池奇石、名花异草、篁竹垂柳，千姿百态，诗情画意；一步一景，移步换景，景中有景，令人目不暇接。上午，还看了虎丘和怡园，从艺术角度看，不如拙政园。

下午，大队人员坐火车到昆山参观，我留下来料理明天的一些事项。

乘车在苏州市转了一转，整体印象是园林巧夺天工，城区不敢恭维。一些新建的工厂、商店、学校、旅社都很漂亮，但是占据全城很大比例的老式民房，收拾得很干净，难掩衰旧之像。

苏州与其他城市相比较，水陆交通发达，商业设施和工业建筑不多。居民平和安逸，街上乱写乱画少，大字报也不多。

自古江浙一带，水网发达，村镇之内，小桥流水，居民往来，摇船划桨。以前看戏，不论是《伍子胥过昭关》，或者是《岳飞抗金兵》，将军们“上马击狂胡，下马草军书”，豪气冲天，败亦英雄。如今想来，江南地区，气候湿润，不利养马，水多路少，行军打仗，恐怕还是摇船或者步行的多吧。

7月27日 南京

下午3点，乘坐212次快车赴南京，在车上与到昆山参观的大队人员汇合。下午7点到达南京新站，打前站的同志搞了一辆汽车，把大家拉到鼓楼附近的招待所住下。

吃过晚饭，到鼓楼附近广场看大字报，南京的大字报比杭州的热闹得多。杭州大字报主要是批评1975年夏天解决浙江问题的，南京大字报主要指向四月初出现的“反革命政治事件”，矛头直指江苏省委第一书记彭冲和第二书记许家屯。有一张说：彭冲1月15日参加了总理追悼会返回南京，一下飞机就强调：省里各项工作部署，要与中央审定的小平同志所致的悼词精神一致起来！说这是在明目张胆地与《两报一刊》元旦社论唱对台戏。

大字报中有两部分内容，在河南及湖南、浙江比较少见，使人感觉来头不小。

一部分是揭露批判“三项指示为纲”的。说毛主席关于“学习理论、反修防修”“要安定团结”“要把国民经济搞上去”这三项重要指示，是在不同时间、不同场合、针对不同情况先后作出并重申的，老邓将三项指示合在一起，落脚点放在“要把国民经济搞上去”，是典型的修正主义手法，理所当然地遭到毛主席否定：“什么‘三项指示为纲’，阶级斗争是纲，其余都是目”。

另一部分是揭露批判老邓主导的国务院政治研究室炮制的“三株大毒草”，即《关于科技工作的几个问题（汇报提纲）》（后来修改为《科学院工作汇报提纲》）、《关于加快工业发展的若干问题》（简称《工业二十条》）和《论全党全国各项工作的总纲》（未定稿，简称《论总纲》），还有被称为“一支笔”的某大秘书检讨揭发内容的材料。

有些大字报的落款是工青妇组织，有的落款是党委会。有的大字报作者似乎懂点军事，所写文章与一般舞文弄墨的秀才们不同。

看过大字报回来的路上，想到了苏东坡“高处不胜寒”的诗句。对于我们这些在基层工厂、农村、机关工作的人来说，上层的事情永远搞不明白，切实做好自己的工作，平安无事就好。

7月28日　南京

参观团买好了当天晚上8点的返程火车票，所以在南京活动的时间就只有一个白天了。

上午，乘车到南京长江大桥游览。巍巍大桥，跨江耸立，很有气派。这是我国自行设计、自己制造、自己施工的争气桥、志气桥。

看过长江大桥，汽车驶向中山陵。先到廖仲恺何香凝夫妇墓前停了一下。作为国民党元老、左派领袖的廖仲恺，坚定不移地奉行孙中山提出的“联俄联共扶助农工”三大政策，密切地同中国共产党人合作，支持工农革命运动，推动了国民革命发展。他也因此被中外反动势力视为眼中钉。1925年8月20日上午，廖仲恺携夫人何香凝乘车前往国民党中央党部开会，竟在戒备森严的中央党部（惠州会馆）门前惨遭杀害。史载：1925年9月1日，廖仲恺出殡时，广州黄埔军校师生、工人、农民、市民群众等二十多万人参加。他的遗体暂厝于广州驷马岗他的好友朱执信的墓侧。1935年9月1日，国民政府将其迁葬于南京紫金山中山陵侧。1972年，人大常委会何香凝副委员长逝世后，按照她的遗愿，与廖仲恺先生合葬；“廖仲恺何香凝之墓”碑文，由儿子廖承志题写。墓区布局对称严谨，气势恢宏；墓道的两侧广植龙柏、青松，显得十分庄严肃穆。有一种树正盛开红花，询问何树？有人说是紫槐。

汽车又驶向明孝陵即朱元璋墓、灵谷寺，最后在中山陵停下了。中山陵高大气派，依山势而建，由南往北沿中轴线逐渐升高，主要建筑有博爱坊、墓道、陵门、石阶、碑亭、祭堂和墓室等，排列在一条中轴线上，体现了中国传统建筑的风格，从空中往下看，像一座平卧在绿绒毯上的“自由钟”。融汇中国古代与西方建筑之精华，庄严简朴，别创新格。

一些同志在中山陵拍照留念，天气太热，旅途劳顿，我只是上上下下，走走看看。

下午3点，全团乘车到南京雨花台参观。

雨花台是国民党反动派当年屠杀共产党人和革命志士的刑场。新中国成立以后，在此地修建了高大的烈士纪念碑，上有毛泽东主席亲笔书写的“死难烈士万岁”碑文。

雨花台上布满了烈士墓，建有烈士纪念馆。馆内展示了包括恽代英、邓中夏、夏明翰等革命烈士遗物和事迹介绍。恽代英在狱中写了一首诗：“浪迹江湖忆旧游，故人生死各千秋，已摈忧患寻常事，留得豪情作楚囚”。大意是（苏译）：我在敌人这黑暗的监狱中，想起多年来的激战，思绪万千；忆及曾经斗争过的地方，心驰神往。我的战友们，有的已经热血洒尽，含恨九泉；有的正出生入死，南北转战。我早已经将生死置之度外，即是作了阶下囚徒，也仍然豪情满怀，雄心不已。尚能生存，我要坚持和敌人战斗；如果牺牲，我一定笑赴刑场！

雨花台曾经是优美的风景区，今天经过修整，更加郁郁葱葱。这里美丽晶莹的雨花石，据说是试金石。我认为，这个千百烈士碧血挥洒的雨花台，乃是革命与反革命、真革命与假革命的试金石！到此瞻仰烈士纪念碑、烈士墓，参观烈士纪念馆，就是上了一堂生动的革命传统教育课。

烈士回眸应笑慰，擎旗自有后来人！

7 月 28 日夜～ 29 日　南京—郑州

晚 8 点，火车徐徐离开南京新站，我们一行取道郑州，踏上了归途。

灯火辉煌的长江大桥从窗外略过，同志们三三两两的议论这次南行参观。我也抓紧时间做一个小结。

鲁迅先生常把别人用来喝咖啡休息时间，挤出来学习和工作。我辈不才，也常将人家笑谈玩耍时间，挤出来看书学习，或写点东西。也经常一天睡不了几个小时。这篇《南行散记》就是参观途中挤时间写的，尽管零散粗糙，毕竟发自心声。

这次南行，一路所见，眼界大开，感触不少。批邓搞得各处不亦乐乎，工商交通混乱。江南农村形势却还不错，夏粮又获丰收，许多曾经很古老破旧的城市，正在迅速的改建更新。

从几个城市的大字报看社会动向，听到了一些议论。“走资派还在走”，工作却不敢抓。各地都有无政府主义的现象，群众不满意，干部不满意，大多数人不满意。有些大字报显示出作者思想上的形而上学。有的地方工业生产、发展速度不快。有的城市应该加紧整修，早日旧貌换新颜。

对于干部，特别是青年同志，应当加强马列主义、毛泽东思想教育，使之进一步提高思想水平、理论素养，不断适应工作需要。

7 月 29 日　郑州

早晨 8 点到郑州，在花园路旅社信钢办事处放下东西，到附近的省委大门前看大字报。郑州的白派和花派正忙于打内战，有的神气十足的文章，比起江浙同类文章来，质量低下，如同旧社会的三流小报。

7 月 30 日

早晨 6 点 49 分，坐 111 次快车，中午 11 点回到明港。

南行后记

（2018 年 7 月 3 日）

1976 年 7 月 17 日 ~30 日，我应邀随信阳团地委参观团南行之后，还发生了一些与之相关的事情。

1976 年 8 月 18 日，是毛主席接见红卫兵十周年纪念日，“信阳地区隆重纪念毛主席接见红卫兵十周年大会”在市人民广场召开，中共信阳地委副书记许强在大会上的讲稿，是我起草的。大会结束后，团地委几位办会人员步行返回机关途中，我忽发奇想说道：“我们今天在台上召开大会纪念红卫兵运动，十年后会不会下台成为阶级敌人？”

有人当即斥责：“你个乌鸦嘴，怎么说出这样的话！”

事实不幸被我这个乌鸦嘴说中了。

粉碎“四人帮”不久，各单位开展“揭批查”清理“三种人”，我是钢铁厂“揭批查”办公室的工作人员。

信阳团地委班子被“翻烧饼”（撤换）了，地区专案组两位同志到钢铁厂来，要我揭发他们的“罪行”。

我说：“知道他们出事了，我极为震惊。与之交往几年，咋就没看出来他们竟然是坏人！”

专案组说：“你认真想想，你们到上海参观期间，与‘四人帮’人员有什么接触活动？”

我说：“一帮子县社团干，拿着河南团省委的介绍信路过上海，能联系上‘王张江姚’在上海的干将？真要是高攀上了，我们又何必依靠提前购买离开上海火车票的办法，在车站附近做一夜‘甜酒’呢？！”

“做甜酒”是信阳土话，意思是无处睡觉，随便找个地方，如同农民做甜酒那样，将自己包裹起来糊弄一宿。

专案组严肃地说道：“组织上已经掌握了他们大量问题，你到现在还觉得他们是好人吗？”

我解释说：“自己是被借调到团地委工作的，以前并不认识他们。接触了以后才知道大家都是1948年出生的人，被人戏称为团地委‘5只老鼠’之一。我们有着相同的文化知识与知青经历，经过一二年的交往而逐渐熟悉。组织上掌握的东西，我不清楚。我不能胡乱揭发。假如他们罪大恶极判了死刑出不来了还好说，要是死不了再放出来，我将何以面对同龄人？！”

专案组见我态度强硬，就向厂党委书记李克诚查询。李书记说：“这个‘以工代干’的秘书虽然还没有入党，却能够维护党委的权威，关键时刻敢于站出来说话；他性格直爽，为人不错。”见有党委书记担保，专案组也就不再问我了。

当时对70年代入党提干的人，统称为“双突”人员，不少单位给予他们撤销职务及党籍的处分。地区有关部门也要求信钢照办，却被这位当年随刘邓大军挺进大别山的李书记顶住了。他说：“信钢1971年建厂，没有历史积案。每个人情况不同，处理起来应该慎重，不能一刀切。厂里的年轻干部与党员，大都是从农村招来的下乡或者回乡知青，经过这几年锻炼培养，均由下面支部研究、厂党委批准提拔起来的。动乱时期他们坚守工作岗位，没有发现与‘四人帮’有什么牵连。稀里糊涂地把他们的职务党籍作废，对厂里没有好处，还影响他们今后的前途。”

不久，李克诚调任信阳地委副秘书长，又转任组织部副部长。信阳钢铁厂的老同志们至今提起此事，还说李书记真不容易。

1996年秋天，在省城参加一位老朋友孩子婚礼，当年信阳团地委几位老伙计重逢。席间，有人提起了20年前我说的那句怪话，说这家伙有点像算卦仙儿！还有人说：“早在1975年，他就曾经为谁能登上‘大位’算过一卦呢！”

那其实是一次闲聊。当友人问我，如果老人家不在了，现在的哪位可能接班？我想了想说：“河南去的那位‘老朋友’不行。”他说：“你怎么就断定他不行？”我说：“一是‘老朋友’头上没毛，又戴着眼镜，标准像挂出来不好看。二是不厚道。宰相肚里能撑船，我从传达下来的一些文件中感觉到，他身居高位，批评人不留情面，语言尖刻。”再问：“你认为谁可能上位呢？”我说：“大国领袖，形象要好，为人忠厚。应该是左右两派人士都能够接受的人，具体是谁不好说。”

还有一个当时没有意识到的问题，“老朋友”大半生在地方工作，与军队结缘少。当年的八大军区司令，有七位在战争年代曾经在老邓麾下效力，所以他一出山就敢于整顿军队。“没有一个人民的军队，便没有人民的一切”，指挥不了军队的人，怎么能够指挥一切呢？

1984 年秋天我结束了 12 年的“以工代干”生涯转干，1985 年春天入党，年底被借调到省冶金建材厅办公室。1986 年 6 月，我到信阳地委组织部转办组织关系时，一位科长感叹道：“人才啊，又上调走了！”

我解嘲说：“本人在信阳地区学习下乡工作 24 年，怎么一走就成了人才呢？”

如今年已 70 岁的我，每每回忆起 40 多年的秘书生涯，有一明显感受：在一个单位里，总是有人干、有人看、有人等着提意见。越是经济不发达的地方，领导机关小农经济思想越容易占上风，以邻为壑，不思进取，小富即安。一些格局不够大、心胸不很开阔的领导者，喜爱“武大郎开店——个高的不要”，容易以人划线，排斥异己。在“以阶级斗争为纲”的年代，运动来了大搞派性争斗，相互死掐，弄得“洪洞县里没好人”，使得上级经常下派工作组，动辄“翻烧饼”。还有一个现象，不论上面开展什么运动，本单位挨整的“运动员”，总归是那些不善于拉关系、工作没有少干、好处没多得之人，一些自命清高、爱讲怪话的知识分子，大抵会首当其冲。

今天的中国，正在昂首阔步走进新时代。我们这一代人都已经退休，老伙伴街头散步，见个面极为亲热，偶尔谈及过去的事情，也早已云淡风轻。

茅台与红军

（2017 年 6 月 27 日）

6 月中下旬，单位组织老同志赴贵州参观学习，到遵义会议会址重温党史，面对党旗再宣读入党誓词，很受教育。

地处云贵高原的贵州，面积 17.6 万平方公里，与河南省的面积相近，居民中有 49 个民族。

贵州许多少数民族菜系味道多酸辣，起源于生活在崇山峻岭之中缺盐。贵州不产盐，过去交通闭塞，依靠一条赤水河往下运酒，往上运盐，历史上贫困山区的居民大都是难以买到盐巴的。

当年在大别山做知青时，我听深山里一位老农民讲过，有一年过年杀了猪，到山下怎么也买不到盐，只好用往年的腌菜酸水代替盐，做出来菜实在不是个味道。

新中国诞生以来，随着国家对少数民族一系列优惠政策的落实，云贵高原崇山峻岭修水库、筑公路、建铁路，以酸水代盐巴的悲惨历史一去不复返了。近年来修通了高速公路、高铁，完善了农村电网改造与网络建设，移民搬迁，精准扶贫，申报成了世界自然与文化遗产，昔日交通闭塞、经济文化落后的少数民族地区的绿水青山，成了内外闻名、游客纷至的旅游胜地，脱贫致富的金山银山。

位于仁怀市赤水河畔的茅台镇，是川黔水陆交通的咽喉要地。

贵州平均海拔 1100 米，最低 170 米，最高 2900 米，年降雨量 3000mm。茅台镇海拔 400 米，被群山包围，赤水一河穿过，终年潮湿，气候冬暖夏炎。夏季气温高达 40 度，适宜发酵造酒，当地酒厂以麦子制麯，用高粱（俗称酒沙）造酒。夏季暴雨，山洪滚滚，河水浑如泥浆，赤水河由此得名。秋冬季节，河水清冽，宜于酿酒，故有“端午制麯、重阳下沙”之说。据说，当地所产高粱造酒，可沥酒八次，酒香醇厚；别地的高粱一般只能沥酒二次。

6 月 22 日我们参观贵州茅台酒文化园，了解到茅台酒制造工艺与发展历史；23 日赴遵义会议革命历史纪念馆参观学习后，验证了一些传说。

以前，有资料说当年红军经过茅台镇，购买或征收了很多茅台酒，在以后的长征路上发挥了很大作用。

实际上，由于蒋介石亲自指挥 30 万中央军和地方军阀部队对红军围追堵截，遵义会议之后，中央红军在毛泽东、周恩来、朱德领导下，于 1935 年 1 月 29 日一渡赤水河。由于土城一战不利，红军即于 2 月 18~29 日二渡赤水。毛泽东为了取得战略主动，给老蒋制造红军要再次北渡长江的假象，又于 3 月 16 日从茅台渡口第三次渡过赤水河，引诱孙渡滇军出滇后，果断指挥红军于 3 月 22~24 日四渡赤水河，绕过昆明，巧渡金沙江，跳出了严密的军事包围圈，使红军转危为安。

试想，在稍纵即逝的危机关头，部队随时有可能被 30 万强敌分割吃掉，开往哪里、何时突破包围，均未可知，3 万红军将士怎么可能不顾安危，匆忙在茅台镇购买或征购大量的白酒、背着坛坛罐罐行军打仗？战争年代缺医少药，高度白酒用做医疗消毒，乃至将鸦片当做麻醉剂使用，都是实情。说多备些茅台酒在过雪山草地时用，是后人的联想。毛泽东有一句名言：“共产党人不是算命先生”。须知，三渡赤水之后，还有四渡赤水、巧渡金沙江、强渡大渡河，哪一仗都面临生死关头啊！

在茅台酒文化园中，展示了一张毛泽东主席 60 年代宴请柬埔寨西哈努克亲王的巨幅照片，在主人与客人之间赫然摆放着一瓶茅台酒。

民间私人宴请，酒瓶放在桌上，主人会亲自把酒以示亲热。众所周知，毛泽东喜欢辣椒，爱喝茶却不善酒。1946 年赴重庆谈判时期，一些达官贵人向他敬酒，就是周恩来代饮的。西哈努克亲王讲法语，吃西餐，一副法兰西绅士派头，对于香槟或白兰地的兴趣要远大于白酒。所以，在毛泽东宴请西哈努克时摆放高度白酒的可能性不大，况且国宴大都是由服务员斟酒，摆放一瓶茅台酒在主宾之间照相，显然不符合毛泽东的性格。现代摄影加工艺术巧妙，人们有理由怀疑这张照片的真实性。

青铜峡游记

（2018 年 8 月 14 日）

8 月 14 日，与几位老友乘船畅游了黄河上游的最后一道峡谷——青铜峡。

从水库大坝乘船溯流而上，一边欣赏雄浑的贺兰山、牛首山及 108 塔风光，一边听导游介绍青铜峡的历史传说，中途下船游览了近年修建的大禹文化园。

黄河流经青铜峡市 58 公里，年过境水量 400 亿立方米，引黄灌溉条件得天独厚。自秦汉以来先后开掘的秦渠、汉渠、唐徕渠等九大干渠，均从青铜峡境内引出，成为“天下黄河富宁夏”可靠的水力资源。

新中国修建的青铜峡水库，是一座以灌溉、发电为主，兼顾防洪、防凌等多种效益的综合性水利枢纽工程。水库于 1958 年 8 月开工，1960 年 2 月截流，1967 年第一台机组发电，1978 年竣工。1986 年设立青铜峡水库湿地鸟类自然保护区。

水库建成后，高峡出平湖。60 年来形成了各类风景，成为接待国内外游客的著名游览区。

与贺兰山、牛首山相对形成的青铜峡，曾经是古代丝绸之路的重要通道。导游指着牛首山头道沟上一座石头废垒说：那是土匪遗留下的瞭望台，一旦发现商旅驼队出现在峡口，就向匪巢发出准备劫持的信号。可见常年奔走于丝绸之路上的商旅，充满了艰辛。

上古时代，洪水泛滥，先民坚持与洪水搏斗，拓展生存空间，实现繁衍发展。大禹，是中国历史上最早向自然宣战并取得辉煌成就的第一人，是中国第一个奴隶制国家的创始人，也是华夏文明的始祖之一。大禹治水三过家门而不入的故事，自古以来广为流传。青铜峡留下了当年大禹神斧劈山、疏导洪水的传说。黄河山西段有大禹劈开的龙门，河南段大禹劈开的有三门峡，浙江绍兴有会稽山、大禹陵。传说大禹制伏洪水后，登上茅山，“会稽天下”，对参与治水人士论功行赏。茅山从此被称为会稽山。大禹去世以后，被安葬在会稽山上，今存“禹庙”“禹穴”“窆石”。“窆”[bi ǎ n] 为下葬之意，相传此石是大禹下葬所用的工具。形若秤砣，顶有穿孔，是禹庙的镇庙之宝。

广阔的华夏大地，大禹究竟到过多少地方？至今难数。大禹死后，其子启终结了上古时期君王禅让制，建立了夏王朝，则有文字记录。

据《竹书纪年》记载，从夏朝第三任君主太康开始，到夏桀皆以斟鄩（zhēn xún）为都 。其位置在洛阳盆地洛州巩县西南 58 里处。1959 年夏，中国著名考古学家徐旭生先生率队在豫西进行“夏墟”调查时，发现了二里头遗址，并初步确认为夏代中晚期都城斟鄩的遗址。今天河南省有禹州、登封有启母阙、阳城等文物及地名留存。按照当时的生产力水平，大禹一生活动范围，应该在黄河中下游一带。

青铜峡大禹文化园建筑风格为仿汉代建筑，总体布局分为“一核”“一轴”“两翼”。“一核”为水路交通转换核；“一轴”为建筑景观中轴线，这一轴线上建有码头、广场、牌楼、入口大门、钟楼、鼓楼、明堂、大殿；“两翼”作为主轴上建筑与文化延伸及视觉延伸，建有河图洛书、九州苑、大禹雕像。整体建筑高度由西向东逐级增高，高差 31.05 米，形成错落有序的布局。

大禹治水，英勇不屈，百折不挠，激励了一代代中华儿女。这座层层叠叠的大禹文化园，耸立在黄河上游青铜峡下，供人参观凭吊，有益于弘扬中华传统优秀文化。

新中国成立以来，在开展大江大河治理工程中成效巨大，有经验，也有教训。

1954 年 4 月，国家计委成立黄河规划委员会，在苏联专家组的指导下，编制黄河流域规划；中央决定将三门峡枢纽大坝和水电站委托苏联设计。年底，《规划报告》出台，仅用了 8 个月的时间。1958 年 11 月 25 日，三门峡工程开始黄河截流。1960 年 6 月，坝筑到了 340 米，已能够拦洪。同年 9 月，实行关闸蓄水拦沙。不料水库投入使用不到一年，渭河流域淤积了大量泥沙，河床抬高，大片良田浸没，土地迅速盐碱化，危险直逼古都西安。迫于无奈，只好降低水位，拆除 15 万千瓦发电机组，改装 5 万千瓦小机组。同时打通了排水洞，以泄泥沙。

黄河小浪底水利工程1994年9月主体工程开工，1997年10月28日实现大坝截流，1999年底第一台机组发电，2001年12月31日全部竣工。坝址控制流域面积69.4万平方公里，占黄河流域面积的87.3%。水库总库容126.5亿立方米，长期有效库容51亿立方米。工程以防洪、减淤为主，兼顾供水、灌溉和发电，蓄清排浑，除害兴利，综合利用。水电站总装机容量156万千瓦。小浪底水利工程建成后，解决了多年以来黄河枯水季节下游断流问题。

长江经过几十年综合治理，已经先后建成葛洲坝、二滩、长江三峡、溪洛渡等水利枢纽工程。其中，葛洲坝水电站总装机容量271.5万千瓦；二滩水电站总装机容量330万千瓦；长江三峡枢纽工程水电站安装了单机容量70万千瓦机组32台，总装机2240万千瓦；溪洛渡水电站总装机容量为1260万千瓦。

随着水电、核电、风电、太阳能等逐步扩大，国内长期以来以燃煤为主的发电机组大幅度压缩，目前运行的机组都已按照环保政策标准，予以改造及建设；30万千瓦及以下燃煤发电机组，已经基本关停，对60万千瓦机组建设实行限制，燃煤发电主体大多是100万千瓦及以上的机组。

60多年来，中国电力工业迅猛发展，举世瞩目，电网遍布边疆高原、城市农村，为国防军工、经济建设、社会生活提供全方位服务。

今天游览之处，被当地命名为108塔游览区。我原以为108是个保密单位，弄了半天才知道是黄河岸边有一片108座和尚墓塔，目前还为究竟是喇嘛塔或是西夏佛塔存在争论。

为什么不称之为黄河青铜峡风景游览区，而非要借助于冢中的和尚喇嘛招牌吸引游客？实在也是一种文化不自信的表现。

宁夏印象（上）

（2018 年 8 月 20 日）

8 月中旬，我随老同志参访团赴宁夏参观学习，瞻仰了六盘山中国工农红军将台堡会师纪念碑与纪念馆，实地考察了固原须弥山石窟、中卫沙坡头、银川沙湖、黄河青铜峡、回乡文化园、贺兰山岩画、西北镇影视城与水洞沟人类考古遗址等处，收获不少，感触良多。

六盘山脉横贯陕甘宁三省区，既是关中平原的天然屏障，又是北方重要的分水岭，黄河水系的泾河、清水河、葫芦河均发源于此。我们常说的六盘山，是位于固原原州区境内六盘山脉的第二高峰，海拔 2928 米。固原是古丝绸之路的通道，也是宗教东传的必经之地，历史上先后有佛教、道教、伊斯兰教、基督教、天主教传入固原。

红军长征，是对中国共产党及其领导下的工农红军的一次严峻的磨难与考验，长征精神是中国人民对世界文明的一项伟大的贡献。埃德加·斯诺说，长征在人类历史上是无与伦比的，是一次震撼世界的行军。2000 年，美国《时代》周刊把长征评选为一千年来影响世界的大事之一。

毛泽东在 1971 年视察南方讲话中说："长征前红军三十万，到陕北剩下二万五千人。"

其中，中央红军由 1934 年 10 月出发时的 8.6 万人，湘江血战后锐减到 3 万余人。遵义会议时，中央红军的兵力总数为 3.7 万余人。1935 年 6 月，中央红军翻越雪山夹金山后，于四川懋功地区与红四方面军会师，此时，中央红军人数已减少至 2 万余人。1935 年 9 月，在张国焘企图危害中央的情况下，中共中央为贯彻北上方针，避免红军内部可能发生的冲突，决定率领红一方面军的红 1、红 3 军（原第 1、第 3 军团）编为陕甘支队北上。编为左路军的红 5、红 32 军（原第 5、第 9 军团）尔后随红四方面军行动。据《彭德怀自述》回忆，当时编为陕甘支队的红1、红3军计1.4万余人。1935年10月，陕甘支队到达陕北吴起镇时的兵力总数为7000余人。

1935年10月7日，毛泽东、张闻天、王稼祥率领红军指战员刚刚取得了青石嘴对敌战斗的胜利，意气风发地登上了六盘山。望着山下随风飘展的红旗，心潮澎湃，满怀激情，不禁吟道："天高云淡，望断南飞雁，不到长城非好汉，屈指行程二万！"

毛泽东看到的长城，是战国时期秦国抵御匈奴人的秦长城。我们前天经过了甘肃平凉境内古箫关遗址，也就是盛唐边塞诗人王昌龄《塞下曲》"蝉鸣空桑林，八月萧关道"中的箫关。

红一、四方面军1936年10月9日在甘肃会宁会师之后，10月22日，红二方面军总指挥贺龙、政委任弼时、副政委关向应和随二方面军行动的红军参谋长刘伯承率领总部及第2军团官兵同红一方面军第1军团(时属西方野战军)代理军团长左权、政委聂荣臻、政治部副主任邓小平及所部2师(师长杨得志、政委肖华)官兵在将台堡胜利会师。10月24日，邓小平在将台堡向红二方面军营以上干部传达了瓦窑堡会议精神和毛泽东《论反对日本帝国主义的策略》，并作了统一战线和回民问题的报告。

鉴于将台堡是红军长征最后会师地，中央办公厅[1996]13号文件指出：经中央同意将10月22日定为红一、二、四方面军胜利会师纪念日，即将台堡会师纪念日。

2017年3月，将台堡被中宣部命名为全国爱国主义教育示范基地。

走出将台堡红军会师纪念馆，我向年轻的纪念馆解说员建议：应该读一读毛泽东1935年12月27日在瓦窑堡会议报告即《论反对日本帝国主义的策略》中，对长征的那段精彩论述：

"讲到长征，请问有什么意义呢？长征是历史上的第一次，长征是宣言书、长征是宣传队、长征是播种机。自从盘古开天地，三皇五帝到如今，历史上曾经有过我们这样的长征吗？十二个月光阴中间，天上每日几十架飞机侦察轰炸，地下几十万大军围追堵截，路上遇着了说不尽的艰难险阻，我们却开动了每个人的两只脚，长驱二万余里，纵横十一个省。请问历史上曾经有过我们这样的长征吗？没有，从来没有的。"

我说，讲述红军长征故事，离不开讲述毛泽东的历史功绩；评价长征的历史经验，毛泽东总结得更为科学、更为精彩。

习近平总书记2016年9月23日在中国人民革命军事博物馆参观“英雄史诗　不朽丰碑——纪念中国工农红军长征胜利80周年主题展览”时强调，“红军长征胜利，充分展现了革命理想的伟大精神力量”“我们要铭记红军丰功伟绩，弘扬伟大长征精神”。

我说，将毛泽东和习近平对红军长征的论述贯穿起来讲，就说透了红军长征的历史功绩与现实意义，说透了新时代共产党人“不忘初心，牢记使命”，率领全国人民开展新长征的继承发展的辩证关系。

讲解员连说：谢谢老师指点！

近些年来，我先后到过韶山、长沙、延安、上海、广州、遵义、井冈山、大别山、太行山等地，参观过众多革命纪念馆和爱国主义教育示范基地，很受教育。也感到一些讲解员水平参差不齐、讲解内容不甚准确，有的甚至讲一些庸俗低俗媚俗的奇闻异事，乃至封建迷信传说，实在是有损于革命前辈的英雄形象，背离了社会主义核心价值观，更贻误青少年的健康成长。

西海固是宁夏南部的西吉、海原、固原、隆德、泾源、彭阳等六个国家级贫困县的统称。这里海拔较高，全年无霜期短，降雨量大大小于蒸发量，因而水源奇缺。由于流水切割及千百年来的盲目垦植，水土流失严重，除少量河谷川台外，大部分地方生存条件极差，各种自然灾害频仍，1972年被联合国粮食开发署确定为最不适宜人类生存的地区之一，是国务院确定为重点扶贫的三西地区之一。

须弥山石窟，中国十大佛教石窟之一，位于固原西北55公里寺口子河(古称石门水)北麓的山峰上。石窟最早开凿于北周(557~581年)时期，和敦煌、龙门石窟一样，最繁荣的时期是唐代。1920年12月16日固原县和海原县发生的里氏8.5级特大地震，破坏程度相当于1200个投向日本广岛的原子弹。众多佛像被震毁，石窟遭掩埋。近年来一些石窟及佛像得以修复，对外开放。

须弥山现存石窟150多座，分布在连绵2公里的8座山峰上，第5窟(大佛楼)是一座巨大的摩崖造像龛。龛内倚坐佛像高达20.6米，是现存可数的唐代大佛像之一。这些菩萨像多为一手提瓶的袒臂露脐的女性形象，身着天衣，胸挂璎络，腕配环钏，面貌端丽，姿态秀美。女性以胖为美的唐代，有“宫娃如菩萨”之说，其实是“菩萨如宫娃”，这是佛教雕刻艺术中现实主义的部分，给人以美的享受。

古老的黄河野马般地奔腾着穿山越谷，经黑山峡一个急转弯流入宁夏的中卫境内。这一个急转弯，使黄河一改往日的汹涌成为文静秀美的少女，平静缓流，滋润两岸沃土，造就了一个神奇的自然景观——沙坡头。沙坡头，位于中卫县城西 20 公里处的腾格里沙漠南缘，黄河北岸，乾隆年间因在河岸边形成一个宽 2000 米、高约 100 米的大沙堤而得名沙陀头，讹音沙坡头，是全国二十个治沙重点区之一。

沙坡头集大漠、黄河、高山、绿洲为一处，具西北风光之雄奇，兼江南景色之秀美。有中国最大的天然滑沙场，有横跨黄河的“天下黄河第一索”，有黄河文化代表古老水车，有黄河上最古老的运输工具羊皮筏子，有沙漠中难得一见的海市蜃楼。游客可以骑骆驼在腾格里沙漠行走，可以乘坐越野车沙海冲浪，咫尺之间可以领略大漠孤烟、长河落日的奇观。

黄河从中卫北上到银川的一段冲积平原——卫宁平原得黄河灌溉之利，土地肥沃，物产丰饶，素有“鱼米之乡”的美誉，中卫是“世界枸杞之都”“中国硒砂瓜之乡”。

银川是历史悠久的塞上古城，史上西夏王朝的首都，是国家历史文化名城，民间传说中又称“凤凰城”，古称“兴庆府”“宁夏城”，素有“塞上江南、鱼米之乡”的美誉。城市综合竞争力跻身全国百强，荣获全国文明城市、国家节水型城市、国家卫生城市、国家园林城市、国家环保模范城市、中国人居环境范例奖等殊荣，被评为“中国十大新天府”。

在宁夏平原，汩汩的黄河水与河岸仅一米落差，当地引黄灌溉农林业的余水，流入了银川以北 42 公里的平罗县境内的沙湖。

沙湖，以其独特秀美的自然景观和得天独厚的旅游资源，吸引着国内外络绎不绝的游客到此观光。我们此行，也泛舟沙湖，见水天一色，沙围着水，水环着沙，芦苇婀娜，白鸥飞还，放眼西眺，贺兰山脉，重峦叠嶂，心旷神怡。

宁夏印象（下）

（2018 年 8 月 20 日）

15 日，我们到了岳飞著名的《满江红》词中“驾长车，踏破贺兰山缺”的贺兰山口。

贺兰山是我国一条重要的自然地理分界线，对银川平原发展成为“塞北江南”有着显赫功劳。贺兰，蒙语，意为奔驰的骏马。

导游说，贺兰山是我国河流外流区与内流区的分水岭，也是季风气候和非季风气候的分界线。山势的阻挡，既削弱了西北高寒气流的东袭，阻止了潮湿的东南季风西进，又遏制了腾格里沙漠的东移，东西两侧的气候差异颇大。

贺兰山还是我国草原与荒漠的分界线，东部为半农半牧区，西部为纯牧区。

贺兰山口地处贺兰山的东麓，海拔 1448 米，山势陡峭，怪石嶙峋，山巅沟畔常有云雾缭绕，充满魅力。沿此山沟北上，即是阿拉善左旗。前几天一场大雨，山洪将峡谷中道路冲毁，游客只能在山口岩画附近观光游览。

阿拉善旗在民国时期划入宁夏省，新中国成立后先后归宁夏、甘肃省、内蒙古自治区管辖。1979 年 5 月 30 日，中共中央、国务院决定恢复内蒙古自治区 1969 年 7 月以前的行政区划，甘肃省所辖的额济纳旗和阿拉善右旗、宁夏回族自治区所辖的阿拉善左旗，从 1979 年 7 月 1 日重新划归内蒙古自治区。

导游指着贺兰山口一处石垒说，那是明代长城烽火台遗址。

银川，西夏时期称为兴庆府、中兴府，是西夏的国都。西夏的祖先党项族原居四川松潘高原，唐朝时迁居陕北。因平乱有功被唐帝封为夏州节度使，辖境约当今陕西省大理河以北红柳河流域及内蒙古自治区杭锦旗、乌审旗等地。北宋时期，夏州李继迁不愿投降而采取联辽抵宋的方式，陆续占领兰州与河西走廊地区。宋宝元元年(1038年)李元昊即夏景宗称帝建国。因其在西方，宋人称之为西夏。西夏从1038年至1227年，历经十帝，189年。

1206年，漠北的蒙古国崛起，成吉思汗的铁骑六次入侵西夏，先后拆散金国与西夏同盟，让西夏与金国自相残杀。西夏内部也多次发生弑君、内乱之事，经济因此趋于崩溃。1227年，西夏末帝李晛[xiàn]投降蒙古。成吉思汗不久在六盘山下病逝，其子拖雷秘不发丧，并尊父遗愿杀掉李晛，随即在中兴府屠城，二百年西夏建筑、文物典籍付之一炬。蒙古灭西夏后，于元至元二十四年（1287年）设宁夏府路，始有“宁夏”地名。

据介绍，在距今3万年前，宁夏境内就有了人类活动，他们在贺兰山一带繁衍生息，创造了以贺兰山岩画为代表的原始造型艺术。宁夏岩画遗存丰富，先后发现了5个岩画区，其中尤以中卫大麦地岩画和贺兰山岩画出名。

贺兰山口岩刻，是整个贺兰山岩画群中最为重要的一处。站在沟口，600多米的乱石滩从脚下延伸开去。山崖的峭壁上、卧石的平面上，到处可见凿刻或磨制的岩画，其中大部分是各种稀奇古怪的人面像，还有的就是马、牛、羊、驴、鹿、鸟、狼等动物图形。

贺兰山口外一个历经5年、投资2000多万元、主体建筑面积超过4000平方米的银川世界岩画博物馆，于近年建成，对外开放。博物馆分为世界岩画、中国岩画、贺兰山岩画等5个展厅，精选了世界各地具有代表性的岩画图录、拓片、照片、实物和复制品，共计547件。这些展品，集中展示了全世界30个国家、200多个岩画点的精彩内容。其中还有对世界和中国著名岩画专家及其研究成果的介绍。据悉，银川世界岩画馆是中国唯一的岩画专题博物馆，也是目前世界上规模最大的岩画博物馆。

位于银川市灵武临河乡的水洞沟遗址博物馆，外形仿在此出土的名为石核的石器建造而成，建筑面积4308平方米，以大型雕塑、超大型半景画、幻影成像、实景、文物等展示形式，结合世界最先进的声、光、电等技术，再现了3万年前远古人类生产、生活和灾难骤起被迫迁徙的活动场景，开创了中国博物馆展示形式的先河，馆内包含目前国内“面积最大”的室内观众介入式动感体验区，其多项专利技术填补了国内外空白。

在水洞沟遗址附近有一道不起眼的峡谷，峡谷外是明朝的屯兵城堡——红山堡，可驻有三百多名军人。红山堡大峡谷悬崖上的一个个黑洞，就是著名的“藏兵洞”，所谓藏兵洞，是守军由地上转入地下隐蔽起来，保护自己，待机出击；洞内设有陷阱机关，可以诱敌入洞，聚而歼之。据说，这是目前全国唯一保存完整的古代立体军事防御体系。

明朝末年，李自成率起义军攻破北京，崇祯皇帝吊死在景山的歪脖树上，吴三桂引满清入关。

康熙皇帝有一段不修长城的名言：“秦筑长城以来，汉、唐、宋亦常修理，其时岂无边患？明末我太祖统大兵长驱直入，诸路瓦解，皆莫能当。可见守国之道，唯在修德安民，民心得而邦本固，而边境自安，所谓‘众志成城’者是也。如古北口、喜峰口一带，朕皆巡阅，概多损坏，今欲修之，兴工劳役，岂能无害百姓？且长城延袤数千里，养兵几何方能分守？”

实际上，当时的新疆、西藏、内外蒙古，都已经进入大清王朝的版图，明朝所修的万里长城已经失去了原来的军事防守价值。满清贵胄们所渴望的，是几亿汉人与回藏苗僮各族民众对大清帝国统治的认可。多尔衮统帅12万八旗军入关（其中满军不过7万，汉军2.6万，蒙军2.4万），经过与李自成起义军队及南明势力的鏖战拼杀，损失不小，加上要拱卫京师、镇守全国1000多万平方公里国土，已经相当吃力了。

据统计，2018年年初，宁夏回族自治区人口682万人，其中回族人口占35.7%，汉族人口占60%以上。今年9月27日，是宁夏回族自治区成立60周年纪念日，我们所到之处，可以看到城乡各地、各行各业都在积极筹备60年大庆。首府银川更是装扮一新，夜色光彩绚丽。

30多年以来，我党坚持运用马克思主义理论观察研究民族宗教问题，受益匪浅。中国回族从元代起，在中华神州这片充满生机活力的国土上，和汉族及其他少数民族同生共存，繁衍生息，成为中华民族大家庭的一部分。近千年来，中国回族注意将祖源的阿拉伯伊斯兰文化与中华传统文化相结合，形成了具有中国特色、中国气派的回族文化，成为中国优秀传统文化的一部分。中国回族文化体系在寺堂建筑、工艺美术、服饰习俗、语言饮食等方面都显示出独具的民族特色。北京牛街清真寺、西安化觉巷清真寺、郑州北大街清真寺、伊宁清真大寺等，就是中国特色的伊斯兰教清真寺的典范。

近十几年来，不少地区的清真寺在翻修扩大中，一些传统的几进复合四合院、挑角凉亭、起脊式大殿的建筑形制，被宽阔庭院、阿拉伯穹顶式礼拜堂所取代。宁夏中卫一个100多户的回民村庄，竟修建了6座阿拉伯建筑风格的清真寺。

应该说，这两种建筑形制各有特色。中国与阿拉伯文化底蕴不同、地理气候环境不同，清真寺礼拜堂的建筑形制也就不可能完全一致。几进复合四合院挑角凉亭起脊式大殿的清真寺，凝聚了中国穆斯林几百年来创造发明的智慧。阿拉伯穹顶式礼拜堂，空阔高大易于通风，适应阿拉伯干燥炎热沙漠的地理气候环境，而在中国北方寒冷的冬季，仅取暖开支一项，运行成本就不会低。

建议将一些具有中国回族特色的传统清真寺，作为优秀文化遗产，尽快列入保护行列。

我8月初到了青海，8月中旬又到了宁夏，一路走来，更想起毛泽东主席说的“国家的统一，人民的团结，国内各民族的团结，这是我们的事业必定要胜利的根本保证”，确实是至理名言。

往事非烟

WANGSHI FEIYAN

吃饭与看菜

（1993 年 3 月 4 日）

“吃饭了没有？”人们见面时的这一声招呼，近几年已经不常听到了。

在我们这个古老的国度里，吃饭问题始终是件大事。一部文明史，上下几千年，不乏水旱频仍、赤地千里、战乱不断、饿殍载道、易子相食等等触目惊心的不文明记录。多少次农民起义，大都起因于饥寒交迫，走投无路；多少个王朝更迭，后继者悟出了载舟覆舟的道理。于是，君王们祭天地、劝农桑，留下“民惟邦本，本固邦宁”的遗训；于是文人们记下了“君以民为天，民以食为天”的格言；于是老奶奶们讲述了滔滔洪水中躲在同一棵大树上拿着一块干粮与捏着一饼黄金的富人的传奇故事，使孩子们幼小心灵中深深地刻下了吃饭第一的烙印。

我生也晚，但是知道至迟在 20 世纪 60 年代，吃饭问题仍然是中国人的一件揪心事。1960 年我刚上初中，碰上“低标准，瓜菜代”。学校无法让学生填饱肚子，时常停课让老师领着到郊区寻吃的。农民菜地里的茄子皮、黄瓜叶、红薯叶等稍嫩一点的东西，都被我们捡回来丢进学校食堂的大锅里。一天中午，我们来到郑州城东熊耳河北岸，瞅见南岸一块乏了园的茄子棵上几个鸡蛋大小的紫茄蛋蛋在秋风中摇曳。一位大个子同学自告奋勇游过去拣拾茄蛋。谁料他一头扎进河里就再也没有爬出来。安葬这位同学时，他的寡母伏尸号啕大哭与带队女教师悔恨不已的场面，使人久久难忘。那年月吃不饱肚子也淡薄了亲情。我的一位乡亲进城看闺女，中午快吃饭时女婿回来了，一脸不高兴，竟然编着法儿向农村来的老丈人借粮票。老头一跺脚走了，从此再也不踏闺女家的门。

后来到大别山插队，我才知道那里 60 年代初期，曾经发生过一件大批饿死人的事件。由于省里好大喜功，地县干部吹牛浮夸，强征多购，使得下面严重缺粮。农村食堂无米之炊造成大批农民身体浮肿，加上“大办钢铁”弄走了农民自家的铁锅炊具，使山里的农民也无法把野果煮熟充饥，平原地区的农民日子就更难过了。很短时间内造成几个县大面积饿死人的惨剧。这件事很快被中央发现，国家主席刘少奇亲自赴豫南解决问题，处理犯错误干部，这个震惊全国的“信阳事件”才得以很快平息，但是影响却极为恶劣。

也许是受旧文化的熏陶，国人大都好面子，偏远的山区犹甚。60 年代末 70 年代初，逢年过节我常常应邀到山区群众家作客，发现主人摆出的菜肴并非盘盘能吃，一些肉食根本不熟，只供摆放不供吃，名曰“看菜”。客人只能按主人的指引去挟那些能吃的菜，否则要闹笑话。这种“看菜”的存在，既适应了“主人不劝客人不食”的传统习俗，也显示出家境贫寒的主人的苦心。客人对于那些能吃的菜肴也绝对不能吃光，因为吃光了就包含着对主人吝啬的讽喻，况且不在席面上坐的老婆孩子们，还要用盘中的残余佐餐呢。所以在外面作客吃不饱肚子是常有的事情。

在那些年月，也许是人们怕肚皮吃亏，一见面总是先问“吃饭了没有？”哪怕对方刚刚从并不干净的地方走出来。

历史的车轮转到了 90 年代，绝大多数中国人不再为吃饭问题揪心，人们见了面也就不再问“吃饭了没有？”这是一个历史的进步。

如果留心一下电影电视，就会在国产片子中发现一个有趣的现象；不论穷人富人、官吏强盗、小姐丫头，大都是一些圆胖脸。好不容易出现了日本鬼子扫荡、炮火纷飞、破衣烂衫的老太太掩面痛哭的镜头，待她仰起面孔，竟又长一副富态的双下巴！

诚然，中国人经过几十年艰苦奋斗，基本上解决了吃饭问题。但是再仔细观察一下就会发现，以吃饭为手段仍然是大家目前交友待客的重要方式之一。

逢年过节，添丁进口，婚丧嫁娶，家人与亲友总要团聚一块吃喝一番。即使是单身汉们，遇到晋升职位、调资得奖，乃至发表论文、搞上对象之类的高兴事，也要乐呵呵聚一聚，往往也是吃一顿。至于谈生意、搞攻关、找门子、跑升迁，寻一处像样的馆子吃一桌或者几桌就更不在话下了。

君不见近年来大小城市拔地而起的各类宾馆大厦，各处街面不断翻新装饰的饭店酒楼，里边的美味佳肴绝大多数进了中国人自己的嘴巴，其中有多少是自己掏腰包的？一位时任某公司经理的当年下乡插友，曾经感慨相告：

经常陪酒吃饭，实在不堪负担。他坐在满桌山珍海味前毫无胃口，往往深夜归家后要求夫人做一碗面汤充饥。据说那些被请吃的人们也往往不大动筷箸，只为逢场作戏。这不是花钱买罪受吗？依我看，这种花钱买菜看的怪事之所以屡屡发生，其原因除了不用自己掏腰包外，也有千百年来老祖宗留下来的爱好面子的传统心态作祟。穷困时想办法遮掩，稍富一点就充分显露，这也是一种旧的文化沉淀。

时下不是流行谈论饮食文化吗？其实还有一个饮食文明问题，动辄大吃大喝实在不算文明。本来，生活水平提高了，亲友相聚弄几盘佳肴，几杯美酒，热闹一番亦是乐趣；洽谈业务，招待一二顿客饭，也在情理之中。关键是不能铺张浪费。

不少发达国家和地区在交友待客上比我们许多地方要节俭一些，时下国内一些经济发展先进地区出现的自主餐、AA 制，客人来了备酒而不劝酒，以及运用吃饭以外的其他方式待客，同样体现了良好的交友之道。可以相信，随着社会文明程度的不断发展，会有新的既节俭实际又热情亲切的交友待客方式相继出现。人们相问“吃饭了没有”已经成为历史，动不动就花大钱买“看菜”的作法，也终将会慢慢消逝。

干部选拔的标准与途径
——旧事新忆

（2013 年 6 月 27 日）

1984 年秋，我在河南省信阳钢铁厂办公室作“以工代干”的秘书工作，时年 36 岁。我们这家省属企业，干部却归地区党委（简称地委，行政机构称谓行署）管理。

一天，厂党委组织部通知我赶到地委组织部一趟。虽然当时我正争取入党，上级组织部门提前找我谈话，颇感新鲜。

地委组织部干部科一位同志接待了我，说是了解到我这个人常发一些新奇的言论，想听一听我对干部选拔使用方面的看法。

看来不像是要提拔我，反而使我消除了不必要的拘谨。

我首先发问：你是党员吗？

对方吃了一惊，反问道：不是党员我能够坐在这里工作吗？！

我再问：你想过有朝一日会成为中央委员，甚至成为中央书记处一员吗？

对方连忙否认：没有，从来没有！

我淡然说道：我想过，想过有朝一日可能到省里或者国家机关工作。

为此，我解释道：我们许多干部，精神状态不对。往往是不在领导岗位时，对领导唯唯诺诺，人格上低人一等；在领导岗位时，对下级趾高气扬，人格上高人一等。

我说，自己目前还没有入党，所以也还没有进入中央委员会工作的想法。但我是公民，而且在省属国营企业党政合一的办公室做了 12 年的“以工代干”，之间还借调到团地委工作过 2 年，自以为熟悉党政机关与国营企业的管理程序与工作内容。再加上我历来认为自己在人格上与国务院总理是平等的，所以再学习一下，即便是调到国家机关工作，自信是能胜任的。

那位同志听得目瞪口呆，过了好大一会儿，才说道：扯远了，请你谈谈当前选拔干部问题吧。

我说：对于选拔干部，培养干部，我有个“一二三四”之说。

“一”是指必须坚持“全心全意为人民服务”这项共产党人的宗旨。

“二”是指干部工作方式上实行双向交流，提倡上级机关的干部经常到下级任职，下级干部到上级机关工作。这样上下级通过交流互通，更有利于党和国家机器的整体运转。

“三”是指选拔干部的三个途径，组织部门选拔干部要注意广泛宣传，坚持从工农干部、知识分子、转业军人三个方面选拔干部，不可偏废，并加强培养锻炼，使之早日成为党和国家的栋梁之才。

“四”是指坚持“四项基本原创”，即“坚持党的领导，坚持社会主义道路，坚持马列主义毛泽东思想，坚持人民民主专政”。蒋介石国民党为什么要强调“礼义廉耻，国之四维”？那是他们的立国之本。

我说，这个“一二三四”，也可以说是“四三二一”之说，就是我的奇谈怪论。

那位组织部的同志听后，连连说，新鲜，新鲜，果然新鲜。

我为毛主席专列护路

（2015 年 12 月 26 日）

毛泽东时代是一个全民皆兵的时代，我没有资格参加解放军，能够当上民兵也是一件荣光并值得怀念的事情。

从 1968 年 10 月下乡做知青，我便开始了民兵岁月。扑灭山火、开荒种地、挖窑烧炭、护路站岗等大凡需要民兵冲锋在前的活儿，我都干过。记得我们知青农场有一次炭窑开窑出炭，照例要先念毛主席语录。队长王守志让我选一段，我说：选《为人民服务》吧！他马上说：张思德就是在延安烧炭窑时光荣的，还是选《纪念白求恩》吧。

作为毛泽东时代的民兵，多年以来我最为怀念的，还是 1974 年夏天为南下的毛主席专列护路的一段记忆。

那年在厂办公室作“以工代干”的秘书工作。炎夏天热，夜不能寐。忽然哨声大作，要求各连民兵迅速集合。我们列队整齐，聆听两位领导训话。一位是地区公安处某副处长，另一位是厂里抓安保工作的魏省兰副书记。魏副书记激动地说：把大家连夜集合起来，是要完成一项保卫毛主席的重大任务。副处长碰他一下：别乱说！然后大声说：今天请大家到京广铁路上护路，这是一项光荣重大的任务，更是对大家的严格考验。

几辆汽车迅速把我们拉到距离工厂十几里外的三官庙火车站，又有领导向我们宣布：每一位民兵负责维护 50 米铁路，两人组成一个小组，可以一起看护，共同负责 100 米铁路的安全保卫工作。还强调：护路期间，任何人不经允许，不得接近或翻越铁路。

我和化验室的老伙计吴树友分在一组，所分配的 100 米路段正好有一条土路与之穿越，附近是一个小村，深感责任深重。一列列火车，南来北往；茂密的庄稼地里、干涸的水沟中，蟋蟀青蛙交响鸣唱。夜深人静，凉风袭来，睡眼朦胧，也不敢稍有松弛。忽然间，一个灯影从北面摇晃着走过来，我们立刻神经质地大喊一声："谁？！"

"你们是护路的吧！"来人慢慢悠悠，走进一看，原来是一位巡道工人过来了。

好心的巡道工告诉我们，不必这么精神紧张，累了可以在路旁眯瞪一会，真正到护路时刻，还会有人专门通知的。我们想请巡道工多待一会，人家说有制度，他必须在规定的时间内巡查完规定的路段，把巡道牌子按时交给下一位同事。

得到这一消息，我们安心地在车轮滚滚的京广铁路的路基上幽梦周公了。

早上一觉醒来，庄稼绿，太阳照，鸟儿叫，火车跑，一切照旧。厂里给我们送来了油条当早餐，却没有开水。我们自己跑到小村里，掏钱在社员家做了一锅面汤。吃饱喝足了，又回到值班岗位上。

中午 12 点过后，突然发现南来北往的火车不见了。又过了半个多小时，两个穿着公安服装和两个穿着便装的人从北面走过了，告诉我们：这次专列是下行，即由北向南而来。从现在起，正式进入护路时刻。——原来我们从昨天半夜到今天中午，12 个多小时，只是在等候任务呀！

大概到下午 2 点以后，一辆崭新的东风型内燃机车头开始从北到南，又从南到北反复压路。压路之后，铁路上又归于寂静。下午 4 点左右，一列漂亮的专车由北向南开来。专车上所有的车窗都拉着薄薄的白纱，看不见车里的人。

因为没有撤销护路任务的命令，我们也不敢离岗。大概又过了 15 分钟，又一列同样的专车由北向南开过去。过了 15 分钟左右，第三列同样的专车同方向开了过去。这次，我们看到一个车窗的白纱窗帘开了一半，一位女同志手支着头看窗外景色。尾车上一位车长手握着铁路专用的红绿语旗，对我们挥了挥手。

又过了半个多小时，南来北往的火车趋于热闹，因为没有撤销护路任务的命令，我们还是不敢离岗。眼看夕阳西斜，才自作主张，向三官庙车站撤离。到车站一问，才知道南来北往火车恢复正常，就是完成了护路任务的信号。

这次护卫的是哪位中央首长专列，始终没有人正式告诉我们。但是听说，专列经过车站时，负责看护道岔的，除了车站上一位党员站长，还有一位公安处干部和一位驻地解放军军官。车站工作人员说：今天除了老人家的专列，谁有这么严格的保安措施？

1974 年，林彪事件已经公布，林立果的小舰队谋害毛主席的问题已经家喻户晓，毛主席外出采取极为严密的防范措施，也是不得已而为之。

多年以后，揭露了“四人帮”问题，其中有王洪文到长沙晋见毛主席告周总理黑状之事。我按照时间推演了一下，作为民兵，我们那次保护的应该就是毛主席乘坐的专列。

作为毛泽东时代的民兵，我尽到了自己的职责。

怀念机智的周总理

（2007 年 1 月 8 日）

多年以来，一直想写一点东西，怀念机智的周总理。值此周恩来同志逝世 31 周年纪念日，我讲一个小故事，了却多年心愿。

1966 年 12 月份，北京城滴水成冰，寒气袭人。我作为从大别山革命老区步行近 2000 里，到首都北京串连的高中学生，一直在耐心地等待一个时机——毛主席的接见。

11 月中旬的一个下午，我们 8 位同学从新县步行走到郑州市，住进郑州市 18 中学。接待站的同志们说："毛主席今天在北京第七次接见红卫兵，听说明天还要接见一次。因为天气冷，恐怕这是最后一次接见红卫兵了。你们快扒上火车连夜往北京赶吧。"我们 8 人在宿舍里严肃地讨论了大半夜，总觉得步行去北京串连才走了一半路程，又匆匆坐上火车，有悖于自己从大别山出发时的誓言。大家一致决定，继续步行到北京。届时，毛主席一定会表扬我们，一定会接见我们。

当时北京城里挤满了和我们一样心情的外地学生，而且还每天以 20 万只进不出的人潮，持续涌入。北京的公共汽车里，从早到晚挤满了手执蓝色免费乘车证的外地学生，尤其是到了上下班高峰期，本市许多职工很难挤上汽车。加上吃住免费，给北京市平添了诸多困难。

12 月 26 日，接待站的同志亲切地为我们每人发了一把糖块，两个磨盘柿子，笑盈盈地说，你们是毛主席他老人家的客人，老人家今天过生日，请你们吃糖。我们当然高兴，吃糖是喜事，能够见到老寿星才是我们的真心所愿啊。

12 月 28 日早上，通知来了，让大家乘车赶到北京工人体育场，首长要接见。

我们惊喜若狂，急忙赶到工人体育场一看，上上下下，熙熙攘攘，都是全国各地来的红卫兵，能容纳 8 万人的体育场至少来了近 10 万人。

首长们上主席台了，由于距离远，也看不清都是谁，大家连声高呼毛主席万岁。只见穿着军装的首长们每人挥舞着一本毛主席语录，我心里想，毛主席是不会挥舞自己语录的，但是究竟是谁到场了，一时难以看清楚。

场面终于肃静下来。主持人吴德开始介绍首长姓名。原来是周恩来、康生、江青、谢富治、吴德等到场了。

首长开始讲话了。先是江青讲话。她穿着一身军装，高傲而兴奋的话语赞扬了我们一通之后，要求大家能够发扬老红军精神，走着到北京来，走着回各地闹革命。此话一出，全场如同炸了营，各种纸条纷纷上递。

周总理接着讲话。他先代表毛主席、林副主席向大家问好，鼓励了一番之后，耐心地告诉我们："许多同学在北京不愿意离去，想让毛主席接见。我告诉大家，北京天气太冷，毛主席不在北京。请大家先回去。等明年春暖花开，毛主席回到北京了，我再请大家来，请毛主席接见大家。还有的同学刚才给我递条子，说步行长征串连，走得很辛苦。大家离开家已经很长时间了，花多了钱，吃多了粮票，大家很想早一点回去。我代表国务院，坚决支持大家的行动，尽快帮助大家乘火车离开北京，回家闹革命。"

周总理此话一出口，大会场欢声雷动，无不振臂高呼毛主席万岁！

接着，首长们乘上吉普车，绕场一周，向大家挥手致意之后，绝尘而去。我们大家无比兴奋，巴不得早点离开寒冷的北京城。

一个小时以后，我们赶回宣武区虎坊桥附近东方红小学的驻地，马上询问接待站的服务人员：我们什么时候可以乘上火车离开北京？人家答复：国务院办公厅已经下通知，从明天早上开始，你们就可以坐火车回家了。而在我们早上离开接待站时，得到的答复是：步行来的红卫兵不能办理免费火车票。

我乘火车转汽车回到大别山家中时，老爸惊讶地说："咋可就回来了？"那时候，家里孩子多，不担心谁跑丢了。我说："周总理叫我们回来闹革命，明年春天再派车接我们进北京见毛主席！"老爸笑了。

当时，大江南北，红旗漫卷西风；通衢山乡，撒满串联师生。不久，中共中央、国务院、中央军委、中央文革联合发文，停止了全国大串联活动。

40年时间过去了，我无数次回忆起1966年12月末在北京的经历。尤其是几十年来，我参与过无数次大小会议，参与过不同场合的人员接待，深知其中滋味，更加感到周恩来总理在那混乱年代日理万机的辛劳，更加佩服他机智果断的作风。他当场承诺调派火车送大家回家，仅仅一个小时以后就成为可行的事实，不禁使人对“文革”时期国务院的办事效率，击节赞赏。

国民党败退台湾之前干的两件坏事

（2016 年 11 月 18 日）

听老爸说：1948 年郑州解放前，国民党在郑州中学干了两件坏事，他都侥幸躲过了。

一件是某星期六夜，学校教导主任到学生寝室，让每人填一张表。恰好当天他回学校附近东大街大姑家去了，大姑比他大 19 岁，负责照应他。星期一上课时，同学们告诉了填表之事，让他找教导主任补填。我的性格内向的爸爸说，让老师找我吧。

不料解放后，才知道凡是当天填表的人，皆属于集体加入了国民党。好在大陆方面不乏高手，识破国民党反动派搞“撒灰政策”为的是与共产党争夺知识分子。因此在 50 年代初期肃反运动中，对解放前夕集体加入国民党的人，只要本人说清楚，声明退出，不再追究。只是在历次填写履历报表中，需要向组织交代清楚。

二是国民党溃败前夕，在洛阳、郑州、南阳、信阳等城市，将一批教师与在校学生，以“躲避战乱”名义，强行南迁。在洛阳一带还组织以学生为主的青年军，参与内战。那些迁往台湾的教师学生，从此背井离乡，逐渐形成了今天 40 多万原籍河南的台湾族群。

由于当时郑州炮火连天，老爸被爷爷提前叫回城外沈庄农村家中，又躲过一劫。

这些到了台湾的中学生，从此与家乡阻隔于海峡，在大陆的家人与亲属，却背上沉重的政治包袱，子女上学、参军、入党都受影响。

老爸于 1957 年成为共产党员。

“愚人节”的喜剧

（2017年4月1日）

1971年4月1日，第一批进厂的“500罗汉”——从豫南各县乡下招工进厂的知青、复员转业军人、从“三线建设”焦（作）枝（江）铁路撤下来的民工，编为一二三连，排列着整齐的队伍，从临时借宿的解放军1军7师营房出发，肩扛铁锹，喜气洋洋，步行5华里，来到明港镇北边一片空旷的高岗麦地上，举行“河南省信阳钢铁厂开工典礼”。

信阳地区领导、信阳县领导、厂（当时名称叫建设工程指挥部）领导，总之一大堆领导也云集于此，讲话、放鞭炮、宣布开工。然后大家挥锹挖土，开沟修路。

我当时已经23岁，能够辞别3年知青岁月、从大别山1000多米顶峰黄毛尖下来，拿每月20元的学徒工资，干挖土修路的重体力活，已相当满足了，要知道在知青农场干一年才能分得到20元现金啊。那天，满足兴奋之余，突然想起：4月1日，外国的“愚人节”嘛，建厂奠基怎么选了这个好日子？

我这话一说，立刻招来一片非议。三连连长，一位县商业局长出身的18级干部批评我：“我们中国人，建钢厂干活，与它洋人什么关系？！”

还有一位不大识字，却顶着知青的名额进厂的小师弟自作聪明的说：“‘愚人节’咋啦？愚公移山么！”

谁知两天后，洋相出来了。我们修的，是横贯厂区的东西主大道。道路东侧为生产与仓库区，西侧为生活与办公区。两个区分别由两家单位设计。同一条道路，东侧是一个工程师放线，西侧是另一个工程师放线。两条线交汇处，出现了一个不小于170度的大弯角。

一些工农出身的干部嘲笑：“还都是大知识分子呢，用仪器划线修一条路，划成了狗腿！”修路工作只好暂停。

钢铁厂属于省办中型企业，建设时属于“边设计、边施工、边生产”的“三边项目”，加上当时正值“文革”时期，设计施工分属不同管辖，专业干部、技术人员正在陆续进厂，更缺乏把关的总工程师和总图与运输的工程师，厂领导没有权威，遇事大都和稀泥。

扯了几回皮，工程副指挥长、行政13级、曾任地委组织部副部长的贾希雨出面调和：“这个夹角目前正临着大水塘，外人不仔细也看不出路不直嘛。水塘眼下还是厂区重要水源，将来钢厂建成了，不需要水塘了，就地建立一个毛主席塑像，也是很好啰！”

以后多年，外边人到厂里视察参观，都惊讶堂堂地方国营钢铁厂的厂区主道，怎么会是弯曲的？

我作为长期在厂办公室搞接待的以工代干秘书，也常自嘲地对客人们说：“1971年‘愚人节’那天划线修的路，自然不一样啰！”

那几年，北京大批干部疏散下放到河南

（2017年4月2日）

20世纪60年代末到70年代初，战备疏散与“文革”下放，将一大批干部从北京疏散到河南的郑州、开封、周口、信阳等地区。广阔的中原大地与淳朴的河南人民，接纳了这些从首都来的大人物，力所能及地帮扶了他们。

有资料显示，截至1970年1月，在河南安家的中央各部委“五七干校”有61个，仅潢川黄湖农场的团中央“五七干校”一处，就安置了胡耀邦、胡启立、胡克实、王照华等领导及机关与家属人员2400人。这些，既有官方史志刊载，不乏文人回忆文章，也在民间留下一些轶事。

据《1969年的北京高干大疏散》一文披露：1969年3月至8月间，中苏边境接连爆发了几起冲突事件。之后，大军压境的苏联于下半年又私下向美国等国试探，对中国核设施发动突然袭击的可能性。在此背景下，我国开展了防范“新沙皇”侵华战争的紧张战备和疏散在京中央领导人的工作。

8月28日，经毛泽东批准，中共中央发布命令，要求边疆地区革委会、人民解放军驻边疆地区部队，充分作好反侵略战争的准备，随时准备对付武装挑衅，防止敌人突然袭击。

从9月至12月，疏散大中城市人口、物资，是当时全国各地普遍开展的重要战备活动之一。

在京的中央大批党政机关，以及北京主要单位、学校，包括其家属，被紧急疏散到外地，有的暂时先疏散至郊区。

10月14日，根据毛泽东的提议，中共中央发出通知，要求在京的中央党政军主要领导人及一些老同志，于10月20日以前全部战备疏散。通知说：

为了适应反侵略战争的需要，应付苏修社会帝国主义的突然袭击，经中央讨论决定：中央机关集中到北京郊区战备地下指挥部办公，由周恩来同志留在北京主持工作，毛泽东主席到武汉主持全国的大政方针，林彪副主席到苏州负责战备。同时，中央领导人及原中央负责人也相应疏散。同日，毛泽东离京去武汉。

10 月 17 日，北京市革委会在新落成的首都体育馆举行包括体操、排球、篮球和乒乓球在内的体育表演晚会，观众近 2 万人，其中被邀请观看的外宾有 2000 余人，董必武、朱德、邓子恢、陈云、李富春、张鼎丞、陈毅、叶剑英、陈奇涵、王震、彭绍辉等应邀参加。会前，他们接到中央办公厅电话：晚会请务必出席。

在休息室里，周恩来向他们宣布了战备疏散的决定，并宣布了他们的疏散地点。他还嘱咐一定要带夫人去，原北京的住处均保留不动。

老同志大多数被安排在京广线及其附近地区，毛泽东说："万一打起仗来，要找的时候，我还离不了这些人呢。这些人还用得着，我还要找他们呢。"

经过个别调整，董必武、朱德、李富春、滕代远、张鼎丞、张云逸去广州，张闻天去肇庆，陈云、王震及邓小平去南昌，陈毅去石家庄，徐向前及刘少奇去开封，聂荣臻去邯郸，刘伯承去武汉（后转上海），叶剑英、曾山去长沙，邓子恢去南宁（后转桂林），谭震林去桂林，陶铸去合肥，王稼祥去信阳，而彭真、彭德怀、罗瑞卿、陆定一、刘澜涛等人，仍然被留在北京原囚禁地。

10 月 17 日、18 日，在严密的戒备下，刘少奇、陶铸先后离京。1969 年 11 月 12 日和 30 日，刘少奇、陶铸在离京的第 26 天和第 43 天，分别因急性肺炎和癌症，死于囚禁地开封、合肥。

徐海东夫妇住在郑州城郊的一个干部休养所，1970 年 2 月，徐海东患了肺炎，接着发生心力衰竭，3 月 25 日病逝。

大疏散后，冶金部、化工部等部委在周口地区办了"五七农场"安置人员，那里有国营黄泛区农场，不缺土地；外贸部、团中央、中国科学院哲学学部（即今天的中国社会科学院前身）等单位在信阳息县、潢川等地办"五七干校"，胡耀邦就安置在团中央潢川"五七干校"，当时农村是"一大二公"的人民公社，上级一声令下，划拨一片土地办"五七干校"不是难事。

我 1971 年 3 月从大别山区被河南省信阳钢铁厂招工进厂后，常听同时进厂的潢川、息县工友们讲北京来的大官、大人物与“五七干校”轶事。

据说胡耀邦有一次乘火车离京返回信阳，开车后服务员查票，胡耀邦拿了出来，服务员说：“这是站台票，请出示您的车票。”老胡说：“就这一张票，儿子买的。”服务员说：你儿子不会只买一张站台票吧？这事惊动了车长。经过询问，才弄清楚了，小胡来送老胡上火车，临下车时随手把站台票给了老胡，而老胡认为那就是火车票了。

多年后看到一篇文章，也说大书法家、原山东省委书记舒同在“文革”期间挨整，一次出门坐公共汽车，服务员请他买票，他说：“这是公共汽车，还要买票啊？”引来一车笑声。当他得知公共汽车的确要买票时，无奈地说自已没有钱，只有食堂饭票。还是一个热心肠的小伙子，用一角钱现金换下了他的饭票，使他免去了尴尬。看来，大领导不熟悉平民生活，难免出笑话。

1969 年 11 月 18 日晚，河南省息县东岳公社轧花厂仓库里，搭满大大小小的通铺，集中住着中国科学院哲学学部（中国社会科学院前身）100 多人。在这些人中，有文化名人俞平伯、钱钟书及夫人杨绛、沈从文、胡绳、何其芳、吕叔湘，有经济学家孙冶方、骆耕漠、顾准等，如今赫赫有名的经济学家吴敬琏也在其中，当时还只是小字辈。

几位家在息县东岳公社的钢铁厂工友，讲过不少这些大名人的笑话。

工友说，大作家俞平伯初到农村，被分配给一间烟熏火燎的农家草屋，老先生不知如何是好。一位生产队长看他作难，就说：你到集上买一捆黍杆（高粱杆），我一会儿来帮你屋里界一道墙，里边支床，外边做饭。俞老先生连连称是。走到集上，果然见一个汉子扛着一捆青黍杆要卖。一问价，三分钱一根。老先生说：“我都要了，请替我扛家来。”汉子大喜，将青黍杆扛到草屋门外，收了钱，喜滋滋走了。天快黑时，队长来了，问老先生黍杆买回了没有？老先生哭丧着脸说：“买了，也差不多让小孩子吃光了”。队长一看笑了：“我叫你买一捆界墙的老（晒干的）黍杆，你买的是青的甜黍杆，小孩子能不抽着吃？！”

还有一次，俞老先生在集上看到卖河虾的，活蹦乱跳的煞是可爱。蹲下了展开手绢一个一个挑拣起来，问：“多少钱一只？”卖虾的急了，说：“没见过买河虾论个挑的。两块钱，一竹篓虾全卖你了！”

渐渐地，农民们知道了这位写了《红楼梦》（他们分不清《红楼梦》与《红楼梦研究》的区别），挨了毛主席批判的和蔼老头。一次，房东大娘问他：那么厚的书，你咋写的？老先生说："北京家中，有一张大书桌，上面摊满了书籍。心静了，就围着书桌转圈，转着转着，想起了一点，就写下来……"

大娘问道："那一天得想起了多少呀！"老先生说："经常转一天，也想不起来什么。"

大娘见他这么大年纪了，还要时常挨干校同事批斗。偷偷杀了一只鸡，炖好了给老先生吃。干校的人批评她阶级立场不坚定，大娘说："我是老贫农，比你坚定！我看他可怜，自己的鸡送给他吃，碍你啥事？！"

俞平伯夫妇在东岳住了一年零两个月，对淮河岸边风俗民情留下深刻印象，先后创作了近百首诗词，具有代表性的是《息县杂咏》《纪东岳事》《至日》等。这些诗词，真实地记录了息县农村的田园风光和民情民风。诗人在《纪东岳事》里道：

樱子黄先赤，红桃更绿桃。
塘春多扁嘴，延颈白鹅高。
东岳庙恢扩，闻当街北头。
他年遭劫火，空有集名留。
明日当逢集，回塘撒网赊。
北头卖蔬果，南首有鱼虾。

老先生还赋诗曰：

此树婆娑近浅塘，繁英飘落似丁香。
绿阴庭院休回首，应许他乡胜故乡。
——《楝花》

脱离劳动逾三世，来到农村学绩麻。
鹅鸭池塘看新绿，依稀风景似归家。
——《绩麻》

1971年元旦，在周恩来总理的关怀下，俞平伯等十多位老知识分子提前从干校“毕业”。在离开东岳时，老乡们都来相送，真情难舍，诗人用息县方言赋诗一首《与农民话别》：

落户安家事可怀，自憎暮景况非材。
农民送别殷勤意，惜我他年不管来。

林彪“九一三”事件发生后，学部“五七干校”从息县迁至信阳县明港军营，继续办学习班，清查“5·16”分子。因为军营和钢铁厂相邻，在东岳就与他们相识的息县工友，经常去找他们玩。在钢铁厂一次职工大会上，有干部告诫:“你们在息县认识他们也就算了，如今那里办学习班，抓‘5·16’反革命分子，不好好当工人，还要跑去玩，能落什么好？！”

1972年夏天，学部人员从明港返回北京。

荒唐年月的一件荒唐事

（2017 年 7 月 12 日）

1962 年毛泽东强调“千万不要忘记阶级斗争”，文件逐级向下传达。那时，震惊全国的“信阳事件”处理不久，从省里抽调一大批干部过来，本地众多基层干部被撤职、查办、批判，人心浮动。盛夏的一天晚上，新县一中校长朱文彬手摇一只芭蕉扇在操场上乘凉，教导主任凑前，询问他白天县委会议精神，校长说：“看来搞不下去了，又拿出阶级斗争唬人。”

1966 年夏天，“文革”风暴刮进大别山，高初中部齐全的新县一中成了重点战场，校长、教导主任、有历史问题的教师成了全校揭批斗争的靶子。教导主任反戈一击，将校长的陈年旧事曝了光，成为其“顽固坚持反动立场”“恶毒攻击”的主要罪行。运动后期，落实政策时，教导主任的揭发材料缺乏佐证，对解放战争时期南下老干部校长难以定案。

那时我已下了乡，被专案组从 90 里外的红卫岭（黄毛尖）知青农场叫回来，查询朱校长的问题。

我回忆道：一天，我们高三班（66 届高中只有一个班）几位学生到校长室挖“罪状”，发现窗帘竟是一幅旧的红旗，仔细瞅还能找出拆去了镰刀斧头标识的痕迹；一尊折断了的毛主席半身石膏像，脖子处用医用胶布缠着。朱校长解释说，他当年搬进这间办公室原就有此幅窗帘。毛主席石膏像原在小会议室，不知怎么弄倒了，摔成了两截。他没法处理，到医务室找来胶布缠了缠，放到校长室了。专案组问我：当时你们进去看到的景象是否如他所言，或是看到他把主席像摔坏的？我说：如果我们看到他摔主席像，还不当场把他抓了？！

专案组让我写了证明材料。不久，朱校长恢复工作；教导主任当时回不了新县一中，调往别处工作了。

那时候，我还听到过一件主席石膏像的逸事。当时举国盛行搞“三忠于四无限”活动。城乡家家户户都要置办一个由毛主席石膏像或画像、毛泽东著作组成的“宝书台”。一位老农民，到集市上卖了一担柴，到供销社请了一尊主席石膏像，由于不太好拿，就用一个带子将石膏像脖子套住，系在两头带铁尖的扁担（山民称之为冲担）上，扛在肩后在集市上逛悠，很快就被人发现问题，惹出了祸……

荒唐年月中的荒唐事啊！

姥姥的惊恐，妈妈的唠叨

（2017 年 9 月 9 日）

又到一年 9 月 9 日，当年姥姥的惊恐与如今妈妈的唠叨，是我早晨散步时挥之不去的联想。

1976 年 9 月 9 日，毛泽东同志逝世。在河南省信阳钢铁厂办公室做“以工代干”的我，被抽调到信阳地区参与悼念活动。抽空去三姨家看望姥姥。三姨说，姥姥近来吃不下睡不着，一直处于惊恐状态，让我好好劝劝她。

我问姥姥害怕什么？她连连说：“老了，跑不动了！”

问她跑什么？她说“跑反啊！”

“跑反”，是郑州农村的一句土话，意思是兵荒马乱年月，老百姓颠沛流离的逃命。

我好奇地又问：“谁跑反呢？”

姥姥说：这些年兵好，不欺负人。毛主席老了，又要跑反了。她 70 多岁了，跑不动了，日夜害怕。

三姨说，姥姥年轻时一次“跑反”，怀里抱着幼小的舅舅，一颗流弹打到小腿上。现在广播上总是播送毛主席逝世的内容，加上一些单位常贴大字报，斗当权派，她害怕社会再次动乱。

舅舅比我大 9 岁，生于 1939 年。如此算来姥姥怀抱着舅舅跑反，应该是 1942 年前后，也就是日本人侵略中国，河南人民切齿痛恨的“水旱蝗汤”时期了。

这里的“水”，是指 1938 年 5 月 19 日，侵华日军攻陷徐州，并沿陇海线西犯，郑州危急，武汉震动。6 月 9 日，为阻止日军西进，蒋介石采取“以水代兵”的办法，下令扒开位于郑州市区北郊 17 公里处的黄河南岸的渡口——花园口，滚滚洪水，卷起滔天巨浪，从我家乡北边呼啸东去，历时

4天4夜，冲断了陇海铁路，淹没了中牟、尉氏、扶沟、西华、淮阳等地，又经颍河、西淝河，注入蚌埠上游的淮河，淹没了淮河的堤岸，冲断了蚌埠附近的淮河铁路大桥。蚌埠向北经曹老集至宿县，也都成了一片汪洋。虽然一时阻隔了日军，却形成了由西北至东南，长达400余公里，流经豫、皖、苏3省44个县30多万平方公里的黄泛区，成为历史罪行，给这一地区的人民生命财产造成了无法估量的损失。据不完全统计，河南民宅被冲毁140万余家，淹没耕地800余万亩，安徽、江苏耕地被淹没1100余万亩，倾家荡产者达480万人。89余万老百姓猝不及防，葬身鱼腹，上千万人流离失所，并且造成了此后连年灾害的黄泛区。

旱，就是河南1942年的大旱。据1943年12月河南省政府编印的《河南省政府救灾工作总报告》中的《河南省三十一年(民国三十一年，即1942年)各县旱灾调查表》显示，全省111个县中有96个县被列表统计，其中灾情严重的有39个县，受灾总人数达1200万人。

蝗，即蝗虫灾害。汤，即指当时驻扎在河南的国民党汤恩伯部队。

明白了姥姥的担心害怕，我好气又好笑。于是费了很大劲告诉她，如今共产党与国民党的差别，现在的解放军与国民党兵的不同。还十分肯定地告诉她：毛主席老了，还有领导管理当兵的，国家不会乱，她不用担心再“跑反”了。

三姨说，经过我一番劝解以后，姥姥不再惊恐，饭也吃下了，夜里也睡得安稳了。姥姥是1983年80多岁寿终正寝的。

近几年，在网上常看到有人为当年的汤恩伯部队鸣不平，说汤将军如何带兵森严，爱民如子，说“水旱蝗汤”，大有冤枉汤恩伯国民党军队之意。

如今我也成了70老翁。每当陪着90岁的老妈到小区河边花园散步时，经常听她面对那几株高大的杨树唠叨。说是当年她大伯（我大姥爷）喜欢种树，一片地里的杨树长得高大粗壮，很招人喜欢。一回，来了一支国民党队伍，那个当官的下令将杨树砍了，说要充当军用。大姥爷苦苦哀求，说您给我们留下两棵，让我们老两口准备口棺材行吧？那当官的就是不答应，硬是将一大片杨树砍掉，拉出去卖钱落自己口袋了，他有几个老婆要养活呢！

妈妈还唠叨的一件事：二姥爷家有一挂马车，有一回让一支国民党队伍看上了，硬是让他一个老实巴交的儿子、我的另一位舅舅赶着车为他们运输，等队伍开到了一个地方，当官的叫那舅舅只身回家，把马车留下来。舅舅哭着不愿意，当官的说，再闹老子崩了你！

年老记忆力急剧衰退的老妈，一见到那几棵高大的杨树，就又唠叨起国民党兵的那些坏事来了。

1976年9月9日至今，41年过去了。国家的统一，人民的团结，国内各民族的团结，改革开放的深入开展，十几亿人民的奋斗，使中国成了世界瞩目的社会主义强国。姥姥当年惊恐、妈妈今天唠叨的事，已经成为远去的历史。

微信网络上，经常看到一些呐喊，想率由旧章，也有的欲另辟蹊径，更有的提出西南边境痛击阿三，东北出兵解决金三，总之不打一仗就显不出咱国家的威风。不知道他们想过没有“兵者，诡道也”？知不知道，“泽国江山入战图，生民何计乐樵苏；凭君莫话封侯事，一将功成万骨枯！”“不战而屈人之兵”乃上上之策？懂不懂得，社会稳定，人民幸福，家庭平安，才是亿万家庭的渴望。

大别山上与狼共舞的日子
——知青生活回忆

（2018 年 1 月 21 日）

十几年前回新县，当年的老师张亚铎先生说：在这里生活工作了大半辈子，听说山里有红毛狼，你见过没有？

我在田铺黄毛尖知青农场时，见过红毛狼，更见过野猪。

1969 年夏天，我一人从县城家里步行 90 里回黄毛尖的红卫岭知青农场。傍晚，过了塘畈继续沿山道上爬，总是觉得身后有什么东西。猛一回头，看见不远处一只皮毛泛红的“大狗”也停了下来，它的尾巴不是卷起来而是下垂的。我忽然想起人常说的“狗尾巴卷起狼尾巴下垂”的特点。心中不由害怕了抓紧赶路，我脚步快它跟的紧。我只好走一段路再猛回头盯它一眼，向它挥一挥随身的小黄挎包，它也停下了蹲踞在地上盯着我。走过了一个小村后的稻场旁，几只鸡在晚霞中咯咯觅食，那家伙见到了鸡也挺感兴趣，不再追随我了，我才得以脱身，拼命向山上奔去。那天明月当空，我翻山越岭跑回农场，也没有再遇到麻烦。

还有一回，是在 1970 年秋天吧，我们四个人从田铺挑米回农场，也是在塘畈一带，遇上了六条红毛狼。我们遇见狼群有点心慌，群狼遇见我们却很兴奋，撒着欢儿与我们同向奔跑。双方隔着干涸的山涧，带队干部不住地嘟囔：“不行了就抽扁担，不行了就抽扁担！”我三个知青都表示：抽了扁担竹筐里的米怎么办？狼群跟随我们跑了一段路程，扬长而去。

1962 年我刚进大别山，在县城见过猎人扛着打死的豹子，当街卖豹肉、豹骨、豹皮。上黄毛尖后，听山上老农熊汉元讲过，他有一次到麻城县福田河剃了头、办了年货回来，回山在十八盘处见一头豹子雄踞道中。老熊吓得不行，又不愿意把割来的肉饲养它，就圆睁双眼跺脚迎头而上，嘴里骂道：

“奶奶的，看看今天谁怕谁！”大概豹子也被这位气势汹汹、头冒热汗的老汉懵住了，纵身一跃而去。老熊说，吓跑了豹子，他瘫坐雪地上好久。

我们在山上，经常看见野猪。有一回在山坡上开荒，见对面山梁上一群野猪奔跑。野猪奔跑起来，很有规律。往往是领头的野猪跑上山梁后停下，回首等待后边的伙伴与幼崽。有经验的猎人大都在野猪停留的瞬间，开枪打它的前胛腿部位，野猪中弹倒下；如果打中了后腿胛，它还会依靠有力的前胛腿奋力逃窜。

山里农民有一句俗话：离山十里，柴在家里；离山一丈，柴在山上。黄毛尖知青总场食堂烧柴，历来不用多备。值班炊事员女知青只要喊一嗓子：“快没有柴火喽！”便有男知青到屋后山上拉出一些干枯树枝，堆起来用。

有一年冬天，不知谁从雪窝里捡回了半只被豹子咬啃剩下的野猪，炊事员将其刮刮洗洗，配上辣椒油炒炒，成了我们佐餐的美味。

我们农场养的猪，去山上放养时被野猪盯上了，生了一窝红毛猪仔。小猪仔长大后，不甘寂寞，经常到山上寻亲，再后来就不回归了。一天，知青小宋扛柴回来，对炊事员小杨说：“你外甥看你来了，在院门外。”小杨听了，放下锅铲喜滋滋子迎出院门，随即大叫一声：“小宋，是你外甥来了！”——原来在冬天，那窝小野猪崽子饿了，为寻食物从山上又返回农场了。

山上的野猪，最祸害人的是秋熟季节，成群结队地跑到我们开荒种植的田地里，打滚、啃咬庄稼，一夜毁掉一大片。我们不得不白天干活，夜晚值班防守野猪。办法是在田边山坡上搭建窝棚，一夜两班，两人一组，敲锣打鼓，高声呐喊，阻吓它们。

守夜看野猪是男知青的活儿。1970年秋天，随着一些知青参军、招工离开农场，山上人手缺乏，原在大坪、黑沟、洼林荡分场的知青，逐渐向黄毛尖总场转移。终于，每晚抽派四位男知青的任务坚持不下去了，只好请女知青上阵。女知青小组上半夜防守，男知青小组下半夜防守。高山明月夜、少女锣鼓喧，是我们踏着月色、值班途中常见风光。当时并不觉得有什么稀罕。四五十年后想起来，那才真是在战天斗地啊！

当年我们在高山上，见到的大都是活生生的野兽，从没有见过它们自然老去的尸体。究竟是野兽临终爬不出巢穴了，还是自有灵性，有意躲在高山密林洞穴里善终，令人费解。

退休矿长　多才作家

（2018 年 5 月 20 日）

一大早，拜读老朋友杨成山发来参加《诗词人物》大赛的作品，感慨万千。

他知青出身，工人起步，毕业于中南大学，高级经济师，退休前接了一任即将破产的国营桐柏银矿矿长，我与他相识相知于此时。当年矿山风云，职工怒潮，工作曲折，个人压力，不堪回首，唯私人情谊，难以忘怀。

杨成山，1993 年前后在桐柏银矿办公室副主任任上，与我在行业某次会中曾有一面之交。桐柏银矿原是国家有色金属工业局的直属企业，与河南省冶金建材厅很少交往。2000 年因国家机构改革，国家有色局撤销，省厅也压缩为省冶金建材行业办公室。那时建设多年的银矿基建刚收尾，未验收投产，已债务缠身，经营困难。矿山人心浮动，多次发生职工大规模进北京到郑州上访事件，震惊了部省市县各级领导。为此将银矿下放河南，打算企业破产重组后，干部可以另谋高就，一部分职工下岗再就业，一部分转变身份在矿上打工。

那二三年，原矿长撤职，气病交加，不久去逝。副矿长杨成山临危受命。我作为省冶金建材行业办公室综合处副处长，参与了上下联系和银矿破产工作。记得当时的杨矿长，上下奔波，内外相困，妻儿受累，身心交瘁。

改革与革命，说到底是财产与权力的再分配。自古山高皇帝远，深山多响马。国企矿山改革破产，兼并重组，无先例可寻，工作风险巨大，领导更是难干。

那时连他老婆孩子都遭人恐吓，找我诉苦。我趁与几位处长到桐矿办事之机，在召集的工段长、矿机关副科以上党员干部会上传达文件，解释政策。我讲话时谈及此事，脸色陡变，说道：

“党有党纪、国有国法、矿有矿规。一人做事一人当！国企破产重组，还在探索之中；矿长工作对错，不能牵连家属，谁也不能无理要横。自古盗亦有道，讲究规矩；何况我们这些党员干部！听说有人深夜打电话，自称黑社会人士恐吓矿长夫人和孩子。我是堂堂正正红社会人士，执政的中国共产党党员。自称黑社会人士的你，有种就站出来，让我看看尊容！如果不在现场，请事后转告与他。如果你是老师傅，我告诉你在 34 年前的 1966 年，我也曾响应号召，在大别山扯旗造反闹革命，敢问阁下那时在何处发财？！如果你是年轻人，今天我们都在大中国的圈圈里生活工作，论年龄和资格，我该是你师爷辈了。我在这里依老卖老，好心劝你千万不要干蠢事。如果你胆敢对杨矿长和老汉我下刀子，我们死了党旗盖身，骨灰还会放进烈士陵园；而你会由于自己的愚蠢举动深陷牢狱，乃至被判死刑，会使你的父母伤心，妻儿绝望，亲友受累！”

事后群众反映，矿上来了多少大小干部，这位老苏最凶，敢在党员干部大会上拍案而起，张口训人！

事后机关同志说及此事，笑我那天慷慨激昂。我解释道：出以公心，邪不压正；挺身而出，兵不厌诈。

2003 年下半年省冶金建材行业办公室撤销，我转岗工作后，桐矿完成破产程序被兼并重组，老杨多年不知去向，音讯两隔，虽很想念，未再见面。

一年多前浏览微信，才知道这位仁兄退休后返回辽宁铁岭老家，潜心文艺创作，已有长篇小说《弯弯的柳河》、自传体文学《岁月如歌》、诗词集《岁月如笔》《龙首风·淮源情》诸作品发表，惊诧异常。为此凑句助兴：

常忆当年草上飞，桐淮源上每相违，音讯两隔浏微信，方识杨矿风雅瑰！

老有老的追求，老有老的风采，成山兄岗位上历尽劫波，退休后换一种活法，潜心文艺，收获丰盛，为我辈增光，实在可敬！

材大难用者多是时运不济
——记信阳钢铁厂老厂长张德顺

（2018 年 5 月 30 日）

杜甫《古柏行》：“志士幽人莫怨嗟，古来材大难为用”。

人到古稀，经常忆旧。近来常回忆起一位老同志、老领导张德顺，他每到一处成绩不少却官运不济，恰如杜工部说的这句名言。

20 世纪 80 年代初的一个春天，河南省冶金局基建处工程师彭安世到厂检查工作，发现办公楼前那条坑坑洼洼的“晴天扬灰路、雨天水泥路”，变成了宽展漂亮的水泥大道，很是惊讶。要知道那是在计划经济时期，工厂里新修一座 20 平方米的厕所，都需要报请省冶金局批准的。彭工询问厂领导：“是谁批准修的这条 500 米长的水泥大道？修路的钱又是从哪里来的呢？”

主管修路的张德顺副厂长回答：建厂十年了，一直是“先生产、后生活”，生活区、办公区与生产区相连的这条主干道一直没有来得及整修，给生产、办公、职工生活带来了极大不便。他调来后，发现原料场堆积了大量废弃的低品位矿石，本厂高炉生产的副产品水渣要运往 40 多公里外的信阳南湾水泥厂造水泥，进口自卸的大吨位汽车又都是放空返回钢厂。于是，他就在班子上建议：用一部分水渣到水泥厂调换一批水泥，他之前是这家水泥厂长，厂里汽车放空返厂时路过淮河加装一车河沙运回来，司机每运回一车河沙加发 4 毛钱的奖金，多拉多发。这条 500 米的厂区主干道，就这么用废矿石、调换的水泥与淮河大沙修筑起来了，账面上总共开支了 7 万多元钱。

7 万元修了 500 米长的厂区宽阔主干道，当时可谓奇迹。以今天的观点看来，这位张厂长不仅不能责备，还应该重奖。那年月，强调的是“生产、基建两本账”“打酱油的钱不允许买醋”，此举不符合当时的财务制度。彭工说：你们也够胆大了。在厂领导的央求下，他答应回省局里予以解释，摆平此事。

我早在1964年就认识了张厂长老伴，到1967年县城里群众组织“打派仗”时，才知道了他的。

1963年秋，我从新县一中初中部毕业，考入高中部上学。那时候的学生吃不饱肚子，体育课少，也没啥课外作业。热心的老师建议我们，结合将来高考文理分科不同特点，多读一些课外书籍。这样，我就成了学校与县图书馆的常客。

县图书馆有一位女管理员马巧，已过中年认字不多，和蔼可亲；时间长了，对我信任有加。她当班时，常让我自己进里面随便看书、找书，看好的书籍，自己在登记册上填写，她有时连看都不看一眼，任我进出。到1966年春“文革”之前，新县图书馆里文史方面的书籍，被我借阅浏览了一遍。慢慢的，也知道了她老公是县委常委、常务副县长张德顺。

“文革”风起，张德顺和县委、县人委其他十几位书记、县长、县委常委（当时被称为“当权派”）一样，成为“走资派”，尽管被贴的大字报不多，却莫名其妙地成为“当权派”中的另类。有一张大字报上写了首藏头诗：“长枪短剑勇士多，胜利全靠强欺弱。将多兵少怎筹划，军心涣散赖若何？日思夜想无妙计，子午难眠听楚歌。难怪人心不向他，过河拆桥自作恶。”这首诗的第一个字连着念起来，即“长（常）胜将军日子难过”。这张大字报是我们这一派县委干部的集体杰作。当时张副县长究竟得罪了什么人、犯了什么事儿，已经记不得了。

1968年，毛主席号召“革命大联合”，地处豫南边陲的新县一中各派红卫兵组织倒旗解散，家在城镇的学生们，被敲锣打鼓送到田铺和代嘴公社开办知青农场，“接受贫下中农再教育”；原在农村的学生们，回家修理地球。此时的张德顺任县革委副主任、党的核心领导小组副组长，分管县生产指挥部工作，很快显示出他的指挥干才。

1969年，新县香山水库开工建设，张德顺出任建设工程指挥部指挥长。我记得县财政局1964年财政报表显示，当时的新县政府年财政收入1.4万元左右，上级能够对新县的各种财政拨款也有限。有一个不是笑话的笑话说：中央财政每年支援河南省的老苏区建设经费，75%拨付给了信阳地区；

信阳地区支援老区的财政经费，75%都拨付给了新县。即使这样，要在高山峡谷修建一座水库，也非易事。好在新县老红军多，作为老八路出身的县委县政府领导们，自然要动员老红军出马，为家乡的社会主义建设奔走呼吁了。其中最积极的，当属在县里休息的原中共河南省监察委员会书记刘明榜了。他拖着战争年代在大别山打游击受伤的病腿，赴北京、下武汉、到南京，拜访老战友，为修建香山水库化缘募捐。很快，海军水泥厂高标号水泥被陆军运输团“拉练部队”，日夜不停运进大别山，卸到水库工地上。令人感动的是，一支支“拉练部队”的官兵们，面对着县水库工程指挥部准备好的饭菜，都是庄严地行一个军礼说道：“部队有纪律，我们自己有伙食，不能在地方吃喝！”

1969年年底，香山水库几十米高的浆砌石条重力拱坝建成蓄水；1973年同步设计的水头51.2米、2000千瓦机组建成发电。不久，张德顺调离新县。

记得1983年前后，我在与张德顺厂长一次闲谈中说，香山水库建成后县里一次下暴雨，由于害怕水库溃坝，县广播站连夜播音，动员县城居民往白马尖（鄂豫皖革命烈士陵园所在山头）上跑。我小弟说，妈妈舍不得家里的盆盆罐罐，死活不肯离家。张德顺说，我当时在信阳听说此事，就对新县人说：“一个严格按照科学设计施工的现代化水库大坝，怎么会连一场暴雨都挺不住？！再下大雨你们把我抬到大坝底下，出了事先冲死我！”

1996年秋，信钢老书记李克诚在地委组织部任上退休后到郑州。我陪他到洛阳，先参观了洛阳铜加工集团公司引进的先进铜板带生产线（从七个国家引进设备，加上中国的配套，号称“八国联军”），又看了洛阳耐火材料集团公司引进的先进隧道窑生产线，第二天坐大巴车返回郑州。一路上听他讲古，又听到了张德顺当年被贬到新县，出任县常委、常务副县长的内幕。

1959年庐山会议后，信阳地委传达中央文件。头一天传达的是彭德怀给毛主席写的信件，让到会的地区直属机关局长、厂长们谈自己的认识。心直口快的地区平桥冶炼厂厂长张德顺发言时连声赞扬彭总，对照着工厂实际一说就是十来分钟，老张的讲话被会议秘书记录在案。轮到不善言语的地区工业局长李克诚发言了，他说老张刚才讲的很好，我同意没啥多讲了。不料第二天风云突变，传达中央关于庐山会议的决定。张德顺的发言成为与反党野心家、阴谋家彭德怀遥相呼应的典型，随即被地委打成“右倾机会主义分子”，发配新县戴罪立功。胆小的李克诚偷偷打听那天记录了自己什么言语？当事秘书翻了半天记录稿，说道“老李，那天你也发言了么？”——原来张德顺说的时间过长，轮到老李发言，已经过了12点钟，秘书懒得再记录了！

多年以来，我多次回到新县，游览四季如春、山清水秀、石奇景幽、茂林修竹、茶园飘香的香山湖，即原来的香山水库，每每遥望那10.6平方公里的库区，总是想起“言多必失”的古训，也常常为张德顺老厂长生不逢时而感慨。也曾经猜想，如果这位自燕赵大地走出来的老八路能够活到今天，或者中国的改革开放能早些年头推行，他也会少吃点苦头，而成为一员有更大作为的闯将。

“八级泥瓦匠”贾希雨书记

（2018 年 5 月 31 日）

1974 年年初，我抽调厂办公室不久，就遇上了举国上下那场“批林批孔批周公夹带着批走后门”的运动，此前钢铁厂里也有几个走后门进来的工人。我在化验室时带的一位学徒，正在初中读书就被招进了工厂。小伙子上了三多月班，节假日还不敢回鸡公山下的家，原因是“怕碰见老师找我要作业！”

1970 年河南省贯彻中央“大小三线”建设战略布局，决定在明港镇建设河南省信阳钢铁厂。地委对此非常重视，组成了由副专员吴忠出任建设工程指挥长，地区计委主任杨子超、地委组织部副部长贾希雨、原地区工业局长、信阳化工厂长李克诚等干部任副指挥长的领导班子，工程技术人员由省里从外地选聘，管理干部从本地区工交系统抽调，首批 500 名工人是从农村召来的知青、参加过三线建设的民工与复退转业军人，还有几十名经过部队锻炼的老五届大学毕业生。

不久，省里将原属于省地方铁路局投资管理的明毛（明港—桐柏县毛集）小铁路、南阳地区桐柏县毛集铁矿、驻马店地区泌阳县条山铁矿，统一划归信钢。1972 年国庆节第一座 100 立方米高炉投产后，全厂上下、基建生产齐头并进，采矿、选矿、运输、烧结、炼铁工艺技术土洋结合，厂本部生产区、办公区、生活区浑然不分，煞是热闹。

1974 年春，信阳地区平反了“文革”时期一个冤假错案，桐柏、泌阳“文革”中各派势力也不间断地到毛集、条山铁矿串联。一石激起千层浪，一拨拨从信阳、南阳、驻马店来厂串联的风云人物，一台台官办或自办的“批林批孔大会”、一张张内容五花八门到处乱贴的大字报，使钢铁厂上下乱成了一锅粥。眼看着“抓革命”严重影响了“促生产”，50 来岁的厂党委书记贾希雨，依然不急不慢笑眯眯的，接人待物言语中总也少不了“很好啰”的口头禅。

记得有一次厂领导班子成员开会，传达毛主席“开后门来的也有好人，从前门来的也有坏人。批林批孔，又夹着走后门，有可能冲淡批林批孔”重要指示。一位厂领导传达了上级文件，贾书记从“开后门来的也有好人，从前门来的也有坏人”处开讲，先是询问了一位抗战时期参加革命、年高体弱的冯副书记健康情况，顺便讲了据说也是毛主席总结的“遇事不怒、坚持散步、基本吃素”的养生经验。引发了一位副厂长说老家送来了一袋子豆面，“吃豆面有益于血糖不增高”；另一位副书记介绍老岳父传授的偏方，“老陈醋炖不打鸣的小仔鸡，对初期骨质增生确有疗效”等方面的经验，硬是把一场严肃会议弄成了老干部健康座谈会。有德高望重的书记老贾坐镇，二三个年轻或不很年轻的厂领导，想说点别的话题，一直难插上嘴。

老贾不摆架子，为人和蔼，闲暇时喜欢与年轻人拉家常。有一回他知道了我是从新县招来的知青，很动感情地说：“要是1958年不把山里百姓家的铁锅都收上来砸了炼钢铁，1959年能让他们挖点野菜煮煮吃了，也不至于饿死那么多人！”我接着话茬说，听新县老红军讲，他们当年依靠深山密林长期坚持游击战。老贾说：驻马店地区1958年时与信阳还没有分开，10个平原县区的民兵大办钢铁开进山里伐木烧炭，把好好的山区植被弄成了如今光秃秃的模样。

20世纪70年代，还没有公款消费一说。上级来人了，机关食堂做几个菜，遇到会喝酒的，陪客的厂领导自掏腰包，让人到附近农村供销合作社买一二瓶河南省的张（弓）宝（丰）林（河）大麯酒。老贾酒量不大，喝酒时爱讲个笑话。有一回说：到别人家做客要学会说话。注意对女主人炒的菜多加表扬，人家一高兴会再炒一盘子端上来。要是说桌上的菜咸了淡了，常会听到后厨甩锅铲子声——人家生气罢工了！

厂机关办公房临时占用着家属区的平房，贾希雨是行政13级的高级干部，寝办合一的办公室也就十几平方米。一张堆放文件的小桌，一张写字台，两张藤椅中间放个小茶几，加上一张睡床。他除了午饭晚饭骑自行车回几公里外的明毛铁路管理处家中，白天晚上工作睡觉大都在厂里。

老贾每天早上八点来钟一起床，通讯员小游就跑到机关食堂喊炊事员大陈做肉丝面，食堂饭票放在小桌子抽屉里，由通讯员代买代用。小游总是叮咛大陈多切点肉、再加点水。大陈说：“一个老头子早上吃这么多？”小游说：“我还没吃早饭呢！”大陈笑了：“呵呵，咋忘了游一把手呢！”“游一把手”

的绰号很快传开，也闹过一些笑话。

一天，贾书记把我叫去，给我一份文稿。稿纸左侧习惯地留下1/4的空白，说你给我看看稿子，顺顺句子，找人写成大字报贴出去。我拿回来见里边有一段话："我这个人爱和稀泥，斗争性不强，大家说我是'八级泥瓦匠'，很形象。我总觉得同志们从五湖四海聚集起来，为信钢建设奉献聪明才智、出力流汗很不容易……"我按照他的思路，加上了毛主席《关于正确处理人民内部矛盾的问题》中的一段语录："调动一切积极因素，团结一切可能团结的人，并且尽可能地将消极因素转变为积极因素，为建设社会主义社会这个伟大的事业服务"，老贾看了修改稿，高兴地说："加上了毛主席这段话，很好啰！"

他问我对当前厂里形势怎么看。我说：你们当年参加抗日战争、解放战争，首长在危急时刻总是喊"共产党员举胳膊！"要求党员干部带头冲锋，最后撤离。那时候八路军、解放军、民兵扒铁路、炸碉堡、毁桥梁，是在破坏一个旧世界；今天我们是新中国，是要建设一个新世界。如果不落实毛主席"抓革命、促生产"的指示，使工厂高炉停产了、扩建工程停工了，到底是有利于共产党还是帮助了国民党？！

老贾听着眼睛亮了，连声说：你多到下面车间走走，把刚才说的意思说给他们！

这时候，我才意识到老贾在乱哄哄的局面中，一般不开班子会，借故不参加批判会，喜欢找人到办公室聊天，原来不是不作为，而是在掌控局面、分而治之！

我亲眼看到，一位有"文革造反派"背景的车间主任，就被老贾请进了办公室，两人一起吸芒果香烟，一道品毛尖茶，一块叙家常，然后笑眯眯地离开——该车间生产秩序随之稳定下来。

不久，老贾调离信钢，回市里出任从佳木斯内迁来的信阳木工机械厂党委书记。

1975年春，信阳团地委贯彻毛主席提议认真阅读《共产党宣言》《哥达纲领批判》《国家与革命》《共产主义运动中的"左派"幼稚病》等六本马列著作的倡议，开办地区团干读书班，我被抽调去当读书班辅导员。为了使辅导员们进一步熟悉大工业生产环境，我们又被派到信阳木工机械厂翻砂车间，拜老工人为师，跟班劳动了半个多月。一天，我顺便去贾希雨书记办公室串了个门，他临别时握住我的手说："年轻人，好好干，很好啰！"

1978 年前后，老贾调到信阳市（今天的信阳市浉河区）任市委书记。记得有一次到地委取文件，汽车行驶到市委附近，看见精神抖擞的老贾在大街上行走，车里几个人都笑着说：老贾心情不错，很好啰！

1985 年 11 月我调到省里工作后，再也没有见过老贾。

近年来常想，我从 20 世纪 60 年代初期到如今，在大别山区、信阳钢铁厂、省直机关学习工作，受到许多老红军、老八路、老同志的熏陶教育，从他们身上感悟到了中国革命建设、改革开放历程中，党在理论创新、政策制定、战略转移、工作方式方法改进与完善等方面，集中了全党智慧、付出了巨大代价，才能够一代一代、一步一步夺取今天举世瞩目的辉煌成就。还深深感觉到，对党忠诚、恪尽职守、以身作则、不负众望，应该是大小单位的一把手，能够团结班子、带领群众、艰苦奋斗、开拓创新的基本素质。

胖瘦俩少校

（2018 年 6 月 2 日）

20 世纪 70 年代中期，农村还有人民公社。每到夏天，钢铁厂领导都要带领机关人员支援附近农村的夏收夏种。

一天，割了麦子在树荫下休息，一个老农民瞅着一位胖老头说：这当官的多有福气！机关一小伙子指着一位瘦老头问他："这位官气咋样？"老农民摇摇头说："不中，瘦老头指定没那胖老头官大！"在场人员轰然大笑。老农民说的两位老头，60 年代初期在部队肩膀上都扛着少校军衔；在厂里，一位是副厂长，一位是副书记，职级一般大。

胖老头名叫张子秋，1966 年夏天我就与他相识。那时候我们新县一中的"文化革命"运动刚开始，校长被人揭发成了"走资派""反革命修正主义分子"，老师里也揪出来一批"牛鬼蛇神"，县委派工作组接管了学校。工作组组长是县委常委、组织部长石春梅，副组长有县人委办公室主任刘时之、县供销合作社主任张子秋，还有几位组员。记得组织师生们听过一次刘少奇、邓小平的讲话录音，刘少奇讲湖南话，录音质量也差，基本听不大懂讲些什么。邓小平四川口音，开头就说："我与同学们是平等的，坐着讲话"，听着像是"坐倒"讲话。

那时候的张子秋话语不多，大会讲话时总是强调要认真读毛主席著作，听毛主席的话，严格执行政策，不能胡搞乱来。

当年八月，八届十一中全会发布了《关于无产阶级文化大革命的决定》(即《十六条》)，工作组随即撤出学校。张主任回到自己的单位，成了被人斗争的"走资派"。县供销合作社距我家所在的县医院不远，常常看到他被游街批斗后，挎着打了大红叉的"走资派张子秋"牌子，步履蹒跚地回家。有一次他看见大儿子斜骑着自行车，带着小儿子在小操场上玩耍，突然大吼一声："下来，都回家去！"使人感到，平时笑呵呵的胖老头发起脾气来，也挺吓人的。

说起来，当年的"走资派"全国都有，不分级别。距新县不远的息县一位从部队转业的副局长被打成"走资派"整天挨斗，一气之下跑到省里一位转业的老首长家诉苦，首长夫人说首长上街游行去了，你先喝口水。他想坏了，老首长也在劫难逃。首长回来了，胳膊上竟然戴着红卫兵袖章！他问："您是省里大处长，怎么也是红卫兵？"老首长笑了说："省里的处长算个啥呀！"他回县后愤愤不平，逢人便说："老首长在省里，转业当了处长还当了红卫兵，我这个副科长在县里却成了'走资派'！"

1966年秋天，大连水运学院红卫兵步行串联，掀起了全国大中学生大串联浪潮。我们八九位高初中学生，也组成了一支"大别山小红军长征队"，要步行上北京串联。临走前一天，在街上碰见张子秋主任。他听说我们要步行上北京，高兴地说："去吧，到外边闯闯，经风雨、见世面！"

他女儿"文革"前小学毕业，1968年也和我们一起上田铺公社黄毛尖创办知青农场。1971年春天我进信钢之前，张主任已经调到明港，先在铁合金厂、后到钢铁厂任副厂长，女儿也被招工进了明（港）毛（集）小铁路工作。

当时的信钢，男多女少，每月工资五六十元的老五届大学生，比我这拿二三十元学徒工资的高中生优势多多。张厂长关心我，帮我物色对象。结婚一年后儿子降生，一次和我在办公室闲谈，他满意地说："过日子，还是得找个实在人！"

瘦少校名字叫郭新庆，打日本，打老蒋，跨过鸭绿江，与电影《上甘岭》中的英雄张连长的原型是老战友。他曾经带我到部队设在信阳市的师级干部修养所，拜访过张老英雄。郭少校在石家庄上过军校，他说自己军事科目过硬，文化科目不行。那些有文化的同学们，后来不少派往国外大使馆做武官了。他曾经在明港修建的抗美援朝荣誉军人疗养院，现在是驻军部队的营房。后来老部队转型为空降兵，他因为头上遗留着弹片，体检过不了关，转业到地方工作。

郭少校闲了爱到厂办公室聊天。有一次他问我："知道战场上首长拔出手枪是要干什么？"我说："电影上有啊，拔出手枪和战士们一起向敌人射击！"他摇摇头说："那是演电影。手枪射程短，主要用于战场指挥。

首长拔出手枪，朝你一点，你就应该毫不犹豫猛冲上去！”少校挺直腰杆用手比划着，眼光英气逼人。他给首长做过警卫员，告诉我部队保守秘密的重要性。说有一二位一同参军的老乡，喜欢向他打听部队什么时候开拔、向何处行军之类消息，目的是想先有所准备，都被他严词拒绝。“开会人到齐了，你去倒开水。首长说我们自己来吧！这就告诉你，会议内容保密，请你离开会场！”“警卫员要时刻负责首长安全，即使在首长谈恋爱时，也要与首长保持5米以内距离，既不能听首长的悄悄话，又能够在紧急关头有效保护首长！”

钢铁厂距信阳市38公里，领导们常去地委开会。厂里车辆稀少，办公室小汽车一开动总是有人搭便车。一部罗马尼亚生产的布捷奇大屁股吉普车，后面可以挤三四个人，往往是一把手贾书记在副驾驶位上正襟危坐，挤在后座的男女办事员一路上鸦雀无声。布捷奇质量不好，越跑越不接气了，就拨给厂扩建工程指挥部使用。厂办公室只剩下一辆北京212和一部天津吉普车，我每天都要为两辆小车的合理派发绞尽脑汁。

当时的厂办公室作为党政合一的服务机构，安排了五位正副主任，人称“五官科”。公文起草、机要保密、来信来访、爱国卫生、计划生育、打字室、小车班、电话班、招待所、机关食堂等一大摊子事物，就我一个“以工代干”的秘书。时间长了，我慢慢摸索出一些门道。比如调配小汽车，只要厂一把手还在办公楼里，一定要留下一辆；否则，一把手说要出去，你准抓瞎。

一天，郭少校捂着脸进来要车，说去信阳看牙。碰巧刚上班派出去了一辆车。我说一把手还在楼里呢，那时贾书记已经调走，李克诚书记在职。他说问过克诚了，他不出去。那时候，工厂供水输电运输一刻也不能够停顿，调度室也是用车的保障户。我说怕厂调度室有急事用车，您明天去行吗？

少校呜呜咽咽地说：“今天牙就痛得受不了了！你打电话问问调度室！”调度室主任回话：“有事了我们想办法，让少校快去看病吧！”我又说：“组织科的人想去地委组织部报送材料，让他们搭个车吧。”少校笑了：“你小子真能串事！”

后来，制定了以出车次数实行补贴的车辆管理办法，调动了小车司机积极性；办公室又增添了一部上海安亭镇改装的面包车，厂里也购置了大巴车，每天按时往返信阳市，用车紧张问题才逐步缓解。

80年代初期，开始对建国前的老同志实行工资补贴。具体标准是：红军时期参加革命的每人每年补贴2个月工资，抗战时期的补贴1.5个月工资，解放战争时期的补贴1个月工资。一次，郭新庆、张子秋和另一位副厂长在办公室相遇。张老喊道："某某某，当年我在四野部队从关外一路打到广西，你小子是大军打过长江之前的'解放兵'，居然也和我同一资格了！"

张老参军时间是1945年9月6日，比文件上规定的抗战时期参加革命时间的下限9月2日（抗战胜利纪念日）差了4天。他当年的老首长、老战友纷纷写来证明，说他1945年上半年参军之前就在矿山上参加了革命工作，无奈组织部门只承认原始档案，不认可个人后来提供的证明。20世纪80年代百万大裁军前后转业的某副厂长，颇具歉意地解释道："张厂长，我怎么敢和您老相比？我几十年来都是写1949年10月1日参加革命。老部队前些时发来文件，说我们1949年8月战场起义，按政策规定就是参加了革命，我也就跟着沾了光。"

老张厂长不想听他解释，气呼呼转身而去。那气概，使人骤然想起司马迁《史记·淮阴侯列传》描述的，功高震主的韩信接连被刘邦降职后，"居常鞅鞅，羞与绛、灌等列"（耻于和绛候周勃、老兵灌夫等人为伍）的历史典故来。想来也是，张老在战争年代冲锋陷阵、不惧生死；和平年代艰苦奋斗、辛勤工作，临了也遇上了"分配不公"，心情不顺在所难免。

张老原籍山东菏泽，老伴是壮族人，当初从部队转业时，老两口一个想回山东老家，一个过不惯北方生活，于是从地图上找到了鱼米之乡的信阳，转业到了新县。从钢铁厂退休以后，依了老伴心愿，返回"山水甲天下"的桂林养老了。

十来年前，郭少校来到了郑州，我闻讯将他接到省厅招待所，请几位老厅长、老处长一块坐了坐。第二天调了一部面包车，陪老几位到郭少校的故乡，地处修武县方庄的中铝中州铝厂及其附近的焦作万方铝业公司参观。汽车越过郑州黄河大桥，沿着高速公路向太行山飞驰。看到故乡日新月异的变化，少校脸上笑容灿烂，快到中州铝厂时，他手指着不远处说："那是小孩舅家的村庄"，又转过头来指点着一大片现代化厂房说："这里原来都是乱河滩啊！"

晚上，原省冶金建材厅老厅长李世平的公子、焦作万方铝业公司副总经理李勇，在焦作市一家餐厅自费为老同志们接风洗尘。少校几杯下肚，脸色泛红，酒量已经大不如前了。

当晚返回省城途中，少校累了，闭目休息。汽车在高速公路上飞驰，夜幕下远方村镇的灯火与天上繁星匆匆闪过，小车音响播放着京剧艺术家李光“披星戴月下太行，流水疾风赴战场”的唱段，使人感觉到这部反映抗日战争的现代京剧《平原作战》的优美旋律，正在颂扬为革命建设改革开放事业奋斗了几十年的老八路老同志们令人敬佩的历史功勋。

今天俺家唱大戏

（2018 年 11 月 9 日）

“拉呀拉，拉大锯，姥姥门前唱大戏！”

家在农村的人，尤其是北方农村人，对于戏剧的热爱，是城里人难以理解的。

我出生在郑州市沈庄，14 岁之前在这里生活，之后外出学习工作，60 岁退休后与它联系更为亲密。

20 世纪的沈庄还是城东三里一个 1000 多人口的村庄。21 世纪初建设郑东新区，沈庄成了老城与新区的结合点，原来的分散村庄也改造成了两个大院 10 栋 32 层高楼的沈庄新城。改革开放以来乡亲们逐渐脱贫，如今更成为拥有三五套、七八套房产的富裕人家。逢年过节，庆寿结婚，请一台戏热闹气氛，招待亲友，成为平常之事。

11 月 9 日，堂弟苏章锁、苏金锁与三位姐姐在金水大道德亿酒店为老母亲庆贺百岁华诞，老苏家五代人躬逢其盛。豫剧著名表演艺术家王希玲女士率领演艺团队到场祝贺。

百岁寿星五大娘在女儿的陪伴下隆重登场。大儿子苏章锁宣读祝寿词，讲述老母亲百年经历，含辛茹苦孝敬公婆、料理家庭、将儿女孙辈拉扯成人的感人事迹。儿子和媳妇、女儿和女婿、孙子和孙媳妇携重孙子、外孙和外孙媳携重外孙，给老寿星拜寿合影，孙子苏华龙、苏超陪着奶奶切蛋糕，闺女们陪着老娘看大戏。

我代表老寿星的子侄辈发言，感慨五大娘百年来目睹中原热土的沧桑巨变；感恩沈庄的父老乡亲和全国人民一道，在党的领导下艰苦奋斗 70 年，使家园和国家民族一起，站起来、富起来，走向强起来的中国特色社会主义康庄大道；感谢王希玲女士等艺术家，让我们享受了一场浓缩版的《梨园春》

戏曲盛宴。

我奶奶膝下先有两个闺女，二奶奶有两个儿子，五大伯先是过继给了我奶奶。大姑 20 岁那年我爸降生，十多年后二奶奶的大儿（三大伯）夭折，五大伯又回到二奶奶家。五大伯、五大娘始终喊我爷爷奶奶为爸妈。寿席上三哥苏同斌（大伯苏廷魁之子）、二弟苏俊峰、表弟刘玉斌（我二姑的大儿子）、苏俊杰（外祖父起谱名苏同芳，未用）及老伴王桂芝、小弟苏俊昭与五大娘拜寿合影。

著名豫剧表演艺术家王希玲演唱了《朝阳沟》栓宝娘唱段“咱全家拧成一股绳”。并现场挥毫作画，表演了《风流才子》唐伯虎“我爱秋香”藏头诗：“我画蓝江水悠悠，爱晚亭上枫叶稠，秋日溶溶照佛寺，香烟袅袅绕经楼”。

国家一级演员高红旗演唱了豫剧豫东调《刘墉下江南》，豫剧著名黑头艺术家李斯忠的再传弟子、河南省豫剧一团演员张胜伟演唱《下陈州》见皇姑“十保官”一段，声如洪钟大吕，响遏云霄，不愧李派新声。

一位男演员彩唱了豫剧大师马金凤的《穆桂英挂帅》选段“辕门外三声炮如同雷震”。大多数沈庄人从 20 世纪 50 年代有了有线广播以来，对马大师的这出戏都会哼上几句。90 年代初，我曾经有幸参与招待马金凤、牛得草、张宝英等大师名家，与他们把盏谈戏。其中谈到《穆桂英挂帅》中“为儿女练武艺我费尽心机”“这是我从小到大娇生惯养养起来的人呐”唱段的切身体会时，马大师兴奋地喊道：“老牛，牛老师，这真是知音啊！”

常香玉大师弟子、国家一级演员王慧的徒弟演唱《百岁挂帅》，越调申派传人武晓慧演唱《收姜维》、曲剧海派传人演唱《卷席筒》、《梨园春》金奖获得者表演《抬花轿》、舞蹈演员表演了根据《红高粱》改编的独舞《九儿》、著名唢呐艺术演奏家郝玉琪亲传弟子演奏《百鸟朝凤》，小皇后豫剧团等同台演出，为百岁老人祝寿。

老伴王桂芝忙里追星，找王希玲合一个影。说起来，她和王希玲也沾点偏亲，表弟刘玉斌的媳妇凤菊是王希玲的表妹，凤菊出嫁时王希玲是娘家送客人。

诗词新汇

SHICI XINHUI

贺老友程梁旅游休假

（2015 年 9 月 11 日）

我爱程夫子，
潇洒游四川。
九寨叠翠瀑，
黄龙淀铧田。
都江叹离堆，
峨眉不羡仙。
对文武侯祠，
问道青城山。
宽窄巷醉否？
飘然返中原！

戏赠和平老友

（2017 年 4 月 25 日）

曾经沧海难为水，
暂别西湖游西江；
朝辞杭钢半山去，
夜来借宿入柳钢，
缘分啊！

注：杭钢集团去年迁出半山基地，退二进三。老友刘和平，甫退休即携夫

人赴山西，上雁门关、登五台山、回重庆母校、到贵阳访友、下柳州旅游，颇为潇洒。今日微信传来，夜宿柳钢宾馆，自嘲：仍然在钢铁圈里转悠，戏作小诗以对。

街头小景

（2017 年 4 月 25 日）

莫寻春归处
闹市花盛开
欲将宏图展
创业到中原

儿女情父母心

（2017 年 4 月 27 日）

劳动节前，南下北上，老友欢聚，酒酣耳热，谈儿说女，感慨良多；大抵夸女者兴奋，说儿者气愤。戏作小诗，以记其盛：

有女小神仙，养儿大麻烦。
上学教师找，结婚亲家怨。
买房囊如洗，想孙眼欲穿。
弯腰笑老伴，操心到何年？

新县箭厂河红田献花

(2018 年 5 月 18 日)

花折罢，雪白透晶莹，烈士红田双手献，先辈云中笑出声，——摘自我心中！

注： 参加大别山干部学院党员干部培训班箭厂河红色纪念地现场教学，每一位学员用白纸折叠一朵白花，敬献于红田纪念碑前。

老友杨成山和词：

雨若泪，纷飞更濛濛。洒向青山哭英烈，苍天伴我寄哀情！——敬和苏兄意境诗，杨成山

新县老同学会记趣

(2018 年 5 月 18 日)

人生难得几回醉，
五十年来似梦飞。
悠悠扁担挑米路，
曲曲山歌银锄催。
篮球一跃沟下滚，
招工三顾人又归。
白发老友兴正浓，
家中领导微信追！

注： 1. 当年田铺公社红卫岭（黄毛尖）知青农场，山高沟深，我们在一山

头上，费劲搞了半个篮球场，纵身投篮须要格外小心，若用力过猛，球从篮板反弹滚下几十米深沟，麻烦大矣。细想起来，如同今天一些年轻人玩的半场三人篮球，只是多点野趣。

2.1970年夏秋之后，山下开始招工，不少同学，或因家庭出身不好，或因体检未过关，或因被人替换，高高兴兴下山，愁眉苦脸回来。今天有人撰文发帖，把当年说的繁华似锦，人皆舜尧，甚为可笑。

3.十位白发老友，酒兴未了，各自电话铃响，微信纷纷，老伴催归了。

七十舒心谣

（2018年5月21日）

看人皆顺眼
处处要留心
随时相帮扶
遇事不较真
勤动不熬夜
睡醒更欢欣
常夸后辈好
咸淡食素荤

注： 1. 孔夫子曰：“吾十有五而志于学，三十而立，四十而不惑，五十而知天命，六十而耳顺，七十而从心所欲，不逾矩。”人到七十，应该看谁皆顺。大千世界，好人当有好人福，恶人自有恶人磨，七十老者大可不必事事关心，时时参和了。

2. 处处要留心，“处处留心皆学问”，原是教育年轻人勤学多思的话。这句“处处要留心”指的是老年人腿脚不灵，行动不便，需要处处留心，别磕着碰着，招来伤痛。

3. 随时相帮扶，人老了，起坐不便，老友聚会，注意随时帮扶一把；

若谁遭遇难处，力所能及帮扶一下，心安理得。

4. 一个人几十年形成的饮食习惯，很难改变，不必过于计较咸点或是淡点有利于健康，只要吃的进、睡得着、走得动，还不算是健康么？！

孩子，我不过外人的“爸爸节”

（2018 年 6 月 17 日）

端午前夕，
在外地打工的儿子回来，
老伴说，赶回来给你过“爸爸节！”
喜悦之余，我想说：
孩子，爸爸是中国人，喜欢过中国节，
毕生不随外人的魔棒起舞，
不愿过外人的“爸爸节！”

40 年前，
你呱呱坠地，来到这个世界，
全家人欢欣鼓舞，
胜过任何传统佳节！

40 年前的地方国营钢铁厂，
住房紧缺、工作紧张，
工资紧巴、生活据拮，
娃娃的欢笑与哭闹声，
合成了各个小家庭欢快忙碌的音乐……

工厂自办的托儿所幼儿园，

是爸妈上班后娃娃们的安乐窝，
不识字的家属工婶子大娘们，
替代了无法脱身的奶奶爷爷。

这一拨哭闹嬉戏的娃娃们，
大都有一顶“独生子女”桂冠，
娃娃们的爸妈，
大多是上山下乡的“老三届！”

在车间上班的妈妈，
出满勤干满点，
节假日不休息经常加夜班，
喂孩子吃饱哄孩子快乐，
是常年白天上班的爸爸难忘时节！

曾记否？
“小镜子，明又亮，
洗洗脸，抹香香，
照照镜子真漂亮！”
老爸随口编了一首儿歌，
鼓励你把弄脏了的手脸洗白……

曾记否？
一个月明星稀晚上，
院子里一阵凉风吹来，
4 岁的你脱口而出
“夜来风雨声——”
给爸爸带来何等喜悦！

如今你早长大了，
成家了，正在创业；

爸妈退休了，老了，
行动迟缓，须发皆白，
不知是谁捣鼓出了美国人的“爸爸节！”

抬望昏眼，
环顾四周，
哪位老伙计，
在悠闲的过“爸爸节？”

那位当年活蹦乱跳的小伙子，
如今挺胸鼓肚，早出晚归，
往返于姑娘家中，
接送外甥，帮助姑爷！

那位当年气宇轩昂，篮球场上的帅哥，
如今白发苍苍，弯腰塌背，
日夜守候病榻上的老娘，
可能安心过个“爸爸节？”

忆往昔，我们这一代人，
有过恢宏的理想，远大的抱负，
干过繁重的工作，光荣的事业，
承上启下，为人之根本，
继往开来，处事之原则。

看今天，我们中的多数人，
还在尽以孝心，照顾年迈的老人，
还在帮扶儿孙，发挥此生之余热。

检点平生，我们这一代人，
尽心尽力，无怨无悔，

为了生生不息的中华民族，
为了家国和谐！

我不过外人的“爸爸节”，
要过好中国的端午节，
不只是纪念行吟泽畔走投无路，
纵身跳入汨罗江的屈原大夫；
不只是纪念遭小人诬陷，
死不瞑目的伍子胥将军；
更是在弘扬5000年来优秀的传统文化，
鼓励大家的爱国情节！

我不过外人的“爸爸节”，
更鄙视惟外人马首是瞻的洋奴哲学！
祖国强盛，社会进步，人民安康，
只要你们好好的，
老爸老妈就兴高采烈，天天过节！

题紫荆花

（2018年6月22日）

朝看白云晚看霞
闲来无事拍红花
人言紫荆如兄弟
风雨狂处任吹打

老友马洛林和诗：

快活老神仙，
鹤发又童颜。
出世拍红花，
入世点江山！

金秋豫南行

（2018年10月）

羊　山

(2018年10月29日)

莫道信阳穷，羊山起新城。
前任铺摊子，后任填窟窿。
市长语来者，百年再起封。
孰料八九载，南柯一梦惊！

注：八九年前，陪同一位老同志经信阳市到新县开会，书记王某热情接待。傍晚陪老同志游览羊山新区，王某指一个地标介绍，下面收藏着他致100年后市长的录像录音，当时听了甚为惊讶。王某不久升任省级，今年8月中央纪委公告，王某违纪违法，投案自首。

南　湾

(2018年10月30日)

碧澄映红叶，大坝锁南湾。
长藤结葫芦，短径走千官。

秋风鱼头美，春雨茶水甜。
老友烟波里，把盏忆钓杆。

注：建成于1955年的南湾水库，库容储水量16亿立方米，为治理淮河水系的重要工程。60多年来，国家投入大量人力物力财力，在淮河流域修筑了几十座大中小水库及配套工程，化害为利，造富人民。此一治水方式投资少，见效快，俗称“长藤结葫芦”。

何家冲

（2018年10月31日）

秋浓枫叶红，农家菜根香。
先烈洒血地，子孙创业忙。
山深鸿声远，路遥征程长。
清夜当自省，初心可曾忘？

注：罗山何家冲，红二十五军长征出发地。

王家大湾

（2018年11月1日）

突兀起内战，反手布棋盘。
牵牛豫西地，剑指大别山。
险关跃千里，会聚王家湾。
兵胜淮海后，挥师下江南。

注：1947年6月30日，刘邓大军遵照中央军委主席毛泽东的命令，不惜一切代价，强渡黄河，跨越陇海铁路，涉险黄泛区，巧渡淮河，突破国民党军队层层围追堵截，千里跃进大别山，与同期在豫西牵牛的陈谢大军和华东战场陈粟大军一起，成品字形布局，实现了毛泽东下反手棋的战略部署。迫使蒋介石从陕北、山东抽兵回援，拱卫宁沪。9月27日至29日，刘邓在光山砖桥镇文氏

祠堂召开三天三夜的旅以上高级干部会议，传达中央指示，分析面临困难，做好思想工作，振奋军心，为了保密，此会议代号为“王家大湾会议”。刘邓在此还先后会见了中原解放军李先念，听取了坚持大别山区游击战领导人刘明榜、邱进敏的汇报。

浉河驿

（2018年11月3日）

再宿浉河驿，往事仍依依。
屈指卌载过，友朋各东西。
春暖翠竹盛，霜寒红叶稀。
夜闻踏歌声，晨起挥手去。

注：信阳浉河宾馆，40多年前为信阳地委第二招待所，本人曾因工作在此留宿几月。今旧楼尚在，入夜滨河公园，广场舞，弦歌声，健步人，煞是热闹。

郝 堂

（2018年11月3日）

又过平桥未会友，车走郝堂半日游。
青山绿水依然在，瓦舍荷塘画图收。
造血扶贫非细事，农村新建须良谋。
秋日菜香食客乐，二两米酒喝晕头！

注：老友惠民在平挢区，几次相邀未能一聚。